Annales 2022

Sujets & corrigés

Français 3e

Thomas Bouhours

Certifié de Lettres Classiques
collège Jean Monnet, Flers

Nathan

Crédits photos

p. 28 : 7e Art/André Paulve Production/Photo12 ; **p. 38** : Historial de la Grande Guerre ; **p. 51** : GAMMA RAPHO/Robert Doisneau ; **p. 62** : DR ; **p. 73** : AKGImages/Pirozzi ; **p. 82** : Magnum Photos/Raymond Depardon ; **p. 93** : © Chester Dale Collection/National Gallery of Art, Washington ; **p. 103** : DR ; **p. 113** : DR ; **p. 123** : DR ; **p. 133** : D.R. ; **p. 145** : Aruku Hito/« L'homme qui marche », Jirô Taniguchi/PAPIER, 1992-2015, avec l'accord de Furari Co., Ltd./Bureau des Copyrights Français, Tokyo ; **p. 156** : DR ; **p. 176** : La Collection/Artothek ; **p. 188** : AFP ; **p. 199** : Christophel Collection ; **p. 209** : Coll. Perrin/Kharbine-Tapabor ; **p. 220** : Chappatte ; **p. 240** : Caminito S.A.S. Literary Agency © Joaquin S. Lavado (Quino) ; **p. 252** : AKG-Images/Erich Lessing, Otto Dix © Adagp, Paris 2016 ; **p. 255** : Quehen Pascal/Graphic Soul.

Couverture : Jean-Marc Denglos et Clémentine Largant
Cartes et schémas : COREDOC
Coordination éditoriale : Marie-Pierre Lowys, avec l'aide de Maria Tasso
Fabrication : Laurence Monaï
Mise en page : IGS-CP
Conception graphique intérieur : Julie Lannes

Nathan 2021 – 92, avenue de France - 75013 Paris – ISBN 978-2-09-157266-6

PRÉSENTATION

Ces ***Annales ABC du Brevet*** ont été conçues pour vous aider à préparer efficacement l'épreuve de Français du **Brevet 2022**. Vous y trouverez des sujets du Brevet 2021 : celui de **France métropolitaine**, ceux des **centres étrangers** (Asie, Amérique du Nord...). Les corrigés sont rédigés par nos auteurs et conformes au nouveau programme du collège qui est entré en vigueur à la rentrée 2021.

Les épreuves du Brevet

→ **En juin 2022**, l'examen du Brevet sera constitué de :

– **4 épreuves écrites** : Mathématiques – Français – Physique-Chimie-SVT-Technologie – Histoire-Géographie-EMC ;

– **1 épreuve orale**.

23 sujets de Français corrigés

→ Tous les types de sujets sont traités : **questions, dictée, rédaction**, avec au choix un sujet d'**imagination** ou un sujet de **réflexion**.

→ Et en plus, **2 sujets** pour préparer l'**épreuve orale**.

Une analyse détaillée de chaque sujet

→ **Une rubrique *Les Clés pour réussir*** pour bien analyser et comprendre l'énoncé avant chaque corrigé.

→ **Un corrigé détaillé** et **entièrement rédigé**, conforme à ce que l'on attend de vous à l'examen.

Et en plus, des compléments indispensables et pratiques

→ **L'Infos-Brevet** : un **dossier complet** avec des informations et des conseils pratiques pour bien aborder la **nouvelle épreuve**.

→ **Des fiches de révisions et de méthode** pour retenir les points-clés.

→ **Un lexique** des termes à connaître.

Et en plus, une offre numérique innovante

→ **Gratuitement** avec ce livre, **un abonnement au site abcbrevet.com** vous est offert. Vous y trouverez des exercices et des fiches de révisions, des sujets d'annales.

→ Grâce à l'**application gratuite Nathan live**, flashez les pages de votre ouvrage pour avoir accès à **des ressources supplémentaires en direct** :
- des sujets supplémentaires en flashant la couverture ;
- des exercices de révisions, QCM, textes à trous... (p. 259) ;
- les fiches de révisions adaptées aux DYS (p. 260 à 274).

(!) **L'application nécessite une connexion Internet**

COMMENT FAIRE ? C'EST FACILE !

1. Téléchargez l'application gratuite **Nathan live** disponible dans tous les *stores* sur votre *smartphone* ou votre tablette (Appstore, GooglePlay, Windows Store).
2. Ouvrez l'application. Flashez les pages de vos annales où ce logo apparaît en plaçant votre appareil au-dessus de la page.
3. Consultez les ressources !

SOMMAIRE

INFOS-BREVET

SUJETS COMPLETS 2019

à revoir / réussi

SUJETS PAR THÈMES

à revoir / réussi

Se chercher, se construire

à revoir réussi

Vivre en société, participer à la société

Regarder le monde, inventer des mondes

Agir sur le monde

Comprendre le monde

SUJETS POUR PRÉPARER L'ORAL

à revoir / réussi

RÉVISIONS ET MÉTHODE

Fiches de révisions

Fiches de méthode

Mon planning de révisions,

Ce planning propose une sélection de sujets de difficulté progressive et adaptés à différents besoins.

Choisissez votre parcours en fonction de vos objectifs de révisions

Parcours vert	Objectif : REPRENDRE CONFIANCE	Parcours bleu	Objectif : RÉUSSITE ASSUR

BREVET – 6 semaines		BREVET – 5 semaines		BREVET – 4 semai
Lun		Lun	n° 4 QUESTIONS	Lun	
Mar	n° 1 DICTÉE	Mar		Mar	n° 5 QUESTIONS
Mer	n° 8 DICTÉE	Mer	n° 8 GRAMMAIRE ET COMPÉTENCES LINGUISTIQUES	Mer	n° 9 QUESTIONS
Jeu		Jeu		Jeu	n° 11 DICTÉE
Ven	n° 7 DICTÉE	Ven		Ven	
Sam	n° 21 GRAMMAIRE ET COMPÉTENCES LINGUISTIQUES	Sam	n° 10 GRAMMAIRE ET COMPÉTENCES LINGUISTIQUES	Sam	n° 6 QUESTIONS + RÉDACTION
Dim		Dim	n° 21 RÉDACTION	Dim	

6 semaines avant le BREVET !

Pour choisir votre parcours, vous pouvez vous aider du QUIZ sur www.abcbrevet.com

Parcours rouge — **Objectif : EXCELLENCE**

	BREVET – 3 semaines	BREVET – 2 semaines	BREVET – 1 semaine
Lun	n° 21 DICTÉE	n° 12 QUESTIONS	n° 18 QUESTIONS
Mar			
Mer	n° 5 RÉDACTION	n° 7 RÉDACTION	n° 19 SUJET COMPLET
Jeu			
Ven	n° 20 GRAMMAIRE ET COMPÉTENCES LINGUISTIQUES		
Sam	n° 7 QUESTIONS	n° 1 SUJET COMPLET	n° 2 SUJET COMPLET
Dim			n° 13 SUJET COMPLET

Tableaux thématiques

Questions

Types de questions	Éléments demandés	Sujets
Grammaire	Expansions du nom	1
	Accord des participes passés	7
	Fonctions	1 6 7
	Formes de phrases	19
	Identification : – des temps	19 20
	– des modes	9
	Nature (classe) grammaticale	5 7 9 12 18
	Niveaux de langue	5 10
	Paroles rapportées	21
	Points de vue	5
	Procédés de style	8 14 17
	Propositions subordonnées	3 18 21
	Rapport logique	4 5 19 20
	Substituts	7 17
	Types de phrases	5 19
	Valeurs des temps	2 4 10 12 14 20
Vocabulaire	Famille de mots	8
	Formation des mots	2 5 9 21
	Expliquer une expression	5 10

Figures de style	Nommer	5 6 9 12 14 17 19
	Relever	5 14 18
	Expliquer	5 6 12 14 17 18 19
	Genres littéraires	10 14
	Versification	14
Réécriture	Discours direct/indirect	21
	Changement de genre	7 17
	Changement de nombre	1 2 4 6 7 9 10 20
	Changement de temps	5 7 12 14 18 20
	Changement de personne	4 7 8 14 17 19

Dictées

Nom/Titre	Temps verbaux dominants	Difficultés dominantes	Sujets
Le Capitaine Fracasse Théophile Gautier	Imparfait	Leur/ Leurs	1
En étrange pays dans mon pays lui-même Louis Aragon	Imparfait	Les accords	2
Le Premier Homme Albert Camus	Imparfait	Les accords	3
Mémoires d'une jeune fille rangée Simone de Beauvoir	Passé simple, imparfait	Les accords	4
Bonbons assortis Michel Tremblay	Imparfait, plus-que-parfait	Conditionnel présent	5
Livre pour adultes Benoît Duteurtre	Imparfait, passé composé	Accord du participe passé	6
Claudine à l'école Colette	Présent	Les accords	7
Aurélien Louis Aragon	Présent	Conditionnel	8
Cherchez la femme Alice Ferney	Passé simple	Conjugaison	9
Le Deuxième Sexe Simone de Beauvoir	Présent	Homophones grammaticaux	10
Les Misérables Victor Hugo	Passé simple	Conditionnel passé	11
Le Château de ma mère Marcel Pagnol	Passé simple	Les accords	12

Les Vraies Richesses Jean Giono	Présent	Les accords	13
Propos Alain	Présent	Terminaisons en « er » et « é »	14
Rouge Brésil Jean-Christophe Rufin	Passé simple, imparfait	Les homophones	15
L'Enfant multiple Andrée Chedid	Présent, futur simple	Les verbes pronominaux	16
Le monde commence aujourd'hui Jacques Lusseyran	Imparfait, passé simple	Homophones grammaticaux	17
L'Art français de la guerre Alexis Jenni	Présent	Les accords	18
Inquiétude d'un biologiste Jean Rostand	Imparfait, présent	Terminaisons en « er » et « é »	19
La Planète des singes Pierre Boulle	Présent, passé composé	Accord des adjectifs et du participe passé	20
Globalia Jean-Christophe Rufin	Passé simple, imparfait	Accord des adjectifs et du participe passé	21

Rédaction

Sujets d'imagination

Types de textes	Formes de discours	Sujets
Dialogue	Narration et argumentation	9 11
	Dialogue de théâtre	14
Suite de texte	Narration, description et expression des sentiments	1 4 10 12 16 21
Lettre	Hommage	2
Récit	Narration, description et expression des sentiments	3 5 6 7 13 17 18
Article de journal	Description et argumentation	8 19
Journal de bord	Narration et description	15 20

Sujets de réflexion

Types de plan	Thèmes	Sujets
Avis personnel	Le fantastique	1
	L'art	3
	L'éducation	5
	Poésie et mystère dans les villes	6
	Les sensations	15
	L'héroïsme	2
	Égalité homme/femme	10
Avantages/inconvénients	La vie en ville / à la campagne	7 13
	Métiers et liberté	9
	Le pouvoir de la parole	11
	L'inconnu	18
	Les nouvelles technologies	19
	Les progrès scientifiques	20
Énumération de raisons	La lecture	4
	La célébrité	8
	Les images	12
	Les spectacles vivants	14
	L'humour	16
	L'art	17 21

Infos-Brevet

Comment obtenir le Brevet ?

Le DNB (Diplôme National du Brevet)

• Le Brevet permet d'**évaluer les compétences** acquises par l'élève à l'issue du collège et du **cycle 4**.

• Le DNB s'obtient par les notes :

– du **contrôle continu** qui représente **400 points** :

- l'évaluation des huit composantes du socle commun de compétences, de connaissances et de culture entre désormais dans le calcul des points pour l'obtention du Brevet.
- la maîtrise de chacune des huit composantes du socle commun est évaluée lors du dernier conseil de classe de 3e.

– de l'**examen final** qui représente **400 points** :

- 4 épreuves écrites : 300 points.
- 1 épreuve orale : 100 points.

• Pour être déclaré admis au diplôme national du Brevet, il faut cumuler au moins **400 points** sur un total de **800** (soit 10 sur 20).

• Des **mentions sont attribuées** selon le barème suivant :

– mention assez bien pour un total de points au moins égal à 480 sur 800.

– mention bien pour un total de points au moins égal à 560 sur 800.

– mention très bien pour un total au moins égal à 640 sur 800.

Les 4 épreuves écrites

Mathématiques	Français	Sciences	Histoire-Géo-EMC
100 points	100 points	50 points	50 points
2 heures	3 heures	1 heure	2 heures

L'épreuve orale

• D'une durée de **15 minutes**, l'épreuve orale évalue votre capacité à exposer un projet et est notée sur **100 points**.

• Vous devez présenter un **projet, de votre choix**, que vous avez étudié lors des EPI (Enseignements pratiques interdisciplinaires), d'un parcours éducatif (Avenir, Citoyen, Éducation culturelle et artistique) ou en histoire des arts.

• **L'oral se déroule en deux temps** :

– présentation du projet (5 min) ;

– questions du jury (10 min).

• Vous **pouvez présenter le projet seul ou en groupe** de 2 ou 3.

Comment obtenir le Brevet ?

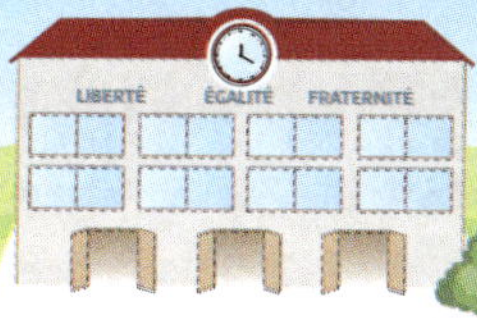

Le contrôle continu

Évaluation des **huit composantes du socle commun** de connaissances, de compétences et de culture tout au long de l'année scolaire.

→ 400 points

dès avril

L'épreuve orale

Présentation d'un projet mené en histoire des arts ou dans le cadre d'un EPI ou de l'un des parcours éducatifs (Avenir, Citoyen, Éducation culturelle et artistique). L'exposé est suivi d'un entretien.

→ oral individuel : 100 points (15 min)

ou

→ oral collectif : 100 points (25 min)

fin juin

L'épreuve de Français

Travail sur un texte littéraire
Dictée
Rédaction

→ 100 points (3 h)

L'épreuve de Mathématiques

Exercices, dont certains assortis de tableaux ou de schémas, et un exercice d'informatique.

→ 100 points (2 h)

L'épreuve d'Histoire, Géographie et EMC

Analyse et compréhension de documents.

→ 50 points (2 h)

L'épreuve de Sciences

- Physique-Chimie
- SVT
- Technologie

→ 50 points (1 h)

début juillet

Publication des **résultats du Brevet**

septembre octobre

Cérémonie républicaine de remise des diplômes du Brevet

Diplôme et mentions

Admission au diplôme national du Brevet :
400 points sur 800 (soit 10 sur 20)

- **Mention assez bien** plus de 480 points
- **Mention bien** plus de 560 points
- **Mention très bien** plus de 640 points

L'épreuve de Français expliquée

La nouvelle épreuve du Brevet

- L'épreuve de Français se compose de deux parties obligatoires :

– **une première partie,** d'une durée **d'1 h 30**, évalue votre capacité à comprendre, analyser et interpréter des documents et des œuvres, qu'ils soient littéraires ou artistiques ainsi que votre maîtrise de la langue (orthographe).
– **une seconde partie,** d'une durée d'**1 h 30**, évalue principalement votre capacité à rédiger un texte long (rédaction).

- Le sujet comporte **un texte** qui peut être accompagné d'un document iconographique (photo, affiche, schéma, œuvre d'art, etc).

Comment s'organise l'épreuve de Français ?

- **Durée :** l'épreuve dure en tout **3 heures**, et se divise en **deux parties** séparées par une pause. Les vingt dernières minutes de la première partie sont consacrées à la dictée.
- **Notation :** la notation globale est sur **100 points**. Dans la première partie, les questions liées au texte littéraire sont notées sur **50 points, la dictée est notée sur 10 points**. La seconde partie est évaluée sur **50 points.**
- **L'épreuve** comporte quatre types de sujets différents expliqués dans le tableau ci-dessous :

Grammaire et compétences linguistiques	Compréhension et compétences d'interprétation	Dictée	Rédaction
Questions sur des points de langue précis et exercice de réécriture.	Questions sur l'interprétation du texte et de l'image.	Extraite le plus souvent de la même œuvre que celle du texte d'étude ou dont le thème est semblable.	Choix entre **un sujet d'imagination** et **un sujet de réflexion** en lien avec le texte étudié.

Quels sont les critères d'évaluation de ma copie de Brevet ?

- On attend de vous que vous soyez capable de :

– **rédiger entièrement** vos réponses en reprenant des éléments de la question ;
– **faire figurer les citations** du texte entre guillemets ;
– **respecter les consignes** et veiller à ne pas faire de **faute d'orthographe**.

- **Dans la réécriture**, les fautes de copie et les modifications non demandées sont sanctionnées.

- **Dans la dictée**, on vous retirera :

– **1 point** par faute grammaticale (homophones, accords, conjugaison) ;
– **0,5 point** par faute lexicale ;
– **0,5 point** par erreur de ponctuation, majuscule, trait d'union ou accent (à hauteur de 2 points).

La méthode pour le Brevet

Les questions 1 h 10

Lire le texte et les questions

- **Lisez d'abord le paratexte** (nom de l'auteur, titre du livre, année de publication, introduction figurant en italique avant l'extrait qui fournit des informations sur le contexte et parfois le type de texte à analyser) afin de comprendre de quoi il s'agit. Parfois, une question peut demander de s'y référer pour justifier la réponse.

Remarques

- Les copies et les feuilles de brouillon vous sont fournies.
- Aucun document n'est autorisé.

- **Lisez le texte lentement** une première fois pour en comprendre le sens général (narrateur, personnages, lieu, époque, thème).
- **Procédez à une relecture** afin de mieux le mémoriser, dégager sa structure, saisir les images, l'implicite ou simplement ce qui aurait pu échapper à la première lecture.
- **Soyez attentif(ve) aux questions en deux parties.**

Soigner les réponses et la copie

- **Développez et approfondissez les réponses qui valent le plus de points.**
- **Apportez d'abord une explication,** puis justifiez à l'aide du texte : recopier seulement des mots du texte ne constitue pas une explication.
- **Prélevez uniquement les mots ou groupes de mots essentiels à la justification** et non des passages entiers. Chacun d'entre eux doit figurer entre guillemets.

Conseil

Vous pouvez utilisez le signe [...] pour éviter de recopier une phrase en entier. Veillez cependant à ce que les mots qui justifient la réponse figurent bien sur la copie.

- **Notez le numéro de la question** et les subdivisions (a., b., c.) quand il y en a. Aérez votre copie en sautant des lignes entre les questions.
- Si les deux dernières questions portent sur un document iconographique joint au texte, **réfléchissez aux points communs et aux différences entre les documents**.

Les questions les plus fréquentes

- **En vocabulaire,** les questions portent souvent sur : les synonymes et les antonymes ; la décomposition d'un mot en radical, préfixe et suffixe ; le champ lexical ; la définition d'un mot ; les figures de style (surtout la métaphore, la comparaison et la personnification).
- **En grammaire,** les questions portent souvent sur : les types et formes de phrases ; les natures et les fonctions grammaticales ; les temps du mode indicatif et leurs valeurs (surtout l'imparfait, le passé simple, le présent) ; le rapport logique entre les propositions (surtout la cause et la conséquence) ; le passage de la coordination à la subordination (et inversement) ; les discours direct et indirect ; le point de vue du narrateur.

La réécriture

- **Montrez-vous méthodique** afin de ne pas oublier certaines transformations en cours de copie.
- **Demandez-vous quels mots sont touchés** par la transformation et soulignez-les d'abord dans l'extrait à modifier.
- **Soyez attentif(ve)** en recopiant le reste du texte.

Les différents types de réécriture

- **Le changement de genre** → Faites attention aux adjectifs qualificatifs, aux pronoms et déterminants possessifs, aux participes passés.
- **Le changement de nombre** → Faites attention à la terminaison des verbes, des adjectifs qualificatifs et participes passés et aux déterminants possessifs et pronoms.
- **Le passage d'un temps simple à un temps composé** → Faites attention à la terminaison des participes passés selon l'auxiliaire employé.
- **Le passage du discours direct au discours indirect (ou l'inverse)** → Faites attention à la ponctuation, aux déterminants possessifs et aux pronoms, aux temps verbaux et aux indications de temps et de lieu.

La dictée 20 min

Comment se déroule la dictée ?

Elle se déroule en **trois temps** :
1. une première lecture expressive ;
2. la dictée effective du texte, par groupes de mots cohérents, avec les liaisons obligatoires et la ponctuation ;
3. une relecture de l'ensemble, sans ponctuation.

Attention : à partir de l'étape 3, il ne sera répondu à aucune de vos questions.

- **Écoutez** attentivement la lecture du texte pour en comprendre le sens.
- **Écrivez sans vous arrêter sur l'orthographe d'un mot** afin de ne pas perdre le rythme de la dictée et repérez les liaisons effectuées par le lecteur.
- **Suivez la relecture** pour vérifier que vous n'avez oublié aucun mot.
- **Relisez soigneusement** votre copie par étapes. Vérifiez :

– d'abord **l'orthographe grammaticale** :
  - **les homophones** : « a » / « à », « ou » / « où », « et » / « est », « mes » / « mais », « se » / « ce » ;
  - **les verbes** : y a-t-il un sujet ? est-il conjugué ? est-ce lui qui est conjugué ou un auxiliaire ? est-ce une action ou un état ? quel est le féminin du participe passé ? ;
  - **les accords** : déterminant/nom, adjectif qualificatif ou participe passé/nom ;

– puis **l'orthographe lexicale** : certains préfixes doublent la consonne ; chercher un mot de la même famille peut renseigner sur la consonne finale ; dégager le radical peut aider à écrire le mot.

Conseil

Écrivez lisiblement : tout doute du correcteur est compté comme une erreur.

La rédaction 1 h 30

Comment aborder la rédaction ?

- Pour ce travail d'écriture, vous devez **choisir un sujet** entre les deux.
- **Lisez avec beaucoup d'attention le sujet choisi,** ainsi que les consignes d'écriture qui le suivent.
- **Vérifiez le sens des mots incompris** dans le dictionnaire.

Conseil

Les sujets de rédaction s'appuient sur le texte distribué au cours de la première partie de l'épreuve : laissez-le sur la table afin de vous y reporter si nécessaire.

Le sujet d'imagination

- **Notez à quelle personne le devoir doit être rédigé** (première ou troisième personne).
- **Notez également le plan** si le sujet le précise (parties, paragraphes). S'il n'est pas

Conseil

Organisez vos idées au brouillon et rédigez directement au propre.

indiqué, c'est à vous d'en construire un.

- **Relevez la forme que doit prendre le devoir** (lettre, journal intime, récit et dialogue, récit et description, suite de texte...) et **listez ses caractéristiques** afin de ne pas oublier de les appliquer.
- **Dégagez ensuite le contenu** : quel est le thème ? De quels personnages s'agit-il ? Quelles sont les circonstances ? Des sentiments doivent-ils être exprimés ?

Remarque
Un dictionnaire sur support papier est autorisé.

- **Vérifiez que toutes les contraintes ont été respectées,** une fois le brouillon terminé.
- **Vérifiez la construction des phrases et l'orthographe,** veillez à supprimer les répétitions.

Le sujet de réflexion

- **Soulignez les mots-clés** du sujet et **notez le thème.**
- **Construisez un plan** selon le type de sujet : demande-t-il les avantages et les inconvénients ? Les causes et les conséquences ? Une explication et un commentaire ? Votre avis personnel ?
- **Rédigez entièrement au brouillon l'introduction et la conclusion :**
  – l'introduction amène le sujet et le situe dans un contexte ; elle présente ensuite le sujet, puis le plan ;
  – la conclusion résume l'argumentation qui a été présentée et se termine par une phrase d'ouverture, toujours en rapport avec le sujet traité, qui élargit la réflexion.
- **Organisez le devoir** en parties distinctes et en paragraphes (saut de ligne, retour à la ligne).
- **Reliez les paragraphes et les arguments entre eux** à l'aide d'indicateurs logiques (*ensuite, ainsi, en effet*...).

Le programme

Attention !

- Les indications qui suivent sont conformes au texte du *Bulletin Officiel* de l'Éducation nationale du 26 novembre 2015. Les nouveaux programmes sont entrés en vigueur à la rentrée 2016.
- La **réforme du collège** a mis en place un enseignement par cycles.
- Le **cycle 4** correspond aux **trois dernières classes du collège** : 5e, 4e et 3e.
- **En Français**, il y a un programme pour chaque niveau du collège.

Les 5 thèmes du programme

Entrée du cycle 4	Thème étudié en classe de 3e
Se chercher, se construire	Se raconter, se représenter
Vivre en société, participer à la société	Dénoncer les travers de la société
Regarder le monde, inventer des mondes	Visions poétiques du monde
Agir sur le monde	Agir dans la cité : individu et pouvoir
Questionnements complémentaires	Progrès et rêves scientifiques

→ Chaque entrée du cycle 4 est approfondie dans chaque niveau du cycle.

Sujets complets

Sujet 1 Théophile Gautier, *Le Capitaine Fracasse*

3 heures

SUJET COMPLET

France métropolitaine, juin 2021

Travail sur le texte littéraire et sur l'image

1 h 10 50 pts

Document A Texte littéraire

Le Baron de Sigognac vient de dîner en compagnie de son domestique Pierre, de son chat Béelzébuth et de son chien Miraut.

Pendant ce temps la nuit s'était faite, et de grandes ombres s'entassaient dans les recoins de la cuisine, comme des chauves-souris qui s'accrochent aux angles des murailles par les doigts de leurs ailes membraneuses. Un reste de feu, qu'avivait la rafale engouffrée dans la cheminée, colorait de reflets bizarres le groupe réuni autour de la table avec une sorte d'intimité triste qui faisait ressortir encore la mélancolique solitude du château. D'une famille jadis puissante et riche il ne restait qu'un rejeton[1] isolé, errant comme une ombre dans ce manoir peuplé par ses aïeux ; d'une livrée[2] nombreuse il n'existait plus qu'un seul domestique, serviteur par dévouement, qui ne pouvait être remplacé ; d'une meute de trente chiens courants il ne survivait qu'un chien unique, presque aveugle et tout gris de vieillesse, et un chat noir servait d'âme au logis désert.

Le Baron fit signe à Pierre qu'il voulait se retirer. Pierre, se baissant au foyer, alluma un éclat de bois de pin enduit de résine, sorte de chandelle économique qu'emploient les pauvres paysans, et se mit à précéder le jeune seigneur ; Miraut et Béelzébuth[3] se joignirent au cortège : la lueur fumeuse de la torche faisait vaciller sur les murailles de l'escalier les fresques[4] pâlies et donnait une apparence de vie aux portraits enfumés de la salle à manger dont les yeux noirs et fixes semblaient lancer un regard de pitié douloureuse sur leur descendant.

Arrivé à la chambre à coucher fantastique […], le vieux serviteur alluma une petite lampe de cuivre à un bec dont la mèche se repliait dans l'huile comme un ténia dans l'esprit-de-vin à la montre d'un apothicaire[5], et se retira suivi de Miraut. Béelzébuth, qui jouissait de ses grandes entrées, s'installa sur un des fauteuils. Le Baron s'affaissa sur l'autre, accablé par la solitude, le désœuvrement et l'ennui.

Si la chambre avait l'air d'une chambre à revenants pendant le jour, c'était encore bien pis le soir à la clarté douteuse de la lampe. La tapisserie prenait des tons livides, et le chasseur[6], sur un fond de verdure sombre, devenait, ainsi éclairé, un être presque réel. Il ressemblait, avec son arquebuse en joue, à un assassin guettant sa victime, et ses lèvres rouges ressortaient plus étrangement encore sur son visage pâle. On eût dit une bouche de vampire empourprée de sang.

La lampe saisie par l'atmosphère humide grésillait et jetait des lueurs intermittentes, le vent poussait des soupirs d'orgue à travers les couloirs, et des bruits effrayants et singuliers se faisaient entendre dans les chambres désertes.

Théophile Gautier, *Le Capitaine Fracasse*, 1863.

---

1. Un rejeton : un fils, un héritier.
2. Une livrée : un ensemble de domestiques.
3. Béelzébuth : un des noms du diable.
4. Fresques : peintures murales.
5. « comme un ténia dans l'esprit-de-vin à la montre d'un apothicaire » : comme un ver conservé dans l'alcool dans un bocal de pharmacie.
6. Celui qui figure sur la tapisserie, déjà décrite un peu avant dans le roman.

Les réponses aux questions doivent être entièrement rédigées.

Document B **Image**

Photogramme du film *La Belle et la Bête*, réalisé par Jean Cocteau, 1946.

Compréhension et compétences d'interprétation

→ corrigé p. 31

1 Dans quels lieux précis et à quel moment de la journée se déroule la scène racontée ? Justifiez votre réponse en vous appuyant sur le texte. **4 pts**

2 **a.** Expliquez l'expression « la mélancolique solitude du château » aux lignes 6 et 7. **2 pts**

b. Justifiez votre explication en vous appuyant sur la construction et le lexique de la phrase qui suit (lignes 7 à 13). Trois éléments précis de réponse sont attendus. **3 pts**

3 Dans le quatrième paragraphe (lignes 28 à 34), quel phénomène se produit le soir ? Comment se déclenche-t-il ? Pour répondre, appuyez-vous sur deux procédés d'écriture que vous analyserez. **6 pts**

4 L'auteur qualifie la chambre à coucher de « fantastique » à la ligne 22. Quels éléments contribuent à installer cette atmosphère à partir de la ligne 16 du texte ?
On attend un développement qui prend appui notamment sur le lexique (en particulier sur les adjectifs et les adverbes) et les comparaisons. **6 pts**

5 Quels sentiments ce récit éveille-t-il chez le lecteur ? Vous justifierez votre réponse en vous appuyant sur au moins trois éléments précis du texte. **5 pts**

6 Quels liens pouvez-vous établir entre le photogramme proposé et le texte ?
Appuyez-vous notamment sur les effets de lumière dans ce photogramme et dans le texte. Des éléments descriptifs de l'image et des citations précises du texte sont attendus. **6 pts**

Grammaire et compétences linguistiques → corrigé p. 32

1 « et le chasseur, sur un fond de verdure sombre, devenait, ainsi éclairé, un <u>être presque réel</u>. » (lignes 30 à 32.)

a. Par quel verbe peut-on remplacer le verbe « devenait » ? **1 pt**

b. Quelle fonction du groupe souligné pouvez-vous ainsi identifier ? **1 pt**

2 « la lueur fumeuse de la torche […] donnait une apparence de vie aux <u>portraits</u> enfumés de la salle à manger dont les yeux noirs et fixes semblaient lancer un regard de pitié douloureuse sur leur descendant. » (lignes 17-21)
Relevez les trois expansions du nom « portraits » et précisez leur nature (ou classe grammaticale). **6 pts**

3 « La tapisserie prenait des tons livides, et le chasseur, sur un fond de verdure sombre, devenait, ainsi éclairé, un être presque réel. Il ressemblait, avec son arquebuse en joue, à un assassin guettant sa victime, et ses lèvres rouges ressortaient plus étrangement encore [...]. » (lignes 29-33)
Réécrivez ce passage en remplaçant « le chasseur » par « les chasseurs ». Effectuez toutes les modifications nécessaires. **10 pts**

Dictée → corrigé p. 33 20 min **10 pts**

› Écoutez la dictée avec l'application Nathan Live.

Consignes :
Avant de commencer la dictée, on inscrira au tableau de manière lisible : François-René de Chateaubriand, *Mémoires d'outre-tombe*, 1848-1850.
On précise que le narrateur est un homme.

Rédaction 1 h 30 **40 pts**

Vous traiterez au choix l'un des deux sujets suivants :

Sujet d'imagination → corrigé p. 33

Décrivez la promenade du Baron de Sigognac à la tombée de la nuit dans le sinistre jardin du château. Vous conserverez l'atmosphère du texte de Théophile Gautier.

Vous préciserez les éléments du paysage qui contribuent à cette atmosphère.

Sujet de réflexion → corrigé p. 35

Aimez-vous découvrir des œuvres littéraires et artistiques dans lesquelles interviennent le surnaturel ou l'étrange ?

Vous répondrez à cette question par un développement argumenté en vous appuyant sur les œuvres étudiées en classe, vos lectures personnelles et les œuvres cinématographiques et artistiques que vous connaissez.

Sujet 1 Corrigé

Compréhension et compétences d'interprétation → *énoncé p. 29*

Les clés pour réussir

1 Attention, le mot « lieux » est au **pluriel** et le mot « moment » au **singulier**, adaptez votre réponse.

2 b. Dans les lignes 7 à 13, observez bien les jeux de **répétitions, d'oppositions** et de **négations** autour du thème de la solitude.

4 Vous avez étudié le genre fantastique en 4e, ses principales caractéristiques sont un ancrage réaliste que l'on quitte peu à peu pour faire apparaître le surnaturel ou l'étrange : atmosphère **inquiétante**, fin de journée ou nuit, **objets qui s'animent**, apparitions de spectres, incertitudes du narrateur, **créatures** de l'au-delà, etc.

6 Appuyez-vous sur des **éléments précis** du texte que vous retrouvez dans l'image : lieu et moment, éclairage, solitude, éléments inquiétants, etc.

1 La scène racontée se déroule dans un « château » (l. 7) nommé aussi « manoir » (l. 8) le soir : « la nuit s'était faite » (l. 1). On peut préciser qu'il y a un déplacement dans ce château de « la cuisine » (l. 2) vers « la chambre » (l. 22).

2 a. Cette expression signifie que le château a perdu sa gloire passée et qu'il se retrouve, comme le personnage, seul et isolé, ce qui lui procure de la tristesse.

b. La tristesse du personnage liée au décalage de sa situation entre le passé et le présent se voit dans ce passage grâce à l'anaphore « d'une » qui souligne les trois passages du collectif au singulier : « une famille » devient « un rejeton isolé », « une livrée » devient « un seul domestique » et « une meute » devient « un chien unique ». De plus les trois groupes nominaux singuliers sont précédés d'une négation « ne ... que ».

3 Dans le quatrième paragraphe, la tapisserie s'anime, le chasseur semble prendre vie sous l'effet de la faible lumière dégagée par la lampe qui éclaire la chambre. Cette transformation inquiétante est renforcée par la comparaison avec un être maléfique « il ressemblait [...] à un assassin » (l. 32) et par la métaphore du vampire « on eût dit une bouche de vampire empourprée de sang » (l. 33-34).

4 Plusieurs éléments du texte installent une atmosphère étrange : d'abord le décor qui s'anime, qui prend une « apparence de vie » (l. 19) jusqu'à transformer le chasseur en un « être presque réel » (l. 31) ; ensuite les indices de présence du surnaturel ou de l'au-delà comme le nom du chat « Béelzébuth », la « chambre à revenants » (l. 28) ou la « bouche de vampire »

(l. 34); enfin, les adjectifs négatifs comme « douteuse » (l. 29), « sombre » (l. 31), « effrayants » (l. 37) et l'adverbe « étrangement » (l. 33).

5 Ce texte peut provoquer différents sentiments chez le lecteur: d'abord un sentiment de curiosité au début du texte, car on s'interroge sur la déchéance du personnage « errant comme une ombre dans ce manoir » (l. 8) et sur son devenir, puis un sentiment de compassion pour le baron « accablé par la solitude, le désœuvrement et l'ennui » (l. 27), et enfin un sentiment d'angoisse ou de peur à cause de l'atmosphère fantastique qui est mise en place dès le début du texte « de grandes ombres [...] comme des chauves-souris » (l. 2).

6 On retrouve des jeux d'éclairage similaires dans le texte et le photogramme: la scène de l'image est partiellement éclairée par les chandeliers comme le décor du texte est éclairé de « lueurs intermittentes » (l. 35) par la torche. Le moment semble être identique: la fin du repas évoqué au début du texte, se retrouve dans le photogramme avec les éléments posés sur la table: fruits, carafe... Le personnage en costume dont le visage éclairé se détache sur l'obscurité du fond peut faire penser au baron du texte. Enfin, les bras humains qui tiennent les chandeliers créent une atmosphère inquiétante et fantastique qui rappelle également le texte avec les portraits qui « prennent une apparence de vie » (l. 19).

Grammaire et compétences linguistiques → *énoncé p. 29*

Les clés pour réussir

1 a. Revoyez les **fonctions par rapport au verbe**. (→ fiche de révision p. 262).

2 Les expansions du nom sont des mots ou groupes de mots qui complètent un nom. Elles peuvent appartenir à quatre classes grammaticales: **adjectif**, **groupe nominal prépositionnel** (préposition + mot ou groupe de mots), **proposition subordonnée relative**, **groupe nominal apposé**.

1 a. On peut remplacer « devenait » par le verbe « être » ou un autre verbe d'état (semblait, paraître, former, constituer, etc.).
a. Le groupe souligné est attribut du sujet « le chasseur ».

2 Le nom « portraits » est complété par:
– « enfumés » : participe passé employé comme adjectif;
– « de la salle à manger » : groupe nominal prépositionnel;
– « dont les yeux noirs et fixes semblaient lancer un regard de pitié douloureuse sur leur descendant » : proposition subordonnée relative.

3 La tapisserie prenait des tons livides, et <u>les chasseurs</u>, sur fond de verdure sombre, <u>devenaient</u>, ainsi <u>éclairés</u>, <u>des êtres</u> presque <u>réels</u>. <u>Ils ressemblaient</u>, avec <u>leur</u> arquebuse en joue, à <u>des assassins</u> guettant <u>leur</u> victime, et <u>leurs lèvres rouges ressortaient</u> plus étrangement encore.
On accepterait: « leurs arquebuses » et « leurs victimes ».

Dictée → énoncé p. 30

Les clés pour réussir

Bien conjuguer

- Le temps dominant est l'imparfait de l'indicatif, ses terminaisons sont les mêmes pour tous les verbes : *-ais, -ais, -ait, -ions, -iez, -aient.*

Bien accorder

- **« leur – leurs »** : si « leur » est suivi d'un nom, il s'agit donc d'un **déterminant possessif** qui doit s'accorder avec le nom qu'il accompagne, si « leur » est suivi d'un verbe, c'est un **pronom** et il ne s'écrit jamais au pluriel.
- Les **participes passés** employés **sans auxiliaire** s'accordent avec le nom ou le pronom qu'ils accompagnent, **comme des adjectifs.**

Bien orthographier

- « apercevoir » : il fait partie des rares verbes en ap- à ne prendre qu'un seul « p ».
- « souterrain » : ce nom s'écrit en un seul mot.

La nuit, je n'apercevais qu'un petit morceau du ciel et quelques étoiles. Lorsque la lune brillait et qu'elle s'abaissait à l'occident, j'en étais averti par ses rayons, qui venaient à mon lit au travers des carreaux losangés de la fenêtre. Des chouettes, voletant d'une tour à l'autre, passant et repassant entre la lune et moi, dessinaient sur mes rideaux l'ombre mobile de leurs ailes. Relégué dans l'endroit le plus désert, à l'ouverture des galeries, je ne perdais pas un murmure des ténèbres. Quelquefois, le vent semblait courir à pas légers ; quelquefois il laissait échapper des plaintes ; tout à coup, ma porte était ébranlée avec violence, les souterrains poussaient des mugissements, puis ces bruits expiraient pour recommencer encore.

François-René de Chateaubriand, *Mémoires d'outre-tombe*, 1848-1850.

Travail d'écriture – Sujet d'imagination → énoncé p. 30

Les clés pour réussir

La situation d'énonciation

- Le sujet invite à reprendre des **éléments du texte** : le personnage du Baron, l'atmosphère inquiétante, le château, la tombée de la nuit.
- Le texte est rédigé au **passé** (imparfait et passé simple principalement) et à la **troisième personne du singulier**, vous devez poursuivre de la même façon.
- Vous pouvez faire intervenir également les autres personnages du texte (le chien, le chat et le domestique).

La promenade

- On vous demande un **texte descriptif** qui implique un **mouvement**: faites évoluer votre personnage, la description ne doit pas être statique.

L'atmosphère

- Le jardin doit devenir **de plus en plus inquiétant.** Utilisez les caractéristiques du registre fantastique: un univers réaliste qui se transforme peu à peu en univers étrange. La nature ici est hostile, le personnage doute de la réalité et son angoisse est croissante. La fin doit être ouverte: l'hésitation entre le rationnel et le surnaturel persiste.

Méthode

Pour vous aider, nous vous avons indiqué en couleur les parties de la rédaction qui répondent aux consignes.

Description en mouvement — Atmosphère étrange — Éléments du texte initial

Soudain, Béelzébuth émit un miaulement strident qui brisa le silence de la chambre et fit sursauter le Baron. Un instant, il se demanda si le bruit venait de la tapisserie ou du chat. Mais déjà les yeux du chat brillaient de manière insistante au pied de la porte. Le jeune Baron, suffoquant presque devant la tapisserie saisit sa petite lampe et décida de s'aventurer pour une promenade nocturne dans les jardins de son château. « Un peu d'air lui ferait du bien », pensa-t-il.

La porte grinça et le chat disparut immédiatement dans les couloirs sombres du manoir. D'un pas rapide, le Baron gagna l'extérieur: la bouffée d'air frais qui portait toutes les effluves vespérales du jardin le rassura. Il entrevit au loin les yeux de Béelzébuth qui luisaient dans l'ancienne roseraie. Une brume humide planait sur le jardin, elle étouffa la flamme chétive que portait le Baron. Il frissonna et dut baisser la tête pour ne pas être heurté par le vol rasant d'une chauve-souris. Machinalement, ses pas le guidèrent vers le petit labyrinthe de charmilles. Il fut d'abord surpris par l'obscurité grandissante: l'épais feuillage des charmes, qui n'étaient plus taillés depuis des années, cachaient la pâle lumière de la Lune. Sentant une présence dans son dos, le jeune seigneur se retourna brusquement: rien. Il était seul. En cet instant, même la présence furtive de Béelzébuth l'aurait rassuré. Il força l'allure pour sortir de ces allées, mais le désordre des plantations ne lui offrait plus aucun repère familier. Au loin, il entrevit une silhouette vaguement humaine: sûrement la statue du satyre qui surmontait l'ancien bassin. De là-bas, il saurait se repérer. La Lune, entourée d'un pâle halo lumineux, n'offrait qu'un éclairage lugubre et l'inquiétant satyre disparaissait au gré des sombres nuages. Parvenu à ce qu'il croyait être la statue, il se rendit compte qu'il s'était trompé : c'était un arbre mort qui prenait des allures de spectre. Il courut alors en direction du château dont il croyait distinguer maintenant les chandelles vacillantes derrière les fenêtres. Son pied se prit dans une racine et il tomba dans l'herbe humide. Il n'osait plus bouger, humant l'odeur de l'humus, il restait pétrifié, comme absorbé par cette terre collante et il sentait la végétation qui agrippait son pied. La notion du temps lui échappait. Il perçut le miaulement glaçant et lointain de Béelzébuth, puis plus rien, le silence. Incapable alors de remuer, de se relever, il ferma les yeux pour espérer dormir… ou se réveiller.

La nuit serait longue à devenir le jour.

Travail d'écriture – Sujet de réflexion → énoncé p. 30

Les clés pour réussir

L'introduction

- **Annoncez le thème** : vous pouvez, par exemple, faire référence au texte étudié ou redéfinir rapidement le fantastique.
- **Présentez le sujet** : recopiez ou reformulez la question posée par le sujet.
- **Annoncez votre plan.**

Le développement

- Le sujet vous invite à **choisir un point de vue** et à le **justifier** à l'aide d'**arguments** (au moins trois) illustrés d'**exemples** tirés de vos lectures personnelles (les mangas peuvent être cités), de textes étudiés en classe, de films ou d'autres œuvres artistiques. Vous avez le choix de répondre de façon positive ou négative à la question posée.

La conclusion

- **Précisez votre avis** en répondant clairement à la question posée par le sujet ou en faisant une synthèse de votre réflexion.

Méthode

Pour vous aider, nous vous avons indiqué en couleur les parties de la rédaction qui répondent aux consignes.

Indicateurs logiques — Arguments — |…| Exemples

Les œuvres fantastiques mêlent le naturel et l'étrange et nous laissent souvent hésitant entre une explication rationnelle ou surnaturelle des événements. Dès lors on peut se demander ce qui nous attire, et ce que l'on apprécie dans ce type d'œuvres. Nous présenterons trois raisons pour lesquelles on peut aimer découvrir le genre fantastique en nous appuyant sur des exemples précis.

Avant tout, les œuvres dans lesquelles intervient le surnaturel sont séduisantes parce qu'elles inventent des univers nouveaux qui sont une alternative au quotidien. Elles nous font rêver en dépassant les limites du réel. Ainsi, la nouvelle *Arria Marcella* de Théophile Gautier nous transporte dans la ville antique de Pompéi. Un visiteur du XIXe siècle qui s'aventure dans Pompéi la nuit, se retrouve plongé dans la cité encore vivante avant l'éruption du Vésuve. Comme le personnage, on oscille entre rêve et réalité et on voyage dans le temps, en se disant parfois que ce ne serait pas complètement impossible au milieu de ces ruines pleines de vie.

De plus, ces œuvres permettent d'éprouver des sentiments très forts, notamment la peur, mais sans réel danger. Il y a un vrai plaisir à se laisser envahir par l'angoisse qui naît de ce que l'on voit ou lit, en se disant que finalement on ne risque rien. Par exemple, lorsque l'on regarde *Le Voyage de Chihiro*, film d'animation de Hayao Miyazaki, on partage les angoisses de la jeune Chihiro qui est entrée dans le monde des esprits en visitant un parc d'attraction abandonné. De sa quête pour sauver ses parents métamorphosés en animaux dans ce monde, on ressort en se demandant comme elle si ce qu'elle a vécu était bien réel.

Enfin, les œuvres fantastiques interrogent notre perception de la réalité. En déplaçant les frontières entre réel et imaginaire, entre réel et folie, elles nous questionnent aussi sur nos relations avec les autres. Des nouvelles comme *Le journal d'un monstre* de Richard Matheson soulèvent la question du rapport de l'être humain à la différence. Le « monstre » enfant enfermé par ses parents dans la cave de leur maison, l'est sans doute beaucoup moins que ses propres parents. La lecture de son journal intime montre qu'il devient monstrueux parce qu'il est considéré comme tel. L'étrange devient ici une source de réflexion pour le lecteur.

Les œuvres artistiques qui font intervenir le surnaturel ou l'étrange développent donc souvent l'imaginaire, elles fascinent par leur côté souvent spectaculaire et peuvent aussi susciter des réflexions humanistes.

Sujet 2 Louis Aragon, *En étrange pays dans mon pays lui-même*

3 heures

SUJET COMPLET

Amérique du Nord, juin 2021

Travail sur le texte littéraire et sur l'image

1 h 10 50 pts

Document A Texte littéraire

En décembre 1940, un homme est mêlé involontairement à une bousculade au cours de laquelle un soldat allemand est frappé. Arrêté, refusant de dénoncer ses camarades, il est le premier fusillé à Paris pendant l'Occupation allemande.
Le poète Aragon évoque cet homme, sans savoir de qui il s'agit précisément, et les personnes qui lui ont rendu hommage.

X… Français

Un nom comme le sang banal d'une coupure
Un nom trop simple pour qu'on s'en soit souvenu
Un nom dit sans penser comme un verre d'eau pure
Un nom tout fait qu'on peut donner aux inconnus

Un nom comme le cœur qui bat l'heure qui sonne
La mémoire du temps qu'un ricochet rida
Un nom qui ne ferait se retourner personne
Un nom comme au poignet le portent les soldats

Un nom comme on en lit dans le vent des enseignes
Sur les actes civils la pierre des tombeaux
Un nom qui fait échoppe[1] et dont le prénom saigne
Comme les pieds meurtris d'un enfant en sabots

Car il fut un enfant comme nous tous hier
Celui qui regarda dans l'aube ses bourreaux
Et les femmes aussi ce nom balbutièrent
Sans savoir que ce serait celui d'un héros

Ce nom banal ce nom comme une terre en friche[2]
Est aujourd'hui sacré pour les gens de chez nous
Sur l'asphalte[3] on a mis des fleurs sous les affiches
Et les dames en noir y priaient à genoux

Un beau nom sans couleur comme on en fait en France
Pour traverser la foule et mourir sans ennui
Un nom silencieux comme l'indifférence
Un nom comme les feux d'un village la nuit

Louis Aragon, juillet 1941.
Repris dans *La Diane française* suivi de *En étrange pays dans mon pays lui-même*

---

1. Échoppe : que l'on pourrait trouver sur l'enseigne d'un magasin.
2. En friche : non cultivée.
3. Asphalte : revêtement d'une route.

Document B **Image**

Le Visage inconnu, Historial de la Grande Guerre, 2018.

Ce visage du soldat inconnu a été élaboré grâce à la superposition de dizaines de milliers de photographies d'hommes et de femmes, originaires de tous les pays ayant participé à la Première Guerre mondiale. Cette image a été réalisée à l'occasion du centenaire de l'armistice de la Grande Guerre.

Les réponses aux questions doivent être entièrement rédigées.

Compréhension et compétences d'interprétation → corrigé p. 41

1 **a.** Quel procédé structure la première strophe de ce poème ? **1,5 pt**
b. Que veut montrer l'auteur par l'utilisation de ce procédé ? **2 pts**

2 Le mot « banal » est répété aux vers 1 et 17.
a. Relevez deux éléments qui soulignent la banalité du nom évoqué dans les trois premières strophes. **2 pts**
b. Pourquoi Aragon insiste-t-il sur cette banalité ? **2 pts**

3 **a.** Qui est désigné par le pronom « il » au vers 13 ? **2 pts**
b. Relevez dans la quatrième strophe les trois groupes de mots qui désignent le personnage évoqué. **1,5 pt**
c. Quelles étapes de la vie du personnage sont ainsi retracées ? **3 pts**

4 « Ce nom banal [...] est aujourd'hui sacré pour les gens de chez nous » (vers 17-18).
Pour quelles raisons l'adjectif sacré est-il employé ici ? Vous justifierez votre réponse en vous appuyant sur deux passages précis du texte. **4 pts**

5 En vous appuyant sur le titre du poème « X... Français » et l'ensemble de vos réponses, expliquez pour quelles raisons le personnage est qualifié de « héros ».
Organisez votre réponse en deux courts paragraphes qui reprendront chacun des éléments évoqués dans les questions précédentes. **6 pts**

6 **a.** Selon vous, que vise à susciter le flou de l'image ? **3 pts**
b. Quels liens pouvez-vous établir entre l'image et le poème ? Développez votre réponse en vous appuyant sur des éléments précis extraits du texte et de l'image. **5 pts**

Grammaire et compétences linguistiques → corrigé p. 42

1 « Un nom qui fait échoppe et dont le prénom saigne ». (vers 11)
a. Relevez les deux expansions du mot « nom ». **1 pt**
b. À quelles classes grammaticales appartiennent ces deux expansions du nom ? **1 pt**

2 **a.** Relevez et identifiez les différents temps de la 5e strophe (vers 17 à 20). **3 pts**
b. Indiquez la valeur du temps du dernier de ces verbes. **1 pt**

3 « inconnus » (vers 4)
a. Expliquez la formation de ce mot. **1 pt**
b. Quel est le sens de ce mot ? **1 pt**

4 Réécriture **10 pts**

« Car il fut un enfant comme nous tous hier
Celui qui regarda dans l'aube ses bourreaux
Et les femmes aussi ce nom balbutièrent
Sans savoir que ce serait celui d'un héros »

Réécrivez cette strophe en remplaçant « il » par « ils » et en mettant le mot « nom » au pluriel. Vous ferez toutes les modifications nécessaires.

Dictée → corrigé p. 43 20 min **10 pts**

› Écoutez la dictée avec l'application Nathan Live.

Consignes :

– On dictera le texte à haute voix à plusieurs reprises.

– On inscrira au tableau de manière lisible pour l'ensemble des candidats le titre de l'œuvre :
Roger Frison-Roche, *Les Montagnards de la nuit*, 1968.
Ainsi que les noms propres « Laurent » et « Marceau », le nom commun « hors-la-loi ».

– On précisera que les nombres doivent être écrits en lettres.

Rédaction 1 h 30 **40 pts**

Vous traiterez au choix l'un des deux sujets suivants :

Sujet d'imagination → corrigé p. 44

« Sur l'asphalte on a mis des fleurs sous les affiches ».

› Parmi ces fleurs, la sœur de l'homme fusillé dépose une lettre d'hommage adressée à son frère.

Rédigez cette lettre, qui contiendra un portrait physique et moral du jeune homme, exprimera les sentiments de sa sœur et insistera sur son héroïsme. Vous signerez la lettre du prénom Gabrielle.

Sujet de réflexion → corrigé p. 45

Dans son poème, Aragon évoque la figure d'un héros ordinaire. Selon vous, un comportement héroïque est-il à la portée de tous ?

› Vous répondrez à cette question dans un texte organisé, en vous appuyant sur vos connaissances, vos lectures et votre culture personnelle.

Sujet 2 Corrigé

Compréhension et compétences d'interprétation → énoncé p. 39

Les clés pour réussir

1 a. Les **procédés** sont les **figures de style**, c'est-à-dire une façon d'écrire destinée à **attirer l'attention** du lecteur sur un point.

4 Le mot « **sacré** » renvoie au **lexique religieux.**

5 Reprenez bien les **deux termes du titre** pour structurer vos paragraphes.

6 Relevez les **points communs** entre le texte et l'image, pensez à bien lire les informations données sous l'image.

1 a. La première strophe de ce poème est construite sur une anaphore : le groupe nominal « Un nom » est répété au début de chaque vers.
b. Avec cette anaphore, l'auteur insiste sur le fait que même si l'homme fusillé est anonyme, on doit se souvenir de lui.

2 a. De nombreux éléments soulignent la banalité du nom évoqué, d'abord le déterminant indéfini « un » qui le précède à chaque fois, ensuite, le fait qu'il soit « trop simple » (v. 2) pour qu'on le retienne. L'auteur ajoute que ce nom « ne ferait se retourner personne » (v. 7), c'est donc un nom très commun, enfin, il l'associe à des éléments transparents et impossibles à saisir comme l'« eau pure » (v. 3) ou « le vent » (v. 9).
b. La banalité de ce nom montre qu'il peut s'agir de n'importe qui, l'injustice nazie s'est abattue sur cet homme ordinaire comme elle pourrait s'abattre sur tout le monde.

3 a. Le pronom « il » désigne l'inconnu qui a été fusillé, celui dont on ignore le « nom ».
b. Les trois groupes de mots qui désignent le personnage sont : « un enfant » (v. 13), « Celui qui regarda dans l'aube ses bourreaux » (v. 14), et « un héros » (v. 16).
c. Toute la vie du personnage est ainsi évoquée : son enfance commune « un enfant comme nous tous » (v. 13), sa mort face à « ses bourreaux » (v. 14), son acte de résistance héroïque lorsqu'il a refusé de dénoncer ses camarades (v. 16). Aragon évoque même sa vie amoureuse « les femmes aussi ce nom balbutièrent » (v. 15).

4 L'adjectif « sacré » appartient au lexique religieux : le personnage s'est « sacrifié » pour une cause commune et le peuple français lui voue désormais une sorte de culte en lui faisant des offrandes « on a mis des fleurs » (v. 19) et en lui adressant des prières « les dames en noir y priaient à genoux » (v. 20).

5 La lettre X désigne communément une personne anonyme, un inconnu, reprise par le groupe nominal « Un nom », elle fait référence aux résistants qui agissent de manière invisible et que l'on nommait « l'armée de l'ombre » lors de la seconde guerre mondiale. Ces héros agissent de manière invisible sans chercher à en tirer de gloire particulière.
L'adjectif « français » insiste sur le caractère national du héros, il se sacrifie pour un groupe, l'intérêt commun passe avant l'intérêt individuel, c'est l'une des caractéristiques des héros.

6 **a.** Le flou de l'image dû à la technique de superposition des photographies donne l'impression que le portait sort petit à petit du fond, ses contours se dessinent progressivement sans vraiment désigner une personne particulière mais toutes les personnes victimes de la première guerre mondiale. La dimension universelle de l'image est ainsi renforcée : c'est à la fois le visage de tout le monde et de personne.
b. Les deux œuvres insistent sur le caractère inconnu de la personne évoquée : le titre de l'image « Le visage inconnu » rappelle à la fois le « X » du titre du poème et la répétition du groupe nominal indéfini « un nom ». La superposition des multiples photos d'anonymes ayant vécu la première guerre mondiale crée également un visage unique mais « banal » qui peut être celui de tout le monde. Dans les deux œuvres, on a donc une personne singulière qui peut représenter toutes les personnes.

Grammaire et compétences linguistiques → énoncé p. 39

Les clés pour réussir

1 **a.** et **b.** Les **expansions du nom** sont des mots ou groupes de mots qui complètent un nom. Elles peuvent appartenir à quatre classes grammaticales : **adjectif, groupe nominal prépositionnel** (préposition + mot ou groupe de mots), **proposition subordonnée relative, groupe nominal apposé**.
2 **b.** Donner la valeur d'un temps, c'est **justifier son emploi dans la phrase.** (→ voir fiche 6 p. 269)
3 **a.** Pour expliquer la formation d'un mot, il faut retrouver les différents éléments qui peuvent le composer : **préfixe, radical, suffixe.**

1 **a.** Les deux expansions du mot « nom » sont « qui fait échoppe » et « dont le prénom saigne ».
b. Ces deux expansions appartiennent à la même classe grammaticale, ce sont des propositions subordonnées relatives.

2 **a.** La cinquième strophe comporte trois verbes conjugués : « est » (v. 18) au présent, « a mis » (v. 19) au passé composé et « priaient » (v. 20) à l'imparfait.
b. L'imparfait « priaient » évoque une action longue, de durée indéterminée, voire même une habitude qui est en train de s'installer.

3 Le mot « inconnu » est formé du préfixe privatif « in- » et du radical « connu ».
b. Cet adjectif signifie « que l'on ne connaît pas ».

4 Car **ils furent des enfants** comme nous tous hier
Ceux qui **regardèrent** dans l'aube **leurs** bourreaux
Et les femmes aussi **ces noms** balbutièrent
Sans savoir que ce serait **ceux de** héros

Dictée → *énoncé p. 40*

Les clés pour réussir

Bien conjuguer

- Le temps dominant est l'imparfait de l'indicatif, ses terminaisons sont les mêmes pour tous les verbes : *-ais, -ais, -ait, -ions, -iez, -aient.*

Bien accorder

- « **leur / leurs** » : si « leur » est suivi d'un nom, il s'agit donc d'un **déterminant possessif** qui doit s'accorder avec le nom qu'il accompagne, si « leur » est suivi d'un verbe, c'est un **pronom** et il ne s'écrit jamais au pluriel.

Bien orthographier

- « en bas » : c'est une locution adverbiale invariable.
- « latent » : adjectif qui signifie « qui reste caché ».
- « s'il » : le « i » de « si » s'élide devant « il ».

Il fallait maintenant agir. Les maquisards extériorisaient leur joie, couraient en brassant la neige jusqu'aux points de chute. Certains riaient, d'autres pleuraient, mais ils avaient tout oublié, les longues heures d'attente dans le froid, le danger latent pouvant venir d'en bas ; ce soir ils se sentaient des hommes libres et leur condition de hors-la-loi leur paraissait magnifique. — Vous rêvez, Laurent, fit Marceau. L'officier restait figé, tout droit dans la neige, et son regard se perdait dans le ciel comme s'il s'attendait à voir revenir l'avion. L'émotion crispait ses traits. — Oui, je rêve. Je rêve au pilote qui rejoint la France libre.

Roger Frison-Roche, *Les Montagnards de la nuit*, 1968.

Travail d'écriture – Sujet d'imagination → énoncé p. 40

Les clés pour réussir

La présentation de la lettre

- Une lettre personnelle, ou comme ici une lettre d'hommage, répond à des **codes bien précis de mise en page.** Veillez à bien indiquer :
– le lieu et la date d'envoi, en haut à droite ;
– une formule d'appel ;
– une formule de clôture ;
– la signature.
- La lettre est **rédigée par Gabrielle**, la sœur du jeune homme, vous parlerez donc à la **première personne du singulier** et vous ferez bien les **accords nécessaires au féminin.**

L'évocation des sentiments

- **Plusieurs sentiments doivent être mobilisés** : la tristesse bien sûr, mais aussi la révolte, la colère, l'injustice, etc.
- Pour exprimer vos sentiments, **utilisez des verbes variés** : sentir, ressentir, éprouver, avoir l'impression de, etc.

Le portrait physique et moral

- Au-delà de la description physique du jeune homme, il faudra surtout **insister sur ses qualités morales**, comme l'engagement, le courage, le sens de l'amitié, l'héroïsme, etc.

Méthode

Pour vous aider, nous vous avons indiqué en couleur les parties de la rédaction qui répondent aux consignes.

Codes de la lettres Héroïsme Portrait Sentiments

Paris, le 24 décembre 1940

Petit frère,

Il neige sur Paris ce matin, mais tu n'es plus là pour regarder tomber la neige avec moi en tendant malicieusement ta bouche vers les plus gros flocons. Ton rire me manque déjà comme ton sourire angélique que dissimulait à peine ta barbe naissante. Je me retourne dans notre petit appartement et je crois encore apercevoir ta silhouette élancée dans l'encadrement de la porte. Tu m'as dit en partant entre ces deux soldats aux longues pèlerines noires : «T'en fais pas sœurette, c'est un malentendu, je rentre tout à l'heure. » Rassurant et amusé, comme à ton habitude. Et tu n'es pas rentré. Et tu ne rentreras plus.

C'est injuste et révoltant : tu n'étais qu'innocence, ils voulaient un coupable, tu n'étais qu'amitié, ils te voulaient délateur, tu étais courageux, ils te voulaient lâche. Mais c'est toi qui survis, on les oubliera tes bourreaux, mais on ne t'oubliera pas. Déjà, sous ton portrait fleurissent les hommages, tes amis sont tous là qu'on ne connaissait pas, ils sortent de l'ombre pour engager le combat. Témoins discrets, ils posent une fleur, dessinent un drapeau, esquissent un geste, inscrivent ton nom. C'est comme si la France te découvrait petit frère ; tu n'es pas que mon frère, tu es celui de milliers d'autres français qui murmurent ton nom jusque dans les campagnes.

Demain, ce sera notre premier Noël sans toi, mais tu seras présent dans tous les foyers de France. Ils ont voulu te faire taire mais notre peine gronde et s'amplifie, la vague de tristesse entraîne une vague de révolte qui m'apporte un peu de chaleur. Tu as toujours été mon héros, tu deviens celui de tout un peuple.

Il neige sur Paris ce matin, et je vois l'image de ton sang qui fait comme une fleur, une fleur face aux fusils, c'est ton ultime message, ta dernière plaisanterie. On ne l'oubliera pas, on ne t'oubliera pas.

Gabrielle

Travail d'écriture – Sujet de réflexion → *énoncé p. 40*

Les clés pour réussir

L'introduction

- **Annoncez le thème** : vous pouvez, par exemple, faire référence au texte étudié ou à l'histoire.
- **Présentez le sujet** : recopiez ou reformulez la question posée par le sujet.
- **Annoncez votre plan.**

Le développement

- Le sujet vous invite à organiser votre devoir **en deux parties** contenant chacune au moins deux paragraphes argumentés (un argument et un exemple précis). Pensez à **utiliser les textes et documents étudiés en classe**, à vous reporter à **l'actualité**, et n'hésitez pas à citer votre **expérience personnelle**.

La conclusion

- **Précisez votre avis** en répondant clairement à la question posée par le sujet.

Méthode

Pour vous aider, nous vous avons indiqué en couleur les parties de la rédaction qui répondent aux consignes.

Indicateurs logiques — Arguments — |...| Exemples

Les films comme la littérature mettent souvent en scène des figures de héros exceptionnels, cependant Aragon évoque ici un héros « banal ». On peut en effet se demander si le fait d'avoir un comportement héroïque est à la portée de tout le monde. Nous verrons dans une première partie que l'héroïsme n'appartient qu'à des personnes hors du commun, puis nous envisagerons un héroïsme plus universel, dont chacun et chacune peut s'emparer.

D'abord, la figure du héros traditionnel nous renvoie l'image d'un être exceptionnel, doué de qualités hors du commun. Il faut, pour être un héros, avoir une singularité dès le début de sa vie, au moins une caractéristique extraordinaire qui démarque le héros du reste de l'humanité. C'est le cas des héros de l'antiquité, dont s'inspireront plus tard de nombreux personnages de la littérature comme Harry Potter. Par exemple, Héraclès est un héros dès sa naissance : il a une parenté divine, il est doué d'une force surhumaine qui lui permet de vaincre des serpents monstrueux envoyés dans son berceau dès son plus jeune âge.

Par ailleurs, si le héros ne l'est pas dès la naissance, il peut le devenir grâce à une formation particulière souvent alliée à la technologie. Il s'agit alors d'améliorer les caractéristiques physiques ou mentales d'un individu par l'usage des sciences et des techniques pour en faire un héros. C'est ce que l'on appelle le « transhumanisme » ou les « humains augmentés ». La science-fiction ou les « comics » offrent de nombreux exemples d'humains augmentés, qui deviennent des héros grâce à l'apport de la science. Ainsi dans son film *Robocop*, Paul Verhoeven, imagine un policier assassiné, ramené à la vie par la technologie. Il devient alors un héros policier, mi-homme, mi-robot, doué de qualités hors du commun qu'il met au service de la population.

Cependant, comme on peut le voir avec ce dernier exemple, ce qui définit aussi les héros, c'est avant tout l'altruisme, la volonté de faire passer l'intérêt des autres avant le sien. Cette générosité peut s'observer au quotidien, chez des gens tout à fait ordinaires en apparence, mais qui n'en sont pas moins des héros. C'est ce que nous montrent chaque jour des personnes comme les pompiers volontaires ou les personnels soignants, qui n'hésitent pas à aller jusqu'à risquer leur vie pour porter assistance à des personnes en difficulté. Ce sens du sacrifice pour l'intérêt des autres définit un comportement héroïque.

Enfin, ce sont parfois les circonstances, les situations, qui déclenchent un comportement héroïque chez chacun de nous. On ne naît pas héros, mais on le devient, parce que l'on a conscience à un moment donné et dans une situation particulière de faire une chose juste et humaniste. L'exemple des résistants lors de la seconde guerre mondiale le montre bien. Souvent, comme en témoigne la résistante et ancienne déportée Charlotte Delbo dans son livre *Aucun de nous ne reviendra*, c'est la situation qui a fait de ces femmes et de ces hommes ordinaires des héros, ils se sont engagés au service d'une cause allant souvent jusqu'au sacrifice de leur propre vie pour défendre notre idéal de liberté.

Pour conclure, au-delà des héros de fiction, que leurs caractéristiques hors du commun mettent en lumière et qui semblent inaccessibles, les comportements héroïques naissent souvent chez des personnes ordinaires sous l'impulsion d'une situation dangereuse qui les pousse à se dépasser pour se mettre au service des autres. Cet altruisme révélé par les circonstances est certainement la forme la plus belle de l'héroïsme qui encourage chacun à donner le meilleur de lui-même pour le bien des autres.

Sujets par thèmes

Sujet 3 Albert Camus, *Le Premier Homme*

3 heures

France métropolitaine, juillet 2019

Travail sur le texte littéraire et sur l'image

1 h 10 **50 pts**

Document A Texte littéraire

Dans son roman Le Premier Homme, *Albert Camus raconte son enfance en Algérie dans les années 1920. Il s'est représenté dans le personnage de Jacques et évoque ici les jeux qu'il partage avec ses camarades.*

Tous les jours, à la saison, un marchand de frites activait son fourneau. La plupart du temps, le petit groupe n'avait même pas l'argent d'un cornet. Si par hasard l'un d'entre eux avait la pièce nécessaire, il achetait son cornet, avançait gravement vers la plage, suivi du cortège respectueux des camarades et, devant la mer, à l'ombre d'une vieille barque démantibulée, plantant ses pieds dans le sable, il se laissait tomber sur les fesses, portant d'une main son cornet bien vertical et le couvrant de l'autre pour ne perdre aucun des gros flocons croustillants. L'usage était alors qu'il offrît une frite à chacun des camarades, qui savourait religieusement l'unique friandise chaude et parfumée d'huile forte qu'il leur laissait. Puis ils regardaient le favorisé qui, gravement, savourait une à une le restant des frites. Au fond du paquet, restaient toujours des débris de frites. On suppliait le repu[1] de bien vouloir les partager. Et la plupart du temps, sauf s'il s'agissait de Jean, il dépliait le papier gras, étalait les miettes de frites et autorisait chacun à se servir, tour à tour, d'une miette. […] Le festin terminé, plaisir et frustration aussitôt oubliés, c'était la course vers l'extrémité ouest de la plage, sous le dur soleil, jusqu'à une maçonnerie à demi détruite qui avait dû servir de fondation à un cabanon disparu et derrière laquelle on pouvait se déshabiller. En quelques secondes, ils étaient nus, l'instant d'après dans l'eau, nageant vigoureusement et maladroitement, s'exclamant, bavant et recrachant, se défiant à des plongeons ou à qui resterait le plus longtemps sous l'eau. La mer était douce, tiède, le soleil léger maintenant sur les têtes mouillées, et la gloire de la lumière emplissait ces jeunes corps d'une joie qui les faisait crier sans arrêt. Ils régnaient sur la vie et sur la mer, et ce que le monde peut donner de plus fastueux[2], ils le recevaient et en usaient sans mesure, comme des seigneurs assurés de leurs richesses irremplaçables.

Ils en oubliaient même l'heure, courant de la plage à la mer, séchant sur le sable l'eau salée qui les faisait visqueux, puis lavant dans la mer le sable qui les habillait de gris. Ils couraient, et les martinets[3] avec des cris rapides commençaient de voler plus bas au-dessus des fabriques et de la plage. Le ciel, vidé de la touffeur[4] du jour, devenait plus pur puis verdissait, la lumière se détendait et, de l'autre côté du golfe, la courbe des maisons et de la ville, noyée jusque-là dans une sorte de brume, devenait plus distincte. Il faisait encore jour, mais des lampes s'allumaient déjà en prévision du rapide crépuscule d'Afrique. Pierre, généralement, était le premier à donner le signal : « Il est tard », et aussitôt, c'était la débandade, l'adieu rapide. Jacques avec Joseph et Jean couraient vers leurs maisons sans se soucier des autres. Ils galopaient hors de souffle. La mère de Joseph avait la main leste[5]. Quant à la grand-mère de Jacques…

Albert Camus, *Le Premier Homme,* © Éditions Gallimard, 1994.

1. *Le repu* : celui qui n'a plus faim.
2. *Fastueux* : très luxueux.
3. *Martinets* : oiseaux au vol rapide, qui ressemblent aux hirondelles.
4. *Touffeur* : chaleur étouffante.
5. *Avoir la main leste* : donner facilement des gifles, des coups, en guise de réprimande.

Document B **Image**

La Voiture fondue, 1944, © Atelier Robert Doisneau.

SE CHERCHER

Les réponses aux questions doivent être entièrement rédigées.

Grammaire et compétences linguistiques → corrigé p. 54

1 « L'usage était alors qu'il offrît une frite à chacun des camarades, qui savourait religieusement l'unique friandise chaude et parfumée d'huile forte qu'il leur laissait .» (l. 9-11)

a. Quel est le groupe complément d'objet de « savourait » ? **1 pt**

b. Pour vérifier la délimitation de ce groupe complément d'objet, réécrivez la phrase en le remplaçant par un pronom. **1 pt**

c. Relevez deux expansions du nom « friandise » de nature (ou classe) grammaticale différente. Précisez la nature (ou classe) grammaticale de chacune d'elles. **4 pts**

2 « Le festin terminé, plaisir et frustration aussitôt oubliés, c'était la course vers l'extrémité ouest de la plage » (l. 16-17). Remplacez les deux groupes soulignés par deux propositions subordonnées conjonctives compléments circonstanciels de temps. **2 pts**

3 Réécrivez le passage ci-dessous en remplaçant « l'un d'entre eux » par « deux d'entre eux ». Faites toutes les modifications nécessaires.
« Si par hasard l'un d'entre eux avait la pièce nécessaire, il achetait son cornet, avançait gravement vers la plage, suivi du cortège respectueux des camarades et, […] plantant ses pieds dans le sable, il se laissait tomber sur les fesses, portant d'une main son cornet bien vertical et le couvrant de l'autre. » (l. 3-8) **10 pts**

Compréhension et compétences d'interprétation → corrigé p. 54

1 Lignes 1 à 16 :

a. La scène évoquée se répète plusieurs fois. Qu'est-ce qui l'indique précisément ? Deux éléments de réponse sont attendus. **2 pts**

b. Pourquoi ce moment est-il particulièrement important pour les enfants ? Vous justifierez votre réponse en vous appuyant sur le texte. Deux éléments de réponse sont attendus. **4 pts**

2 Lignes 16 à 28 :

a. Comment l'écrivain montre-t-il que les enfants sont heureux au moment de la baignade ? Vous justifierez votre réponse en vous appuyant sur le texte. Deux éléments de réponse sont attendus. **4 pts**

b. Pourquoi peut-on dire qu'ils sont transformés par la baignade ? Vous justifierez votre réponse en vous appuyant sur le texte. Deux éléments de réponse sont attendus. **4 pts**

3 Lignes 29 à 42 : quels changements apparaissent à la fin du texte ? Développez trois éléments de réponse en vous appuyant sur des passages précis. **6 pts**

4 En vous aidant de vos réponses aux questions précédentes, donnez un titre significatif à chacun des trois moments de la journée évoqués dans le texte (l. 1-16, l. 16-28 et l. 29-42). **6 pts**

5 Quels liens pouvez-vous établir entre la photographie de Robert Doisneau et le texte d'Albert Camus ? Développez votre réponse en vous appuyant sur des éléments précis. **6 pts**

Dictée → *corrigé p. 56*

20 min **10 pts**

› Écoutez la dictée avec l'application Nathan Live.

Consignes :

– On dictera le texte à haute voix à plusieurs reprises.

– On inscrira au tableau de manière lisible par l'ensemble des candidats le titre de l'œuvre, le nom de l'auteur et le mot **glycines**.

– On précisera que les nombres doivent être écrits en lettres.

– On indiquera aux candidats que le « ils » utilisé dans le texte de la dictée désigne Jacques et ses camarades.

Rédaction

1 h 30 **40 pts**

Vous traiterez au choix l'un des deux sujets suivants :

Sujet d'imagination → *corrigé p. 57*

› Devenu adulte, un des enfants de la photographie de Robert Doisneau raconte, comme Albert Camus, les jeux de son enfance. Il évoque la scène représentée sur la photographie. Vous imaginerez son récit en montrant comment le jeu permet aux enfants, dans un moment de joie partagée, de transformer la réalité qui les entoure.

Vous choisirez d'écrire votre récit à la première ou à la troisième personne.

Sujet de réflexion → *corrigé p. 58*

› La littérature, le cinéma et les autres arts permettent de découvrir la vie de personnages fictifs ou réels. Que peut vous apporter cette découverte ?

Vous développerez votre point de vue en vous appuyant sur des exemples précis, issus de votre culture personnelle et des œuvres étudiées lors de votre scolarité.

Sujet 3 Corrigé

Grammaire et compétences linguistiques → *énoncé p. 52*

Les clés pour réussir

1 a. Un « groupe complément d'objet » est un **COD** ou un **COI**. Il répond à la question « Quoi ? » ou « À quoi ?/De quoi ? » posée après le verbe (voir fiche 2 p. 262).

c. Les expansions du nom les plus fréquentes sont les **adjectifs qualificatifs**, les **groupes prépositionnels** et les **propositions subordonnées relatives**. On attend ici deux expansions de nature différente.

2 Une proposition subordonnée conjonctive complément circonstanciel de temps doit être introduite par une **conjonction de subordination** (*quand, lorsque, dès que, aussitôt que...*) et contenir un **verbe conjugué** (voir fiche 4 p. 265).

1 a. « l'unique friandise chaude et parfumée d'huile forte qu'il leur laissait » est le groupe complément d'objet du verbe « savourait ».
b. « L'usage était alors qu'il offrît une frite à chacun des camarades, qui la savourait religieusement. »
c. Le nom « friandise » est complété par :
- des adjectifs qualificatifs : « unique » et « chaude » ;
- une proposition subordonnée relative : « qu'il leur laissait » ;
- un groupe participe passé employé comme adjectif : « parfumée d'huile forte ».

2 « Quand le festin était terminé, dès que plaisir et frustration étaient oubliés, c'était la course vers l'extrémité ouest de la plage. »

3 « Si par hasard deux d'entre eux avaient la pièce nécessaire, ils achetaient leur cornet, avançaient gravement vers la plage, suivis du cortège respectueux des camarades et, [...] plantant leurs pieds dans le sable, ils se laissaient tomber sur les fesses, portant d'une main leur cornet bien vertical et le couvrant de l'autre. »

Compréhension et compétences d'interprétation → *énoncé p. 52*

Les clés pour réussir

Pour ces questions d'interprétation, soyez très attentif aux **indications de lignes**.

1 a. La répétition peut être indiquée par le **lexique**, mais aussi par la **valeur d'un temps** particulier.

2 a. Vous devez chercher des **procédés d'écriture** particuliers.

3 Cette question nécessite une réponse **développée**. Chaque élément de réponse devra être justifié par une **citation** précise du texte.

5 Soyez attentif aux **points communs** entre le texte et l'image, à la fois dans le **décor**, les **personnages** et leurs **occupations**. Attention, ne faites pas d'erreur sur la date : les deux documents n'évoquent pas la même période.

SE CHERCHER

1 **a.** Les éléments qui indiquent que la scène se répète plusieurs fois sont nombreux :
– les indications temporelles : « Tous les jours » (l. 1), « La plupart du temps » (l. 2 et 14), « toujours » (l. 13) ;
– l'utilisation de l'imparfait d'habitude : « activait » (l. 1), « dépliait » (l. 14)... ;
– l'emploi du mot « usage » (l. 9).

b. La dégustation d'un cornet de frites est pour les enfants un moment exceptionnel car c'est une gourmandise qui est rare et chère pour eux : « La plupart du temps, le petit groupe n'avait même pas l'argent d'un cornet » (l. 2-3). Ils ne veulent donc pas en perdre la moindre miette : « [il] étalait les miettes de frites » (l. 15). C'est aussi un moment de partage et d'amitié : « L'usage était alors qu'il offrît une frite à chacun » (l. 9), « [il] autorisait chacun à se servir » (l. 15).

2 **a.** Le bonheur des enfants au moment de la baignade est exprimé par :
– l'énumération des actions : « nageant [...], s'exclamant, bavant et recrachant, se défiant » (l. 21-22) ;
– le champ lexical du bonheur : « joie », « crier » (l. 25) ;
– la comparaison (« comme des seigneurs », l. 27) et la métaphore (« Ils régnaient sur la vie et sur la mer », l. 25-26) ;
– l'expression de l'intensité : « vigoureusement » (l. 21), « le plus » (l. 22), « sans arrêt » (l. 25), « sans mesure » (l. 27), « irremplaçables » (l. 28).

b. Les enfants ne sont plus les mêmes une fois dans l'eau parce qu'ils ne sont plus pauvres. Leur joie efface la pauvreté (« régnaient », l. 25 ; « fastueux », l. 26 ; « richesses », l. 28), au point qu'ils deviennent « comme des seigneurs » (l. 27). On a l'impression que les enfants fusionnent avec le monde : « la gloire de la lumière emplissait ces jeunes corps » (l. 24).

3 À la fin du texte, la réalité s'impose aux enfants et met fin à l'état de bonheur dans lequel ils étaient. La ville réapparaît (« la courbe des maisons et de la ville [...] devenait plus distincte », l. 34-36) tandis que la nuit tombe (« des lampes s'allumaient », l. 36-37). Les enfants se dépêchent alors de rentrer en oubliant le groupe : « c'était la débandade, l'adieu rapide. Jacques avec Joseph et Jean couraient vers leurs maisons sans se soucier des autres » (l. 39-40). Les règles familiales s'imposent à eux : « La mère de Joseph avait la main leste » (l. 41).

4 La journée festive du texte fait apparaître trois moments que l'on pourrait nommer ainsi :
– le rituel du partage du cornet de frites (l. 1-16) : « Le Festin » ;
– l'instant de joie intense pendant la baignade (l. 16-28) : « La Baignade » ;
– le retour brutal à la réalité (l. 29-42) : « Le Retour ».

5 Le texte d'Albert Camus et la photographie de Robert Doisneau ont de nombreux points communs. Dans le texte, un groupe d'enfants joue sur la plage ; sur la photographie, un groupe d'enfants joue dans la carcasse d'une voiture. Dans les deux cas, les enfants semblent heureux : ils sourient sur la photographie et sont transportés par « une joie qui les faisait crier sans arrêt » (l. 25) dans le texte. Dans les deux cas, les enfants font abstraction du délabrement du lieu et le transforment par leur présence : la « maçonnerie à demi détruite » (l. 18) devient une cabine de plage dans le texte, de même que la voiture fondue devient un carrosse sur la photographie. Enfin, dans le texte comme sur la photographie, les enfants se tiennent à l'écart de la ville et du monde des adultes, avec des postures de héros : « comme des seigneurs » (l. 27).

Dictée → *énoncé p. 53*

Les clés pour réussir

Bien conjuguer

- **L'imparfait** de l'indicatif a les mêmes terminaisons pour tous les verbes : *-ais, -ais, -ait, -ions, -iez, -aient.*

Bien accorder

- Le « **ils** » utilisé dans le texte est au **pluriel.**
- Les verbes au **participe présent** sont **invariables.**
- Les **participes passés** employés comme **adjectifs** s'accordent **avec le nom** auquel ils se rapportent.

Ne pas confondre

- « **ras** » / « **raz** » / « **rat** » : « ras » est un adjectif qualificatif employé dans l'expression « à ras bord » ; « raz » est un nom désignant un courant marin ; « rat » est un nom désignant l'animal.

Bien orthographier

- « **champ** » : pas de « s » final.
- « **loin** » : pas de « g » final (ne pas confondre avec « long »).

Dès qu'ils étaient au complet, ils partaient, promenant la raquette le long des grilles rouillées des jardins devant les maisons, avec un grand bruit qui réveillait le quartier et faisait bondir les chats endormis sous les glycines poussiéreuses. Ils couraient, traversant la rue, essayant de s'attraper, couverts déjà d'une bonne sueur, mais toujours dans la même direction, vers le champ, non loin de leur école, à quatre ou cinq rues de là. Mais il y avait une station obligatoire, à ce qu'on appelait le jet d'eau, sur une place assez grande, une énorme fontaine ronde à deux étages, où l'eau ne coulait pas, mais dont le bassin, depuis longtemps bouché, était rempli jusqu'à ras bord, de loin en loin, par les énormes pluies du pays.

Albert Camus, *Le Premier Homme*, © Éditions Gallimard, 1994.

Travail d'écriture – Sujet d'imagination → énoncé p. 53

Les clés pour réussir

La situation de communication

- On attend un texte **narratif** à la **première** ou à la **troisième personne**.
- Le récit doit contenir une **description précise** de la scène représentée sur la **photographie**.
- Le narrateur doit exprimer ses **impressions**, ses **sensations**, ses **émotions**.

La transformation de la réalité

- Les **jeux de l'enfance** doivent transformer le décor délabré lié à la guerre. Il est donc important d'associer la photographie à un moment de **joie**.

Le récit d'un souvenir

- Vous devez introduire votre récit par l'évocation des **circonstances** qui ont entraîné le **retour dans le passé**.
- Pensez à montrer que le recul a permis au narrateur d'**analyser son souvenir**.

Méthode

Pour vous aider, nous vous avons indiqué en couleur les parties de la rédaction qui répondent aux consignes.

|...| Description de la photographie — Narrateur adulte

Jeu qui transforme la réalité

« Dis papi, c'est toi sur la photo là ? » Ma petite-fille, plongée dans un vieil album photo, me désignait du doigt une photographie en noir et blanc, jaunie par le temps. Je fixai un instant l'image et tous les souvenirs de cette période commencèrent à resurgir dans ma mémoire comme une vague de nostalgie.

C'était l'été 1944. Le Débarquement avait déjà eu lieu et notre ville avait été libérée du joug de l'occupant allemand. Nous habitions alors en Normandie et les bombardements avaient été violents : de nombreux bâtiments avaient été soufflés et avaient laissé place à un champ de ruines, un peu à l'écart des habitations épargnées. Nous étions une bande de copains et ce terrain devint vite notre aire de jeux favorite.

Sur la photo, nous étions cinq. Nous avions pris d'assaut la carcasse à demi brûlée d'une vieille voiture. Je reconnus sans peine Marcel, qui se penchait par la portière pour guetter d'éventuels poursuivants. Derrière lui se tenaient fièrement ses deux petites sœurs, dont j'ai oublié les prénoms. On les appelait « princesses » ! On avait dû leur dire de s'asseoir là, passagères uniques de notre diligence improvisée. Sur le capot, bravant tous les dangers, Émile trônait, scrutant un horizon que nous n'atteindrions sans doute jamais... C'était le plus grand d'entre nous, le chef de la bande, et personne ne lui disputait ce rôle – son père avait été résistant. Et moi, sept ans à peine, j'étais assis sur le toit de la voiture. Armé d'un fil électrique sûrement trouvé au milieu des décombres, je fouettais les chevaux imaginaires de notre diligence en leur lançant des insultes avec un accent *yankee* que je pensais parfait !

Les semaines précédentes, nous avions croisé quelques soldats américains et accumulé des trésors que nous devions absolument protéger : un paquet de chewing-gums, un « cricket » du Débarquement et sans doute quelques barres de chocolat.

Le champ de ruines était une bénédiction pour nous : à l'abri du regard de nos parents, nous étions libres d'imaginer les plus folles aventures. Des Indiens convoitaient notre trésor, mais notre diligence était si rapide que plus rien ne pouvait nous inquiéter. Comme Émile, nous regardions vers l'avenir avec le sourire.

Ma petite-fille me rappela à la réalité : « C'est tout cassé ! C'était la guerre ? ». « C'était la guerre, oui... » pensai-je. Mais nous voulions tellement l'oublier, et nos jeux d'enfants nous permettaient d'y échapper pendant que les adultes pansaient leurs plaies ou se battaient encore.

Travail d'écriture – Sujet de réflexion → énoncé p. 53

Les clés pour réussir

L'introduction

- Annoncez le **thème** : la littérature et les arts.
- Présentez le **sujet** : recopiez ou reformulez la question posée par le sujet.
- Annoncez votre **plan**.

Le développement

Le sujet vous invite à **présenter votre point de vue** en développant vos idées dans au moins **trois paragraphes** illustrés d'exemples précis et variés. On n'attend pas ici un plan en deux parties (pour/contre).

La conclusion

- Précisez votre avis **en répondant clairement à la question posée** par le sujet.
- Terminez avec une phrase d'**ouverture** pour élargir la question en restant sur le même thème.

Méthode

Pour vous aider, nous vous avons indiqué en couleur les parties de la rédaction qui répondent aux consignes.

Indicateurs logiques — Arguments — |…| Exemples

Le rapport de proximité des œuvres d'art avec la vie est permanent, comme l'écrivait la graffeuse Miss. Tic : « L'art et la vie ne font qu'un ». La littérature, le cinéma et les autres arts permettent en effet de découvrir la vie de personnages fictifs ou réels. On peut s'interroger sur ce que nous apportent ces découvertes. Nous présenterons ici quatre réponses à cette question, en nous appuyant sur des exemples précis.

Dans un premier temps, la découverte de la vie de personnes réelles à travers des œuvres littéraires ou cinématographiques est un moyen efficace d'enrichir ses connaissances, d'apprendre et de réfléchir grâce aux expériences vécues et racontées. Ainsi, à la lecture de *Patients*, l'autobiographie du chanteur Grand Corps Malade, on découvre le monde du handicap et du milieu médical à travers le récit poignant de Fabien qui se réveille dans une ambulance, paralysé suite à un plongeon en piscine, et qui va devoir apprendre à devenir « patient » dans tous les sens du terme. Son expérience nous fait découvrir de l'intérieur un univers auquel on a souvent peur de se confronter.

On peut également lire ou regarder la vie des personnages avec l'intention de mieux connaître les autres. De nombreux films appelés « biopics » racontent ainsi la vie de personnes célèbres. C'est le cas du film *Mandela*, qui retrace la vie de Nelson Mandela, de sa jeunesse à la campagne jusqu'à son accession à la présidence, en passant par son incarcération. Sa vie illustre et incarne les injustices de l'*apartheid* en Afrique du Sud.

De plus, découvrir la vie de personnages fictifs permet souvent de vivre des aventures par procuration. On sort de la réalité en s'identifiant au héros de la fiction que l'on découvre. Par exemple, les lecteurs de la série littéraire *U4* peuvent évoluer, à l'instar des personnages, dans un monde post-apocalyptique ravagé par un virus qui n'épargne que les adolescents. En tant que lecteur, on a l'impression de ressentir les mêmes émotions, les mêmes peurs que les personnages.

Enfin, l'apport principal de la découverte de la vie de personnages réels ou fictifs concerne certainement la connaissance de soi. En effet, en lisant ce que vivent et ressentent des personnages dont on se sent proche, on apprend à mieux se connaître. Par exemple, les interrogations de Lou dans le roman de Delphine de Vigan *No et moi* sont universelles. L'humanisme dont elle fait preuve face à une jeune fille sans domicile fixe est touchant et nous pousse à nous poser la question de nos propres réactions si l'on se trouvait dans la même situation.

Pour conclure, on comprend bien l'intérêt que l'on porte aux personnages de la littérature et des arts : ils nous offrent des exemples riches d'enseignement et de divertissement, et nous permettent à la fois de mieux comprendre les autres mais aussi de mieux nous comprendre nous-mêmes. En ce sens, il pourrait être intéressant d'élargir cette réflexion aux arts du spectacle vivant.

Sujet 4 Simone de Beauvoir, *La Force de l'Âge*

3 heures

Pondichéry, mai 2017

Travail sur le texte littéraire et sur l'image

1 h 10 **50 pts**

Document A Texte littéraire

Simone de Beauvoir vient d'avoir 20 ans : en s'installant à Paris, dans une pension tenue par sa grand-mère, elle obtient enfin la liberté dont elle avait tant rêvé pendant ses années d'études... Elle raconte cette installation au deuxième tome de son œuvre autobiographique.

Ce qui me grisa lorsque je rentrai à Paris, en septembre 1929, ce fut d'abord ma liberté. J'y avais rêvé dès l'enfance, quand je jouais avec ma sœur à « la grande jeune fille ». Étudiante, j'ai dit avec quelle passion je l'appelai. Soudain, je l'avais ; à chacun de mes gestes, je m'émerveillais de ma légèreté. Le matin, dès que j'ouvrais les yeux, je m'ébrouais, je jubilais. Aux environs de mes 12 ans, j'avais souffert de ne pas posséder à la maison un coin à moi. Lisant dans *Mon journal*[1] l'histoire d'une collégienne anglaise, j'avais contemplé avec nostalgie le chromo[2] qui représentait sa chambre : un pupitre, un divan, des rayons couverts de livres ; entre ces murs aux couleurs vives, elle travaillait, lisait, buvait du thé, sans témoin : comme je l'enviai ! J'avais entrevu pour la première fois une existence plus favorisée que la mienne. Voilà qu'enfin moi aussi j'étais chez moi ! Ma grand-mère avait débarrassé son salon de tous ses fauteuils, guéridons, bibelots. J'avais acheté des meubles en bois blanc que ma sœur m'avait aidée à badigeonner d'un vernis marron. J'avais une table, deux chaises, un grand coffre qui servait de siège et de fourre-tout, des rayons pour mettre mes livres, un divan assorti au papier orange dont j'avais fait tendre les murs. De mon balcon, au cinquième étage, je dominais les platanes de la rue Denfert-Rochereau et le lion de Belfort. Je me chauffais avec un poêle à pétrole rouge et qui sentait très mauvais : il me semblait que cette odeur défendait ma solitude et je l'aimais. Quelle joie de pouvoir fermer ma porte et passer mes journées à l'abri de tous les regards ! Je suis très longtemps restée indifférente au décor dans lequel je vivais ; à cause, peut-être, de l'image de *Mon journal* je préférais les chambres qui m'offraient un divan, des rayonnages ; mais je m'accommodais de n'importe quel réduit : il me suffisait encore de pouvoir fermer ma porte pour me sentir comblée.

Je payais un loyer à ma grand-mère et elle me traitait avec autant de discrétion que ses autres pensionnaires ; personne ne contrôlait mes allées et venues. Je pouvais rentrer à l'aube ou lire au lit toute la nuit, dormir en plein midi, rester claquemurée vingt-quatre heures de suite, descendre brusquement dans la rue. Je déjeunais d'un *bortsch* chez Dominique[3], je dînais à la Coupole d'une tasse de chocolat. J'aimais le chocolat, le *bortsch*, les longues siestes et les nuits sans sommeil, mais j'aimais surtout mon caprice. Presque rien ne le contrariait. Je constatai joyeusement que le « sérieux de l'existence », dont les adultes m'avaient rebattu les oreilles, en vérité ne pesait pas lourd. Passer mes examens, ça n'avait pas été de la plaisanterie ; j'avais durement peiné, j'avais eu peur d'échouer, je butais contre des obstacles et je me fatiguais. Maintenant, nulle part je ne rencontrais de résistances, je me sentais en vacances, et pour toujours.

Simone de Beauvoir, *La Force de l'Âge*, Gallimard, 1960.

1. *Mon journal* : mensuel de l'époque, pour filles et garçons de cinq à dix ans.
2. *Chromo* : illustration en couleur.
3. *Dominique* : restaurant russe qui servait entre autres choses le *bortsch*, un potage traditionnel de l'Est.

Document B Image

Rêves, Vittorio Matteo Corcos, 1896.

Les réponses aux questions doivent être entièrement rédigées.

Grammaire et compétences linguistiques → corrigé p. 64

1 « j'y avais rêvé dès l'enfance » (ligne 2). Dans cette proposition, à quel temps le verbe est-il conjugué ? Expliquez son emploi. **4 pts**

2 « j'avais durement peiné, j'avais eu peur d'échouer, je butais contre des obstacles et je me fatiguais. Maintenant, nulle part je ne rencontrais de résistances, je me sentais en vacances, et pour toujours. » (lignes 42 à 45)
a. Quel est le rapport logique entre ces deux phrases ?
b. Transformez ces deux phrases en une phrase complexe contenant une proposition subordonnée. **4 pts**

3 Réécrivez ce passage en remplaçant la première personne du singulier (*je*) par la première personne du pluriel (*nous*) désignant la narratrice et sa sœur. Vous ferez toutes les modifications nécessaires.
« Je suis très longtemps restée indifférente au décor dans lequel je vivais ; à cause, peut-être, de l'image de Mon journal je préférais les chambres qui m'offraient un divan, des rayonnages ; mais je m'accommodais de n'importe quel réduit. » **10 pts**

SE CHERCHER

Compréhension et compétences d'interprétation → corrigé p. 65

1 Lignes 1 à 6 : relevez trois mots qui illustrent le sentiment dominant de ce passage. Quelle en est la cause ? **4 pts**

2 « J'aimais le chocolat, le *bortsch*, les longues siestes et les nuits sans sommeil, mais j'aimais surtout mon caprice. » (lignes 37-39)
Quels sont les goûts évoqués par la narratrice dans cette phrase ? Lequel est mis en avant et comment ? **6 pts**

3 Que représente la nouvelle chambre dans la vie de la narratrice ? Vous développerez au moins deux idées. **8 pts**

4 Quelle est la place de la lecture dans la liberté nouvelle de la narratrice ? Justifiez en citant le texte. **6 pts**

5 Décrivez l'attitude de la jeune femme dans ce tableau. Quelle image particulière de la lectrice introduit-il ? Cette vision rejoint-elle celle que propose le texte ? **8 pts**

Dictée → corrigé p. 66 20 min **10 pts**

› Écoutez la dictée avec l'application Nathan Live.

Consignes :

– On dictera le texte à haute voix à plusieurs reprises.
– On inscrira au tableau de manière lisible par l'ensemble des candidats le titre de l'œuvre, le nom de l'auteur et le nom **Herbaud**.

Rédaction 1 h 30 **40 pts**

Vous traiterez au choix l'un des deux sujets suivants :

Sujet d'imagination → corrigé p. 67

› La narratrice rencontre sa grand-mère dans la pension : cette dernière exprime ses sentiments face à la liberté et au bonheur de sa petite-fille. Elle lui raconte ce qu'était sa vie au même âge.

Sujet de réflexion → corrigé p. 69

› En quoi la lecture peut-elle être selon vous une source de liberté ?
Vous répondrez à cette question en envisageant notamment différentes pratiques ou différents supports de la lecture.

Sujet 4 Corrigé

Grammaire et compétences linguistiques → énoncé p. 63

Les clés pour réussir

1 Les **temps composés** indiquent souvent une **antériorité** par rapport aux temps simples.

2 **a.** Les liens logiques les plus fréquents sont la cause, la conséquence, l'opposition et le but. Attention, ici deux réponses sont possibles, mais vous ne devez en proposer qu'une seule.

b. Attention à bien utiliser une conjonction de subordination (et non de coordination).

3 • **On vous demande** de passer du singulier au pluriel en restant au féminin (la narratrice et sa sœur).
• **Vous devez modifier :**
– les pronoms personnels (sujets, réfléchis) ;
– l'accord d'un participe passé et d'un adjectif ;
– la conjugaison des verbes.

SE CHERCHER

1 Le verbe « rêver » est conjugué au plus-que-parfait de l'indicatif. Ce temps exprime ici l'antériorité par rapport à la phrase précédente : ce rêve de liberté est arrivé bien avant ses 20 ans : « dès l'enfance ».

2 **a.** Le rapport logique entre ces deux phrases est l'opposition.

b. « [...] j'avais durement peiné, j'avais eu peur d'échouer, je butais contre des obstacles et je me fatiguais alors que maintenant, nulle part je ne rencontrais de résistances, je me sentais en vacances, et pour toujours. » La conjonction de subordination « alors que » permet d'exprimer l'opposition. Un rapport logique de conséquence pourrait aussi être sous-entendu avec la conjonction « si bien que ».

3 « **Nous sommes** très longtemps **restées indifférentes** au décor dans lequel **nous vivions** ; à cause, peut-être, de l'image de *Mon journal* **nous préférions** les chambres qui **nous offraient** un divan, des rayonnages ; mais **nous nous accommodions** de n'importe quel réduit. »

Compréhension et compétences d'interprétation → énoncé p. 63

Les clés pour réussir

3 Cette question demande à être développée : appuyez-vous sur le texte (que vous citerez) en repérant les différents passages où elle parle de sa chambre.

5 Cette question est divisée en trois parties : il faut d'abord décrire, puis interpréter et enfin faire un lien avec le texte. Pensez à regarder le titre de l'œuvre pour orienter votre compréhension du tableau. N'oubliez pas de citer le texte.

1 Le sentiment dominant dans ce passage est la joie, comme le montrent les verbes « me grisa » (l. 1), « je m'émerveillais » (l. 5) et je « jubilais » (l. 6). Cette joie est causée par la liberté qu'elle vient de découvrir : « ma liberté » (l. 2).

2 La narratrice parle ici de ses petits plaisirs culinaires « le chocolat » et « le *bortsch* » qui semblent constituer l'essentiel de ses repas, et de son goût pour une vie sans contraintes imposées, à l'inverse des comportements habituels des personnes actives : « longues siestes et nuits sans sommeil ». L'expression « mon caprice » qui résume tout cela, est mise en avant en étant rejetée en fin de phrase, après l'énumération des plaisirs et grâce à la répétition du verbe « j'aimais » renforcé par l'adverbe « surtout ».

3 La nouvelle chambre représente pour la narratrice la réalisation d'un rêve d'enfant, celui de la liberté : « ma liberté. J'y avais rêvé dès l'enfance » (l. 2). Elle symbolise aussi l'indépendance et l'émancipation : « Voilà qu'enfin j'étais chez moi ! » (l. 13). Enfin, la narratrice éprouve un sentiment de protection et de plénitude dans la solitude de sa chambre, en compagnie de ses livres : « à l'abri de tous les regards » (l. 24), « fermer ma porte pour me sentir comblée » (l. 30).

4 La lecture est la motivation principale de la narratrice dans sa quête de liberté, elle souhaite s'entourer de livres « des rayons pour mettre mes livres » (l. 17), le reste du mobilier compte peu. Son objectif est de pouvoir lire sans contraintes : « lire au lit toute la nuit » (l. 34), ce qui représente pour elle l'accomplissement de ce dont elle avait rêvé déjà grâce à la lecture : « Lisant […] *Mon journal* » (l. 7)

5 Ce tableau de la fin du XIXe siècle représente une jeune femme assise seule sur un banc public, elle a posé ses livres, son chapeau et son ombrelle à côté d'elle. Les jambes croisées et le menton appuyé sur sa main gauche, elle rêve en regardant dans le vague vers le spectateur. Cette lectrice est présentée comme solitaire et ne cherchant pas de compagnie : elle occupe tout l'espace avec ses livres et semble comme dans le texte « défendre sa solitude » (l. 22). On retrouve le plaisir que la narratrice exprime à la fin de l'extrait : « […] je me sentais en vacances, et pour toujours. » (l. 45).

Dictée → énoncé p. 64

Les clés pour réussir

Bien conjuguer

- Le **passé simple** du verbe avoir : eus/eus/eut/eûmes/eûtes/eurent.
- L'**imparfait** a des terminaisons très régulières : -ais/-ais/-ait/-ions/-iez/-aient.

Bien accorder

- **Tel(s)/telle(s)** est un adjectif, il s'accorde toujours avec un nom.

Ne pas confondre

- **« ce »** et **« se »** → « **ce** » est un pronom démonstratif, « **se** » est un pronom personnel réfléchi, on ne le trouve que devant un verbe pronominal (ex. : se reposer).

Bien orthographier

- Le trait d'union sert à unir deux mots qui forment un mot composé, ou à relier le pronom au verbe lorsqu'il est placé après lui (ex. « pensais-je », « dis-tu »...)

Les mots difficiles

- **« Exalter »** signifie élever très haut.
- **« Gaieté »** peut s'écrire de trois manières différentes : « gaieté » / « gaîté » / « gaité », mais attention, il n'y a jamais de « e » à la fin.

Voilà pourquoi en rencontrant Herbaud j'eus l'impression de me trouver moi-même : il m'indiquait mon avenir. Ce n'était ni un bien-pensant, ni un rat de bibliothèque, ni un pilier de bar ; il prouvait par son exemple qu'on peut se bâtir, en dehors des vieux cadres, une vie orgueilleuse, joyeuse et réfléchie : telle exactement que je la souhaitais.

Cette fraîche amitié exaltait les gaietés du printemps. Un seul printemps dans l'année, me disais-je, et dans la vie une seule jeunesse : il ne faut rien laisser perdre des printemps de ma jeunesse.

Simone de Beauvoir, *Mémoires d'une jeune fille rangée*, Gallimard, 1958.

Travail d'écriture – Sujet d'imagination → énoncé p. 64

Les clés pour réussir

La situation de communication

- Il faut prendre en compte le texte initial, c'est la narratrice qui fait le récit de sa rencontre avec sa grand-mère, vous devez donc respecter le statut du narrateur (**première personne, jeune femme**).
- Vous pouvez reprendre des éléments du texte de départ pour conduire votre narration.
- Pensez à intégrer le vocabulaire des **sentiments** lorsque la grand-mère s'exprime.

La présentation du dialogue

- Après la dernière phrase du récit il faut : mettre **deux points** (:), **aller à la ligne, ouvrir des guillemets** («) et **mettre un tiret** (–). Ensuite, à chaque fois que quelqu'un intervient dans le dialogue, vous devez aller à la ligne, et mettre un tiret. Les guillemets ne seront fermés qu'à la fin du dialogue.
- Pensez à varier les verbes introducteurs : s'exclamer, demander, répondre, chuchoter, murmurer...

Méthode

Pour vous aider, nous vous avons indiqué en couleur les parties de la rédaction qui répondent aux consignes.

Narration Dialogue Éléments du texte initial Sentiments

Un souvenir de cette période me revient en mémoire. C'était au printemps 1930, je me souviens que l'hiver m'avait semblé long et que je goûtais avec bonheur les premiers rayons de soleil de l'année, tout semblait renaître. De mon balcon, j'entendais les oiseaux qui reprenaient possession des platanes désertés pendant l'hiver. Une fin d'après-midi, je rentrais « chez moi » fière et légère car j'avais pris la décision de me faire couper les cheveux courts, suivant la mode « garçonne » qui émergeait alors à Paris. Je croisais ma grand-mère en entrant dans la pension, je crois que je n'oublierai jamais son regard : il s'y mêlait de la surprise et de l'admiration.

« Que t'est-il arrivé ?, demanda-t-elle étonnée.

– Je me suis fait couper les cheveux, tu n'aimes pas ? répondis-je avec un grand sourire.

– Si... bien sûr, mais je ne m'y attendais pas, je n'aurais jamais osé une telle coupe... »

Je sentis qu'elle se replongeait quelques années en arrière et j'eus envie d'en savoir plus :

« – Pourquoi ? Toi aussi tu es libre, tu peux te coiffer comme bon te semble !

– Les choses ne sont pas si simples Simone, aujourd'hui tu suis des études, tu es libre et indépendante, tu peux faire les choix que tu veux, mais dans ma jeunesse, ce n'était pas la même chose.

– Pourquoi ? Je ne comprends pas.

– Eh bien, les mentalités n'étaient pas aussi ouvertes : on considérait, encore plus qu'aujourd'hui, qu'une femme ne devait rien entreprendre sans la permission de son mari. Moi, j'avais de la chance, ton grand-père n'était pas un tyran, mais il y avait le regard des autres : et se couper les cheveux ainsi ou suivre des études nous aurait complètement isolés du reste du monde ! Sais-tu par exemple, que je n'ai pu passer mon permis de conduire qu'après la mort de mon mari ? Heureusement, les mentalités semblent commencer à changer, j'ai même vu la semaine dernière, des femmes qui manifestaient pour que l'on ait le droit de voter ! J'espère que tu connaîtras cela, j'en serais heureuse... et pour tout dire un peu envieuse ! », conclut-elle en me prenant dans ses bras.

Je regagnais ma chambre pensive et un peu plus consciente encore de mon bonheur. En ouvrant la fenêtre j'eus le sentiment qu'une nouvelle ère commençait et qu'il me fallait y participer pleinement « Mamie, un jour nous irons voter ensemble ! », m'exclamai-je seule dans ma chambre... et j'entendis un petit rire complice derrière la porte.

Travail d'écriture – Sujet de réflexion → énoncé p. 64

Les clés pour réussir

L'introduction

- **Introduisez le sujet** : vous pouvez faire référence au texte étudié qui évoque le plaisir de la narratrice pour la liberté de lire : « lire au lit toute la nuit ».
- **Présentez le sujet** : reprenez la question posée par le sujet.
- Annoncez clairement votre **plan.**

Le développement

- La question posée appelle un développement en plusieurs parties qui énumèrent les raisons pour lesquelles la lecture peut être une source de liberté. Les raisons peuvent être :

– l'apport de connaissances ;

– le temps libre ;

– l'évasion du monde réel...

- Dans chaque partie vous sélectionnerez un exemple pertinent et précis en ayant soin de les varier comme vous le demande le sujet : « différentes pratiques ou différents supports de la lecture ».

La conclusion

- **Résumez en d'autres termes** votre argumentation en précisant votre avis.
- Terminez avec une **phrase d'ouverture**, en proposant par exemple une autre question sur la place de la lecture aujourd'hui.

Méthode

Pour vous aider, nous vous avons indiqué en couleur les parties de la rédaction qui répondent aux consignes.

Indicateurs logiques Arguments |...| Exemples

Simone de Beauvoir insiste dans son texte sur le sentiment de liberté qu'elle éprouve en ayant la possibilité de « lire au lit toute la nuit ». Liberté et lecture sont ici associées, et l'on peut se demander dans quelle mesure la lecture peut être une source de liberté. Nous proposerons trois raisons principales en nous appuyant sur des exemples précis.

Avant tout, la lecture est une source de liberté car elle nous donne accès à la connaissance et exerce notre esprit critique. Qu'il s'agisse de la lecture d'un journal, d'un ouvrage documentaire ou d'un essai, la maîtrise de la lecture nous permet de mieux appréhender le monde qui nous entoure. Ainsi, en lisant quotidiennement *L'Actu*, que ce soit en version numérique ou papier, nous nous tenons informés sur l'actualité et nous en comprenons mieux les enjeux qu'avec les informations télévisuelles car nous pouvons prendre le temps nécessaire à la réflexion sans être focalisés sur les images.

De plus, la lecture est un divertissement qui permet de se libérer du quotidien, de l'ennui ou de ses problèmes de façon simple et accessible pour tout le monde. La variété des écrits (romans, BD, poèmes...) offre en effet à chacun la possibilité de trouver du plaisir dans ce loisir. Par exemple, les romans publiés en format de poche, peuvent nous accompagner partout, c'est le cas du *Tour du monde en 80 jours* de Jules Verne où l'on est emporté avec le héros dans des aventures extraordinaires.

Enfin, la lecture nous libère en élargissant notre horizon, en nous faisant découvrir d'autres univers, réels ou imaginaires. Dès que l'on entre dans un livre, on change notre regard sur le monde en envisageant la manière de penser ou de voir de quelqu'un d'autre. Ainsi, la lecture d'un roman de science-fiction comme *Ravages* de Barjavel libère notre façon de voir en remettant en question l'usage intensif des technologies.

Pour conclure, l'acte de lire, qu'il soit entrepris pour s'informer, se divertir ou pour découvrir les autres est bien un acte libérateur car il ouvre toujours notre esprit et développe notre réflexion. On pourrait alors s'interroger aujourd'hui sur les raisons pour lesquelles, la lecture n'est pas toujours un loisir populaire chez les adolescents.

Sujet 5 Michel Tremblay, *Bonbons assortis*

3 heures

Centres étrangers, juin 2018

Travail sur le texte littéraire et sur l'image

1 h 10 **50 pts**

Document A Texte littéraire

Il ouvrit toute grande la porte ; une trombe d'eau tiède nous submergea d'un seul coup et je me dis ça y est, c'est là qu'on meurt ! Dehors, c'était chaud, humide, l'orage battait son plein, des éclairs jaillissaient presque sans cesse et le tonnerre semblait tomber un peu partout en provoquant des échos horrifiants. Ça sentait fort quelque chose que j'ignorais encore être de l'ozone, les arbres étaient secoués de bourrasques de pluie, le monde entier était mouillé et la colère du ciel tombait sur nous en vagues enragées et destructrices. Comme si la nature s'était vengée de quelque chose que je ne saisissais pas encore.

« R'garde si c'est beau, Michel ! R'garde ça si c'est beau ! »

Beau ?

Mais c'était la fin du monde !

J'étais tellement terrifié que j'étais convaincu que j'allais d'une seconde à l'autre faire pipi sur la bedaine naissante de mon père.

Il s'assit sur la chaise à bascule de sa mère, me retourna dans ses bras, m'installa sur ses genoux.

« Garde pas les yeux fermés comme ça… Ouvre-les. Pis regarde ça… »

Il se releva aussitôt que j'eus les yeux ouverts et s'approcha de la rambarde du balcon contre laquelle il s'appuya. Il se pencha même un peu au-dessus du vide.

Ça non plus, les arbres, les escaliers extérieurs, les balcons voisins, la rue, je n'avais jamais vu ça d'aussi haut et, au lieu d'avoir peur, les pieds battants au-dessus du gouffre et la tête sous la pluie, je connus un des plus agréables vertiges de mon enfance.

La pluie nous tombait dessus, les éclairs éclataient, suivis du tonnerre qu'on prétendait si dangereux, les arbres étaient secoués par un vent violent et produisaient un bruissement qui aurait dû me terroriser, mais plus rien ne semblait dangereux parce que j'étais à vingt pieds du sol, dans les bras de mon père qui, par la seule force de sa volonté, faisait en sorte que rien ne m'arrive !

Rien ne pouvait m'arriver !

Protégé contre tout mal, rendu invincible par la présence de mon père qui affrontait la tempête au lieu de se cacher, j'étais l'enfant le plus heureux du monde.

Michel Tremblay, « Sturm and Drang »[1] dans *Bonbons assortis*, Léméac/Actes Sud 2012.

---

1. « Sturm and Drang » : ce titre signifie tempête et passion.

Document B Image

Énée, Anchise et Ascagne, Le Bernin, 1618-1619, sculpture en marbre, Rome.

(Énée porte son père Anchise, âgé et souffrant, sur son épaule. Derrière lui, se trouve son fils Ascagne. Ils fuient la ville de Troie, assiégée et incendiée.)

Les réponses aux questions doivent être entièrement rédigées.

Grammaire et compétences linguistiques → *corrigé p. 74*

1 « Beau ? / Mais c'était la fin du monde ! » (lignes 11 et 12)

a. Quels sont les deux types de phrases employés ? **1 pt**

b. Quels sentiments sont ainsi exprimés ? **1 pt**

2 a. Quel est le niveau de langue utilisé dans le dialogue ? Relevez deux exemples et expliquez en quoi ils relèvent de ce niveau de langue. **2 pts**

b. Comment expliquez-vous l'emploi de ce niveau de langue par le père ? **1 pt**

3 « […] plus rien ne me semblait dangereux parce que j'étais à vingt pieds du sol, dans les bras de mon père […] » (lignes 29 et 30)

a. Identifiez le connecteur logique et donnez sa classe grammaticale. **2 pts**

b. Quel rapport logique exprime ce connecteur ? **1 pt**

c. Quelle conjonction de coordination exprime le même rapport logique ? **1 pt**

4 « Invincible » (ligne 33)

a. Analysez la composition de ce mot. **1 pt**

b. Expliquez son sens. **1 pt**

c. Donnez sa classe grammaticale. **1 pt**

5 « La pluie nous tombait dessus, les éclairs éclataient, suivis du tonnerre qu'on prétendait si dangereux, les arbres étaient secoués par un vent violent et produisaient un bruissement […] » (lignes 26 à 28)

Réécrivez ce passage au passé composé. **10 pts**

Compréhension et compétences d'interprétation → *corrigé p. 75*

1 Qu'avez-vous compris de ce texte ? **2 pts**

2 Quel est le point de vue adopté dans ce texte ? Justifiez votre réponse avec au moins trois indices. **4 pts**

3 a. Dans le premier paragraphe, relevez deux figures de style que vous nommerez. **2 pts**

b. À partir de cette réponse, comment le narrateur raconte-t-il l'orage ? **2 pts**

4 a. Quels sont les sentiments successifs ressentis par l'enfant ? **2 pts**

b. Comment expliquez-vous cette succession ? **2 pts**

5 Dans ce récit, quel est le rôle du père ? Expliquez. **4 pts**

6 Selon vous, pour quelles raisons le narrateur décide-t-il de raconter cet épisode ? Vous vous appuierez précisément sur le texte. **4 pts**

7 Quelles ressemblances et quelles différences percevez-vous entre la sculpture et le texte ? Appuyez-vous entre autres sur la disposition des personnages. **6 pts**

Dictée → *corrigé p. 77* 20 min **10 pts**

› Écoutez la dictée avec l'application Nathan Live.

Consignes :
– On dictera le texte à haute voix à plusieurs reprises.
– On inscrira au tableau de manière lisible par l'ensemble des candidats le titre de l'œuvre et le nom de l'auteur ainsi que les mots **Robertine** et **hockey**.

Rédaction 1 h 30 **40 pts**

Vous traiterez au choix un des deux sujets de rédaction suivants :

Sujet d'imagination → *corrigé p. 78*

› Racontez un épisode heureux de votre enfance lors duquel un adulte a joué un rôle déterminant.

Vous insisterez sur la succession des sentiments éprouvés. Vous évoquerez la leçon que vous en avez tirée.

Sujet de réflexion → *corrigé p. 79*

› Comment concevez-vous le rôle des parents dans l'éducation de leurs enfants ?

Vous répondrez à cette question en développant plusieurs arguments.

Sujet 5 Corrigé

Grammaire et compétences linguistiques → *énoncé p. 73*

Les clés pour réussir

1 On distingue quatre types de phrases : **déclaratives, interrogatives, injonctives** (ou **impératives**) et **exclamatives**.

2 a. et **b.** On appelle **niveaux de langue** les **différentes manières de s'exprimer** selon la situation des interlocuteurs et leurs rapports. Il existe trois niveaux de langue : **familier, courant** et **soutenu**. Un niveau de langue permet de **caractériser des personnages** (âge, milieu social...) ou de jouer sur la **tonalité du texte** (humoristique, solennelle...).

3 **a.**, **b.** et **c.** Les **connecteurs** (ou **indicateurs**) **logiques** sont les mots ou expressions qui permettent d'**établir un lien logique entre deux propositions** ou deux paragraphes. Les liens les plus marqués sont la **cause**, la **conséquence** et l'**opposition** ; ils sont exprimés notamment grâce aux **conjonctions de subordination** (parce que, si bien que, alors que...) ou de **coordination** (car, donc, mais...).

4 **a.** Analyser la composition d'un mot c'est trouver son **radical,** son **préfixe** et son **suffixe. Attention**, les trois éléments ne sont pas toujours présents.

1 **a.** Les phrases employées sont de type interrogatif et exclamatif. On les reconnaît aux signes de ponctuation utilisés : point d'interrogation et point d'exclamation.

b. Ces phrases traduisent la surprise et la peur du narrateur.

2 Le dialogue est rédigé dans un niveau de langue familier. Plusieurs exemples sont caractéristiques de ce registre de langage : « R'garde » fait l'élision d'une lettre comme pour reproduire une tournure orale et familière ; « Garde pas les yeux fermés comme ça » est marqué par l'absence du premier élément de négation « ne ».

3 **a.** Le connecteur logique est la conjonction de subordination « parce que ».

b. Ce connecteur permet d'établir un lien de cause entre les deux propositions.

c. Ce connecteur pourrait être remplacé par la conjonction de coordination « car » qui exprime également la cause.

4 **a.** Le mot « invincible » est composé du préfixe « in- », du radical « vinc- » et du suffixe « -ible ».

b. Le préfixe « in- » indique le contraire, le radical est issu du verbe vaincre, et le suffixe « -ible » indique la possibilité. Ce mot signifie donc « qui ne peut être vaincu ».

c. Ce mot est un adjectif qualificatif.

5 La pluie nous <u>est tombée</u> dessus, les éclairs <u>ont éclaté</u>, suivis du tonnerre qu'on <u>a prétendu</u> si dangereux, les arbres <u>ont été secoués</u> par un vent violent et <u>ont produit</u> un bruissement. »

Compréhension et compétences d'interprétation → énoncé p. 73

Les clés pour réussir

1 Cette première question très ouverte peut être déstabilisante, il suffit en fait de **résumer l'intention de l'auteur** du texte : pourquoi a-t-il écrit ce texte et que raconte-t-il ?

2 Pour trouver le point de vue narratif d'un texte, **il faut se demander « qui voit » la scène.** Il existe trois points de vue : **omniscient** (le narrateur voit tout et sait tout), **interne** (le narrateur ne voit et dit que ce que voit et dit le personnage), **externe** (le narrateur raconte l'histoire comme si elle était filmée, il ne connaît pas les pensées des personnages).

3 a. On appelle **figures de style** des **façons de parler ou d'écrire pour attirer l'attention du destinataire, rendre le texte plus expressif et plus imagé** en ne se contentant pas d'un usage informatif de la langue.

1 Ce texte évoque un souvenir d'enfance pendant un orage. Le narrateur exprime ce qu'il a ressenti alors et comment la présence de son père a fait évoluer ses impressions.

2 Ce texte adopte un point de vue interne. Les pronoms de la première personne renvoient au narrateur « je, mon... » ; il s'agit d'un souvenir autobiographique où l'auteur livre à la fois ce qu'il a ressenti dans l'enfance et ce qu'il en pense aujourd'hui « Ça sentait fort quelque chose que j'ignorais encore être de l'ozone » (l. 5-6) ; et l'on ne connaît que les sentiments du narrateur « j'étais l'enfant le plus heureux du monde » (l. 34-35).

3 a. Les figures de style présentes dans le premier paragraphe sont la métaphore « une trombe d'eau tiède nous submergea » (l. 1), l'hyperbole « c'est là qu'on meurt ! » (l. 2), « le monde entier était mouillé » (l. 7), et la personnification « la colère du ciel » (l. 7), « vagues enragées (l. 8), « Comme si la nature s'était vengée » (l. 8-9).

b. Ces figures de style produisent deux effets : non seulement elles exagèrent et amplifient l'orage pour le transformer en déluge de fin du monde, mais aussi elles le personnifient, lui donnent vie, et l'orage devient ainsi un monstre inquiétant doué de sentiments humains (colère, vengeance).

4 a. L'enfant ressent d'abord de la peur « J'étais tellement terrifié » (l. 13). Il est ensuite pris d'un sentiment trouble entre la peur et le plaisir « je connus un des plus agréables vertiges » (l. 24-25). Enfin, le bonheur finit par l'emporter sur tout le reste « j'étais l'enfant le plus heureux du monde » (l. 34-35).

b. L'évolution des sentiments de l'enfant est liée à la présence rassurante de son père qui ne craint pas l'orage et qui communique son courage à son fils « rendu invincible par la présence de mon père qui affrontait la tempête au lieu de se cacher » (l. 34-35).

5 Dans cet extrait, le père aide l'enfant à découvrir le monde, à le voir autrement et à repousser ses peurs « R'garde ça si c'est beau ! » (l. 10). Son attitude sereine offre une protection à l'enfant qui s'abandonne à lui en toute confiance « plus rien ne me semblait dangereux [...] dans les bras de mon père » (l. 29-30).

6 Le narrateur décide de raconter cet épisode pour montrer l'importance du rôle protecteur de son père dans son éducation « mon père qui, par la seule force de sa volonté, faisait en sorte que rien ne m'arrive ! » (l. 30-31). De plus, il veut montrer, comme souvent dans les récits autobiographiques, qu'il a changé, et que plusieurs aspects de sa vie d'adulte sont liés à cet épisode « ça sentait fort quelque chose que j'ignorais encore être de l'ozone » (ll. 5-6), « quelque chose que je ne saisissais pas encore. » (l. 9) l'adverbe « encore » répété montre qu'il a acquis depuis de nouvelles connaissances.

7 La sculpture du Bernin montre un épisode très important de la mythologie : la fuite de Troie par Énée qui va aller fonder Rome. On y voit trois générations : Énée qui porte son père Anchise, et Ascagne qui le suit. On retrouve le modèle du père sur lequel le fils règle ses pas et derrière lequel il se protège, mais la position est inversée par rapport au texte : ici c'est le fils qui porte le père pour le protéger. La présence des trois générations de haut en bas sur la sculpture insiste aussi sur la transmission des parents aux enfants.

Dictée → énoncé p. 74

Les clés pour réussir

Bien conjuguer

- Le **conditionnel présent** : il se forme sur le **radical du futur** auquel on ajoute les **terminaisons de l'imparfait** (exemple : crier → futur : il criera ; conditionnel présent → il crierait).

Ne pas confondre

- on n'avait pas/ on avait : il faut être attentif à l'ensemble de la phrase pour **savoir s'il y a une négation ou pas**.

Bien orthographier

- « plusieurs » : ne pas oublier le « s ».
- « printemps » prend toujours un « s ».
- « semblable » : attention au son « -ble » qui est répété.

Les mots difficiles

- **désobligeant, e** : adj., peu aimable.

On n'avait pourtant rien annoncé de particulier pour cette nuit-là, à part une belle pluie d'août qui viendrait enfin dissiper cette horrible et collante humidité que nous avions eue à endurer sans relâche plusieurs semaines de suite. Un front froid s'avançait [...]. Toute la maisonnée s'était préparée à cette pluie en soupirs de satisfaction et remarques désobligeantes pour le maudit été trop chaud, trop long, trop collant. Ma grand-mère prétendait soudain détester l'été, ma tante Robertine rêvait au mois d'octobre, mes frères parlaient déjà de hockey. Six mois plus tard, aux premiers frémissements du printemps, ils proféreraient des horreurs semblables au sujet de l'hiver.

Michel Tremblay, « Sturm and drang », *Bonbons assortis*, Léméac/Actes Sud, 2012.

On notera au tableau : Robertine et hockey.

Travail d'écriture – Sujet d'imagination → énoncé p. 74

Les clés pour réussir

On vous demande le récit d'un souvenir heureux faisant intervenir un adulte. Pensez à respecter les points suivants :

L'introduction pour présenter le souvenir

Précisez les circonstances de votre récit (où ? quand ? avec qui ?...).

Le récit d'un souvenir heureux

L'anecdote peut être liée au quotidien, elle n'a pas besoin d'être exceptionnelle. Vous n'êtes pas non plus obligé de raconter un souvenir réel, mais il faut qu'il soit vraisemblable.

Sentiments

Plusieurs sentiments doivent être évoqués, ils peuvent évoluer au cours du récit.

La conclusion

Elle montre la leçon tirée de l'épisode.

Méthode

Pour vous aider, nous vous avons indiqué en couleur les parties de la rédaction qui répondent aux consignes.

Récit du souvenir avec l'adulte — Sentiments — Leçon

Je me souviens très bien de ces vacances passées chez mes grands-parents lorsque j'étais petite, ces vacances où papy m'a dit que je pourrais l'aider à planter les pommes de terre dans le jardin avec lui. Cette proposition me transporta de joie : une mission de « grand » à laquelle j'allais pouvoir participer. J'imaginais qu'on allait pouvoir planter des milliers de pommes de terre puis les revendre et ainsi gagner beaucoup d'argent ! Quelle bonne nouvelle ! J'étais tellement excitée qu'au moment d'aller au lit, il m'a été difficile de m'endormir !

Le lendemain, au petit matin, papy m'attendait pour planter ces fameuses pommes de terre ! J'étais prête : habillée avec des vieux tee-shirt à son odeur, un vieux jean pour ne pas me salir, les bottes pour être dans le jardin... J'étais la plus heureuse des petites filles !

J'arrivai dans le jardin, il fallait commencer par préparer le terrain, désherber, retourner la terre... C'était fatigant mais j'attendais ce jour avec impatience et je voulais faire la grande donc pas question de me plaindre ! Puis, enfin, on a planté les patates « germées » dans la terre. Je les trouvais amusantes avec leurs petites cornes, elles ressemblaient à des rhinocéros ! Papy m'a quand même expliqué que c'était ces « petites cornes » qui permettaient de faire un pied de patates mais moi je croyais qu'il me racontait des bêtises : il me parlait de « pied » or je savais bien que les pommes de terres ne marchaient pas !!! Quel farceur ce papy !

Puis il m'expliqua que ça suffisait pour cette première journée et que je reviendrai les « butter » dans quinze jours. « Butter les patates ? Mais pourquoi papy ? On les a plantées ensemble on ne va pas les tuer quand même ? » m'exclamai-je. Il sourit puis m'expliqua que cela consistait seulement à les mettre en terre dans des petits « tas » lorsqu'elles auraient grandies. J'étais rassurée mais un peu déçue car il allait falloir attendre longtemps avant de pouvoir les récolter et les manger...

Ce jour-là, mon grand-père m'apprit qu'avant de pouvoir arriver à quelque chose qui nous tient à cœur il faut savoir faire preuve de patience et ça je le vois tous les jours dans chaque chose que je fais, chaque tâche que je veux accomplir.

Travail d'écriture – Sujet de réflexion → *énoncé p. 74*

Les clés pour réussir

L'introduction

- Annoncez le thème de l'éducation parentale, par exemple à l'aide d'une citation.
- **Présentez le sujet :** reprenez la question posée par le sujet.
- Annoncez clairement votre **plan**.

Le développement

- Ce sujet invite clairement à développer plusieurs arguments (au moins trois) qui expliquent **le rôle des parents dans l'éducation de leurs enfants** ; vous pourrez explorer entre autres, les pistes suivantes :

– protection ;
– bienveillance ;
– découverte du monde ;
– éducation à la vie en société ;
– modèle...

- Pensez **à illustrer vos arguments avec des exemples** tirés de votre expérience personnelle, de vos lectures ou de films que vous connaissez.

La conclusion

- Précisez votre avis.
- **Terminez avec une phrase d'ouverture** pour élargir la question en restant sur le même thème.

Méthode

Pour vous aider, nous vous avons indiqué en couleur les parties de la rédaction qui répondent aux consignes.

Indicateurs logiques Arguments Exemples

« Pères et mères sont les architectes de l'éducation » déclarait déjà Plaute dans une comédie latine du IIe s. av. J.-C. La question du rôle des parents dans l'éducation de leurs enfants est ancienne et sans cesse renouvelée avec les évolutions de la société. Nous proposerons ici plusieurs arguments pour expliquer ce rôle.

En premier lieu, les parents se doivent d'apporter à leurs enfants une bienveillance et une attention qui les aident à se construire, à avoir une estime d'eux-mêmes qui leur permettra de grandir dans de bonnes conditions et de s'épanouir. Ainsi le roman *Le Sagouin*, de François Mauriac, illustre les désastres causés par la cruauté d'une mère qui répète sans cesse à son fils : « Tu es vilain, sale et bête », comment être épanoui dans ces conditions ?

De plus, l'amour apporté par les parents aux enfants prend la forme d'encouragements, de réprimandes ou de conseils sur leur façon d'aborder les épreuves de la vie auxquelles ils sont confrontés. Les reproches des parents seront d'autant plus efficaces et auront d'autant plus de valeur s'ils sont motivés par l'amour parental et la volonté d'éduquer correctement ses enfants. L'exemple de la mère de Romain Gary dans *La Promesse de l'Aube* montre à quel point les conseils qu'elle lui donne – même après sa mort – sont importants et deviennent des exhortations qui le poussent toujours vers la réussite.

Enfin, comme on le voit avec la statue d'Ascagne qui pose ses pieds dans les pas de son père, les parents jouent un rôle de modèle qui est primordial pour aider les enfants à découvrir le monde et à construire leurs relations sociales. Par exemple, dans *Les cahiers d'Esther*, la bande dessinée de Riad Sattouf, on peut voir l'attachement et l'admiration que porte la jeune Esther à ses parents. Cela lui permet de s'y référer lorsqu'elle est en difficultés en dehors de chez elle ou bien de s'opposer librement à eux pour mieux se construire. La présence constante de ses parents lui offre cette double possibilité de s'identifier à eux ou de les critiquer, ce qui est essentiel dans la construction de sa personnalité.

Pour conclure, les parents sont donc des acteurs essentiels de l'éducation des enfants, et le regard qu'ils portent sur eux détermine indéniablement leurs réussites ou leurs échecs. Cependant, l'éducation des enfants ne se fait pas que dans le cercle familial et les relations avec les pairs, avec les enseignants, avec le monde qui les entoure sont aussi un sujet essentiel de la construction des individus.

Sujet 6 Benoît Duteurtre, *Livre pour adultes*

3 heures

Amérique du Nord, juin 2018

Travail sur le texte littéraire et sur l'image

1 h 10 50 pts

Document A Texte littéraire

Le narrateur évoque avec nostalgie les paysages féeriques des campagnes et le grenier à foin dans lequel il jouait enfant. Ce monde est menacé de disparition...

C'est seulement au cinéma qu'on retrouve, aujourd'hui, la magie de ces paysages où les demeures semblent faites des mêmes pierres et du même bois que la montagne. Les fabricants d'effets qui font rêver les enfants – dans la saga du *Hobbit* ou *Le Seigneur des anneaux* – montrent un certain génie pour recréer ces maisons de chaume ou de torchis[1], ces sols en terre battue où s'ébattent les poules, les oies, les canards et les cochons, ces tonneaux pleins de choux, ces garde-manger pleins de jambons et de bonnes bouteilles. Or ce monde fait pour enchanter la jeunesse du XXIe siècle n'est pas un produit de la fantaisie hollywoodienne. C'est la simple reproduction, un peu stylisée, d'un mode de vie disparu tout récemment, quoique les enfants n'en aient plus la moindre notion depuis que la normalisation économique, administrative et sécuritaire – qui est l'étape ultime de la modernité – étend partout son empire sans faille. Sauf en certains points reculés comme cette ferme où les fromages mûrissent toujours sur leurs égouttoirs ; où le ruisseau sort de la montagne pour s'écouler dans un bac en grès près de l'étable ; où les poules grimpent sur le tas de fumier grassement étalé qui se soucie peu de répondre aux critères de fabrication et de stockage du compost[2].

Rien, toutefois, n'égale pour moi la poésie du grenier à foin, ce grenier du rêve où je grimpe parfois, comme lorsque j'étais enfant, dans les fermes proches du Moulin. Compressé à grands coups de fourche sous la charpente, le fourrage passait l'hiver sans se dessécher dans cet immense espace obscur où il formait des monticules, des tours et des châteaux parfumés prêts pour accueillir nos jeux. J'ai toujours aimé gravir l'escalier de bois, puis franchir la trappe qui permet d'accéder à ce royaume enchanté. Les brindilles s'accrochent aux planches, aux poutres, aux solives[3], sous les toiles d'araignée. À côté des monticules d'herbe encore verte et de fleurs des champs traînent quelques vieux chariots, quelques râteaux à foin édentés, quelques journaux jaunis d'avant 1940. Et peut-être ces greniers me font-ils tant rêver parce qu'ils évoquent les secrets de la mémoire, un mystère niché tout là-haut, sous le crâne, où s'accrochent des millions de lambeaux de souvenirs, comme ces brindilles sous le toit de la maison.

Il me semble en tout cas que ce mode de vie méritait tout notre intérêt, tel un bien précieux ; que l'État et les communes auraient pu soutenir un modèle de recyclage et de production très ancien, au lieu d'encourager sa disparition. Aujourd'hui plus encore, quand la mondialisation des échanges impose partout une circulation frénétique[4], cette agriculture locale pourrait constituer un idéal prometteur. Rien n'y fait.

1. *Torchis* : mélange de terre grasse et de paille ou de foin, utilisé dans la construction d'un mur.
2. *Compost* : mélange de terre, de fumier et de résidus utilisé comme engrais.
3. *Solives* : pièces de charpente placées en appui sur les murs ou sur les poutres pour soutenir un plancher.
4. *Frénétique* : exaltée, ardente, folle.

Benoît Duteurtre, *Livre pour adultes*, 2016.

Document B **Image**

Photographie de Raymond Depardon,
village de Sainte-Eulalie de Cernon (Aveyron), 1992.

Les réponses aux questions doivent être entièrement rédigées.

Grammaire et compétences linguistiques → corrigé p. 85

1 « Aujourd'hui plus encore, quand la mondialisation des échanges impose partout une circulation frénétique, cette agriculture locale pourrait constituer un idéal prometteur. » (lignes 38 à 40)

Identifiez le temps du verbe souligné et précisez sa valeur dans cette phrase. **3 pts**

2 « Compressé à grands coups de fourche sous la charpente, le fourrage passait l'hiver sans se dessécher dans cet immense espace obscur où il formait des monticules, des tours et des châteaux parfumés prêts pour accueillir nos jeux. » (lignes 22 à 25)

Réécrivez l'extrait ci-dessus en mettant le groupe souligné au pluriel. Vous ferez toutes les modifications nécessaires. **10 pts**

3 « Rien, toutefois, n'égale pour moi la poésie du grenier à foin » (ligne 20). Relevez le verbe dans la proposition ci-dessus et indiquez quel est son sujet. **3 pts**

4 « Les brindilles s'accrochent aux planches, aux poutres, aux solives, sous les toiles d'araignée. » (lignes 32 à 33)

Dans cette phrase, relevez un complément de verbe puis un complément de phrase. **4 pts**

Compréhension et compétences d'interprétation → corrigé p. 86

1 Pourquoi le « grenier à foin », évoqué au début du second paragraphe (ligne 20), est-il si important pour le narrateur ? **5 pts**

2 Dans le premier paragraphe (lignes 1 à 19), relevez trois éléments qui caractérisent ce « mode de vie disparu » dont parle le narrateur et justifiez votre choix. **4 pts**

3 « le fourrage passait l'hiver sans se dessécher dans cet immense espace obscur où il formait des monticules, *des tours et des châteaux parfumés prêts pour accueillir nos jeux.* » (lignes 23 à 25)

a. Quelle est la figure de style utilisée dans le passage en italique ? Quel est l'effet produit ? **4 pts**

b. Citez d'autres expressions du paragraphe (lignes 20 à 34) qui développent cette image. **3 pts**

4 « Il me semble en tout cas que ce mode de vie méritait tout notre intérêt, tel un bien précieux » (lignes 35 et 36).

Selon vous, en quoi « ce mode de vie » évoqué dans le texte peut-il, en effet, constituer « un bien précieux » ? **7 pts**

SE CHERCHER

5 En quoi la photographie et le texte proposent-ils une vision de la campagne comme « un royaume enchanté » ? **7 pts**

Dictée → corrigé p. 87

20 min **10 pts**

› Écoutez la dictée avec l'application Nathan Live.

Consignes :

– On dictera le texte à haute voix à plusieurs reprises.

– On inscrira au tableau de manière lisible par l'ensemble des candidats le titre de l'œuvre et le nom de l'auteur, ainsi que **« 1960 »**.

Dictée aménagée → corrigé p. 87

20 min **10 pts**

Vous compléterez ce texte avec un des mots proposés au-dessus de chaque ligne en écoutant le texte lu par le professeur.

dent / dans / d'en

Au temps de ma petite enfance, …………………… les années 1960, les

avais / avait / avaient

villageois de mon âge ………………… encore un air farouche et sauvage.

perdues / perdu / perdue

Ils vivaient dans ces fermes …………………… et fréquentaient la classe

où / ou / houx — rendait / rendaient / rendais

unique de l'école communale …………, l'hiver, ils se …………… à pied

court / cours / courre

dans la neige. Au ……………… des années suivantes, en pleine période de « croissance », les routes se sont élargies, les supermarchés se sont implantés, le téléphone et la télévision sont

arriver / arrivés / arrivées — on / ont / ons

……………… dans la vallée. Les enfants ……… grandi et trouvé des emplois en ville. Certains sont devenus ouvriers, d'autres ingénieurs.

déperi / dépérit / dépéris — leur / leurs / leurre

Les exploitations agricoles ont .... avec .... vieux parents.

Benoît Duteurtre, *Livre pour adultes*, 2016.

Rédaction

1 h 30 **40 pts**

Vous traiterez au choix un des deux sujets de rédaction suivants :

Sujet d'imagination → corrigé p. 88

› Comme Benoît Duteurtre, vous retournez dans un lieu qui a marqué votre enfance.
Vous décrirez les transformations qui ont modifié cet endroit et les souvenirs qui surgissent alors. Vous insisterez sur les sentiments et les sensations associés à ces souvenirs.
Votre texte mêlera récit et description.

Sujet de réflexion → corrigé p. 90

› Aux yeux du narrateur, rien « n'égale la poésie du grenier à foin ».
Pensez-vous que l'on puisse trouver aussi de la poésie et du mystère dans les grandes villes modernes ?
Vous répondrez à cette question en vous appuyant sur vos connaissances, vos lectures et votre culture personnelle.

Sujet 6 Corrigé

Grammaire et compétences linguistiques → énoncé p. 83

Les clés pour réussir

1 Le **conditionnel** présent se forme sur le **radical du futur** auquel on ajoute les **terminaisons de l'imparfait**. Il ne faut pas le confondre avec le futur. Il peut exprimer l'**hypothèse**, l'**atténuation**, le **souhait**, la **supposition** ou la **crainte**.

3 Un sujet peut appartenir à différentes classes grammaticales : nom, pronom, infinitif... Pour le trouver, on pose la question **« qui est-ce qui ? »** juste avant le verbe.

4 Un **complément de verbe** complète un verbe, il ne peut être **ni déplacé ni supprimé**, sa fonction est souvent complément d'objet (COD ou COI). Un **complément de phrase** indique les circonstances dans lesquelles se déroule l'action, il **peut être déplacé ou supprimé**, sa fonction est souvent **complément circonstanciel**.

1 Le verbe « pourrait » est conjugué au conditionnel présent. Sa valeur est l'hypothèse : il suggère une solution d'utilisation du modèle de l'agriculture locale.

2 « Compressés à grands coups de fourche sous la charpente, les fourrages passaient l'hiver sans se dessécher dans cet immense espace obscur où ils formaient des monticules, des tours et des châteaux parfumés prêts pour accueillir nos jeux. »

3 Dans cette proposition, le verbe est « égale », son sujet est le pronom indéfini « Rien ».

4 Cette phrase contient trois compléments de verbe : « aux planches, aux poutres, aux solives » et un complément de phrase : « sous les toiles d'araignée ».

Compréhension et compétences d'interprétation → *énoncé p. 83*

Les clés pour réussir

1 Cherchez dans le deuxième paragraphe tous les éléments qui montrent l'**attachement du narrateur à ce grenier**. N'hésitez pas à utiliser de la couleur pour surligner les passages importants.

3 **a.** et **b.** Les principales figures de style qui font naître des images sont la **comparaison**, la **métaphore** et la **personnification**.

4 Cette question demande une **réponse développée** dans laquelle **vous exprimerez votre avis personnel** en vous appuyant sur des **citations précises du texte**.

1 Le grenier à foin est très important pour le narrateur car il lui rappelle son enfance et les jeux qui y étaient associés : « comme lorsque j'étais enfant » (l. 21), « pour accueillir nos jeux » (l. 25). Le grenier est pour lui un monde de rêves « ce grenier du rêve » (l. 20-21) et de mystères qui invite à l'exploration et fait revivre des souvenirs de l'enfance « un mystère [...] où s'accrochent des millions de lambeaux de souvenirs » (l. 2-34).

2 Les trois éléments qui caractérisent le « mode de vie disparu » sont rassemblés dans la ferme dont il parle : « où les fromages mûrissent toujours sur leurs égouttoirs » (l. 15) évoque la qualité d'une alimentation saine et artisanale ; « où le ruisseau sort de la montagne pour s'écouler dans un bac en grès près de l'étable » (l. 15-17) montre l'utilisation simple et logique d'un élément naturel pour abreuver les animaux ; « où les poules grimpent sur le tas de fumier » (l. 17) : ce dernier élément se moque gentiment de l'appellation « compost » utilisée par les citadins pour désigner le tas de fumier d'une ferme.

3 **a.** La figure de style utilisée ici est une métaphore. Elle associe le foin au monde féerique de l'enfance avec des « tours et des châteaux parfumés » (l. 24-25).

b. La paragraphe s'ouvre sur l'expression « ce grenier du rêve » (l. 20-21). On trouve ensuite une autre métaphore « ce royaume enchanté » (l. 27), ainsi qu'une personnification de la maison « sous le crâne » (l. 33) qui compare les brindilles aux souvenirs de l'enfance « des millions de lambeaux de souvenirs, comme ces brindilles » (l. 33-34).

4 Le mode de vie paysan que regrette le narrateur est en effet un bien précieux car il respecte à la fois les hommes et la nature. On y prend le temps de laisser « mûrir les fromages » et l'on sait tirer profit des ressources naturelles comme le ruisseau qui jouxte la ferme. De plus, comme le dit l'auteur, c'est « un modèle de recyclage et de production » (l. 37) qui pourrait apporter des bénéfices dans nos sociétés car tout est utilisé : l'herbe fauchée devient la nourriture des animaux, et les différents déchets viennent enrichir le sol des cultures. Enfin, c'est une « agriculture locale » (l. 39-40) qui vient s'opposer à une mondialisation souvent coûteuse et polluante.

5 Le texte présente une campagne féerique qui offre des possibilités multiples de jeux et de rêves aux enfants comme « ce grenier du rêve » (l. 20-21) dont on franchit « la trappe » (l. 26) pour s'inventer un autre monde. On retrouve cette vision idyllique de la campagne sur la photographie en noir et blanc de R. Depardon prise dans le département rural de l'Aveyron. On y voit en effet deux enfants qui jouent sur des bottes de pailles à l'abri d'un vieux bâtiment de pierres. La toiture forme un triangle protecteur au-dessus des enfants et peut apparaître comme la porte d'entrée d'un « royaume enchanté » tapis dans l'ombre de l'arrière-plan et qui invite les enfants à l'aventure et au jeu.

Dictée → *énoncé p. 84*

Les clés pour réussir

Bien accorder

- Les **participes passés employés sans auxiliaires** s'accordent comme des adjectifs.
- Revoyez l'**accord du participe passé** en fonction de son auxiliaire (voir fiche 3 p. 264).

Ne pas confondre

- cours/cour/court : « **le cours** » a plusieurs sens plus ou moins liés à l'idée d'écoulement, de course ; « **la cour** » désigne un espace ou une assemblée ; « **court** » est un adjectif ou le verbe courir à la troisième personne du singulier.
- où/ou : **« où »** est un pronom relatif qui indique le lieu ; **« ou »** est une conjonction de coordination que l'on peut remplacer par « ou bien ».

Bien orthographier

- « villageois » : ne pas oublier le « e ».
- « temps » prend toujours un « s ».

Les mots difficiles

- **farouche** : synonyme de sauvage.

Au temps de ma petite enfance, dans les années 1960, les villageois de mon âge avaient encore un air farouche et sauvage. Ils vivaient dans ces fermes perdues et fréquentaient la classe unique de l'école communale où, l'hiver, ils se rendaient à pied dans la neige. Au cours des années suivantes, en pleine période de « croissance », les routes se sont élargies, les supermarchés se sont implantés, le téléphone et la télévision sont arrivés dans la vallée. Les enfants ont grandi et trouvé des emplois en ville. Certains sont devenus ouvriers, d'autres ingénieurs. Les exploitations agricoles ont dépéri avec leurs vieux parents.

Benoît Duteurtre, *Livre pour adultes*, 2016.

Travail d'écriture – Sujet d'imagination → *énoncé p. 85*

Les clés pour réussir

- Ce sujet mêle écriture autobiographique et description. Il nécessitera une organisation particulière pour tenir compte de ces deux contraintes.

L'introduction pour présenter le souvenir

- Précisez les circonstances qui vous entraînent dans ce lieu.

Le discours descriptif

- Pensez à utiliser les **marques du discours descriptif** : expansions du nom variées, attributs du sujet, indicateurs de lieu (*en haut, à côté, devant, dans le ciel, à l'ombre...*).

Le récit des souvenirs liés au lieu

- Anecdotes heureuses ou malheureuses qui permettront d'évoquer ce que vous ressentez (*joie, peine, nostalgie, regrets*...).

Sentiments et sensations

- Variez les **verbes de perception** en pensant bien que vous avez cinq sens (*percevoir, sentir, entendre, distinguer*...).

La conclusion

- Elle doit marquer la distance par rapport au souvenir.

Méthode

Pour vous aider, nous vous avons indiqué en couleur les parties de la rédaction qui répondent aux consignes.

|...| Description Narration Sensations et sentiments Transformations

Je n'avais jamais repassé la porte de cette épicerie depuis l'été de mes sept ans, que j'avais passé en vacances chez mes grands-parents dans ce petit village de la Sarthe. J'en gardais des souvenirs mêlés de joie et d'appréhension. C'est à l'occasion d'un week-end familial - « une cousinade » – que l'on me demanda d'aller à l'épicerie pour acheter un pot de moutarde manquant.

Sept ans après, je retrouvais sans soucis le chemin de l'épicerie bordé de chèvrefeuilles odorants, longeant le vieux lavoir dans lequel s'agitaient quelques carpes débonnaires. Mais quelle ne fut pas ma surprise lorsque j'arrivais devant le magasin : une enseigne lumineuse semblable à toutes celles que j'avais l'habitude de voir en ville m'accueillit à la place de l'ancienne vitrine de bois peint devant laquelle trônaient fièrement quelques étals de fruits et légumes appétissants. J'allais pousser la porte, lorsque celle-ci s'ouvrit automatiquement à mon approche : bienfait de la modernité servant ma paresse ! Une épicière souriante habillée d'un uniforme arborant le logo franchisé d'une grande enseigne m'accueillit d'un grand bonjour commercial. C'est alors que me revint en tête l'image de Mme C., l'ancienne épicière, de ce que tout le monde appelait alors « Le Boui-Boui ». Sa blouse impeccablement repassée, ses mains sur les hanches et son parfum d'eau de Cologne qui se mêlait aux effluves d'épices, de poissons séchés et de fromages frais qui embaumaient les lieux. Il n'y avait alors pas de panneau « servez-vous », devant les produits, elle attendait que l'on fasse son choix et nous servait, toujours un peu plus généreusement que demandé, les denrées commandées. Un jour, j'avais esquissé le geste de me servir seul une barquette de fraises appétissantes, mais un claquement de langue et un regard sévère m'avaient rapidement remis en place, et Mme C. avait choisi pour moi la barquette idoine, me laissant honteux d'avoir voulu outrepasser mes droits !

J'étais perdu dans mes pensées, figé au milieu du magasin, quand la vendeuse s'approcha de moi et intriguée me lança un « Je peux vous aider ? » Je revins à la réalité et bafouillais : « Euh... je ... oui... est-ce que je pourrais avoir un pot de moutarde s'il vous plaît ? ». Surprise d'une demande aussi incongrue, la vendeuse esquissa juste un geste de la main « C'est par là ! ». Je me décidais alors à faire preuve d'autonomie et à aller chercher moi-même l'objet convoité.

Sur le chemin du retour, je pris le temps de savourer vraiment l'odeur du chèvrefeuille et de jouer un moment avec les carpes, qui semblaient échapper aux prises du temps et restaient fidèles à ma mémoire.

Travail d'écriture – Sujet de réflexion → *énoncé p. 85*

Les clés pour réussir

L'introduction

- Annoncez le thème de la **poésie urbaine.**
- **Présentez le sujet** : reprenez la question posée par le sujet.
- Annoncez clairement votre **plan.**

Le développement

- Ce sujet vous demande de donner votre avis et vous laisse donc le **choix entre deux plans** : soit **développer au moins trois arguments** pour montrer la présence de la poésie et du mystère au sein des villes modernes, soit **proposer un plan en deux parties** : l'une sur la poésie de la campagne, l'autre sur celle de la ville. L'aspect poétique de la campagne étant déjà largement développé par l'auteur, il semble préférable d'opter pour la première solution.
- Vous pourrez évoquer :

– l'**urbanisme** qui cherche à transformer le visage habituel des villes ;
– la **poésie urbaine** qui apparaît dès le XIXe siècle ;
– l'**art contemporain** qui trouve en ville un nouveau lieu d'expression ;
– la **ville**, lieu d'intrigues policières....

La conclusion

- Précisez votre avis.
- **Terminez avec une phrase d'ouverture** pour élargir la question en restant sur le même thème.

Méthode

Pour vous aider, nous vous avons indiqué en couleur les parties de la rédaction qui répondent aux consignes.

Indicateurs logiques Arguments |…| Exemples

Dès la seconde moitié du XIXe siècle, avec les changements de sociétés apportés par la révolution industrielle, les artistes ont commencé à accorder une place importante à la modernité et en premier lieu à la ville. Benoît Duteurtre est attaché dans son texte à « la poésie du grenier à foin », mais l'on peut aussi s'interroger sur la place de la poésie et du mystère dans les grandes villes modernes. Nous proposerons ici plusieurs illustrations de cette importance de la poésie dans les environnements urbains.

En premier lieu, les poètes vont trouver dans les villes un nouveau décor urbain qui va nourrir leur imaginaire. Abandonnant un moment les espaces ruraux bucoliques, les poètes vont investir les villes comme décor privilégié de l'amour. Jacques Prévert par exemple, l'illustre dans de nombreux poèmes comme « Le jardin » qui évoque « la petite seconde d'éternité » d'un couple qui s'embrasse « Au parc Montsouris à Paris ».

De plus, les grandes villes, de par leur démesure, leurs nouveautés et leur concentration de population sont des lieux pleins de mystères propices à des intrigues policières. Ainsi, dans son roman *Les mystères de Paris*, Eugène Sue fait parcourir à ses héros les recoins de Paris pour en décrire les lieux types et évoquer le Paris caché des ouvriers ou des criminels, qui ne le sont pas toujours autant qu'ils le semblent.

Enfin, la poésie et le mystère que renferment les villes sont aussi l'occasion pour les auteurs de proposer des réflexions sur notre société et sur ses injustices sociales. Les artistes peuvent parfois s'emparer de la ville pour la rendre plus vivable par leur talent poétique. Ils transforment ainsi le regard des lecteurs sur leur propre environnement. C'est notamment le cas de certains slameurs comme le poète Rouda qui dans son slam « Rappeur de gouttière », évoque les toits de Paris la nuit avec beaucoup de poésie : « Sur les toits de tôle, la nuit se fend d'éclairs d'étoiles ». Le métal, le béton et le verre, matériaux des cités, deviennent alors matériaux poétiques.

Le mystère et la poésie n'appartiennent donc pas à un univers spécifique qu'il soit urbain ou rural. La nature même du travail des poètes ou des écrivains ne serait-elle pas justement de transformer le décor qui les entoure et d'en faire un objet artistique ?

Sujet 7 Colette, *Claudine à l'école*

3 heures

Pondichéry, mai 2018

Travail sur le texte littéraire et sur l'image

1 h 10 **50 pts**

Document A Texte littéraire

Dans ce récit de Colette, rédigé en collaboration avec Willy, le personnage, Claudine, raconte sa jeunesse.

Je m'appelle Claudine, j'habite Montigny ; j'y suis née en 1884 ; probablement je n'y mourrai pas. Mon *Manuel de géographie départementale* s'exprime ainsi : « Montigny-en-Fresnois, jolie petite ville de 1950 habitants, construite en amphithéâtre sur la Thaize ; on y admire une tour sarrasine[1] bien conservée… » Moi, ça ne me dit rien du tout, ces descriptions-là !

D'abord, il n'y a pas de Thaize ; je sais bien qu'elle est censée traverser des prés au-dessous du passage à niveau ; mais en aucune saison vous n'y trouveriez de quoi laver les pattes d'un moineau. Montigny construit « en amphithéâtre »[2] ? Non, je ne le vois pas ainsi ; à ma manière, c'est des maisons qui dégringolent, depuis le haut de la colline jusqu'en bas de la vallée ; ça s'étage en escalier au-dessous d'un gros château, rebâti sous Louis XV et déjà plus délabré que la tour sarrasine, épaisse, basse, toute gainée de lierre[3], qui s'effrite par en haut, un petit peu chaque jour. C'est un village, et pas une ville ; les rues, grâce au ciel, ne sont pas pavées ; les averses y roulent en petits torrents, secs au bout de deux heures ; c'est un village, pas très joli même, et que pourtant j'adore.

Le charme, le délice de ce pays fait de collines et de vallées si étroites que quelques-unes sont des ravins, c'est les bois, les bois profonds et envahisseurs, qui moutonnent et ondulent jusque là-bas, aussi loin qu'on peut voir… Des prés verts les trouent par places, de petites cultures aussi, pas grand-chose, les bois superbes dévorant tout. De sorte que cette belle contrée est affreusement pauvre, avec ses quelques fermes disséminées, si peu nombreuses, juste ce qu'il faut de toits rouges pour faire valoir le vert velouté des bois.

Chers bois ! Je les connais tous ; je les ai battus si souvent. Il y a les bois-taillis, des arbustes qui vous agrippent méchamment la figure au passage, ceux-là sont pleins de soleil, de fraises, de muguet, et aussi de serpents. J'y ai tressailli de frayeurs suffocantes à voir glisser devant mes pieds ces atroces petits corps lisses et froids ; vingt fois je me suis arrêtée, haletante, en trouvant sous ma main, près de la « passe-rose »[4], une couleuvre bien sage, roulée en colimaçon[5] régulièrement, sa tête en dessus, ses petits yeux dorés me regardant ; ce n'était pas dangereux, mais quelles terreurs ! Tant pis, je finis toujours par y retourner seule ou avec des camarades ; plutôt seule, parce que ces petites grandes filles m'agacent, ça a peur de se déchirer aux ronces, ça a peur des petites bêtes, des chenilles veloutées et des araignées des bruyères, si jolies, rondes et roses comme des perles, ça crie, c'est fatigué – insupportables enfin.

Colette, *Claudine à l'école*, 1900.

1. *Tour sarrasine* : tour construite au Moyen Âge à l'époque des conquêtes arabes.
2. *Amphithéâtre* : lieu de spectacle antique en arc de cercle avec des gradins.
3. *Gainée de lierre* : entourée du végétal qu'est le lierre.
4. *Passe-rose* : la passe-rose est une variété de fleur.
5. *En colimaçon* : en spirale.

Document B **Image**

Fillette au cerceau, Pierre-Auguste Renoir, 1885, huile sur toile (National Gallery of Art, Washington).

Les réponses aux questions doivent être entièrement rédigées.

Grammaire et compétences linguistiques → corrigé p. 95

1 « ces atroces petits corps lisses et froids » (ligne 30)

a. Que désigne ce groupe nominal ? **1 pt**

b. Quelle est la classe grammaticale du mot « atroces » ? Quel nom complète-t-il ? Relevez dans ce groupe nominal les autres mots de la même classe grammaticale. **3 pts**

2 **a.** « vingt fois je me suis arrêtée, haletante, en trouvant sous ma main, près de la « passe-rose », une couleuvre bien sage, roulée en colimaçon régulièrement, sa tête en dessus, ses petits yeux dorés me regardant » (lignes 30 à 33).

Réécrivez ce passage en remplaçant « une couleuvre » par « des serpents ». **5 pts**

b. « C'est un village, et pas une ville ; les rues, grâce au ciel, ne sont pas pavées ; les averses y roulent en petits torrents, secs au bout de deux heures ; c'est un village, pas très joli même, et que pourtant j'adore. » (lignes 14 à 17)

Réécrivez ce passage en mettant les verbes conjugués à l'imparfait de l'indicatif. **5 pts**

3 « Des prés verts les trouent par places » (ligne 21) : donnez la fonction de « les ». Quel groupe nominal remplace-t-il ? **3 pts**

4 Justifiez l'orthographe de « battus » (ligne 26). **3 pts**

Compréhension et compétences d'interprétation → corrigé p. 96

1 Lignes 18 à 25 :

a. Quelles sont les caractéristiques attribuées aux bois dans le troisième paragraphe ? **3 pts**

b. Quels sont les éléments du paysage qui échappent aux « bois superbes dévorant tout » ? **4 pts**

2 « mais quelles terreurs ! Tant pis, je finis toujours par y retourner » (ligne 34) : Pour quelles raisons Claudine finit-elle toujours par retourner dans les bois ? **6 pts**

3 « ça a peur de se déchirer […] fatigué » (lignes 36 à 38) : Qui le pronom « ça » désigne-t-il ? En quoi ce choix de pronom est-il surprenant ? Pourquoi est-il selon vous employé ? **6 pts**

4 D'après vous, Claudine est-elle heureuse de vivre à Montigny, dans ce « pays fait de collines et de vallées » ? Vous justifierez votre réponse en vous appuyant sur des éléments précis de l'ensemble du texte. **7 pts**

5 Comparez le texte et l'image : les deux documents offrent-ils la même représentation de l'enfance et de ses jeux ? **6 pts**

Dictée → corrigé p. 97 20 min **10 pts**

› Écoutez la dictée avec l'application Nathan Live.

Consignes :
– On dictera le texte à haute voix à plusieurs reprises.
– On inscrira au tableau de manière lisible par l'ensemble des candidats le titre de l'œuvre et le nom de l'auteur.

Rédaction 1 h 30 **40 pts**

Vous traiterez au choix l'un des deux sujets suivants :

Sujet d'imagination → corrigé p. 98

› Évoquez un lieu de votre enfance qui a représenté pour vous un espace de jeux et de découvertes.
Votre texte mêlera description et narration et cherchera à faire partager les sensations et les sentiments que vous avez alors éprouvés.

Sujet de réflexion → corrigé p. 100

› Vivre à la campagne ou vivre en ville : selon vous, où un enfant trouve-t-il le plus de possibilité de jeux et d'aventures ?
Vous répondrez à cette question en vous appuyant sur votre expérience, sur les textes étudiés en classe ainsi que sur votre culture personnelle.

Sujet 7 Corrigé

Grammaire et compétences linguistiques → énoncé p. 94

Les clés pour réussir

1 et **3** **Distinguer classe grammaticale et fonction** : la **classe grammaticale** (ou nature de mot), c'est la **catégorie** à laquelle il appartient, variable (verbe, nom, adjectif, déterminant, pronom) ou invariable (adverbe, préposition, conjonction, interjection). La **fonction** d'un mot (ou d'un groupe de mots), c'est son **rôle** dans la phrase (sujet, complément d'objet, complément circonstanciel...).

2 **a.** **Attention**, dans cette réécriture, **on vous demande deux transformations** : passage du singulier au pluriel **et** du féminin au masculin. Vous devez donc **être attentifs aux accords.**

4 Revoyez l'**accord du participe passé** en fonction de son auxiliaire (voir fiche 3 p. 264).

1 a. Le groupe nominal « ces atroces petits corps lisses et froids » désigne les « serpents » (l. 29).

b. Le mot « atroces » est un adjectif qualificatif, il complète le nom « corps ». Les autres adjectifs de ce groupe sont « petits ; lisses ; froids ».

2 a. « vingt fois je me suis arrêtée, haletante, en trouvant sous ma main, près de la « passe-rose », des serpents bien sages, roulés en colimaçon régulièrement, leur tête (ou leurs têtes) en dessus, leurs petits yeux dorés me regardant ».

b. « C'était un village, et pas une ville ; les rues, grâce au ciel, n'étaient pas pavées ; les averses y roulaient en petits torrents, secs au bout de deux heures ; c'était un village, pas très joli même, et que pourtant j'adorais. »

3 « les » est un complément d'objet direct (COD). Ce pronom remplace le groupe nominal « les bois ».

4 Le participe passé « battus » s'accorde avec le COD « les » placé avant le verbe (qui reprend les « bois »). Il suit la règle de l'accord du participe passé avec l'auxiliaire avoir.

Compréhension et compétences d'interprétation → *énoncé p. 94*

Les clés pour réussir

1 a. Les « caractéristiques » sont tous les **éléments qui décrivent les bois** et permettent au lecteur de **se les représenter**.

2 « pour quelles raisons » : **attention** au pluriel, on vous demande plusieurs justifications.

3 Certains mots ou certaines expressions peuvent avoir une **connotation méliorative** ou au contraire **péjorative**.

4 Cette question porte sur l'ensemble du texte et demande une **réponse développée et illustrée par des citations**.

1 a. Les bois sont présentés de façon d'abord presque inquiétante « bois profonds et envahisseurs » (l.19-20), puis ils prennent un aspect à la fois fascinant et monstrueux avec la personnification « les bois superbes dévorant tout » (l.22), enfin leur couleur apaisante est mise en avant « le vert velouté des bois » (l.25).

b. Les éléments du paysage qui échappent à « l'appétit » des bois sont : « des prés verts » (l.21), « de petites cultures » (l.21) et « quelques fermes disséminées » (l.23-24).

2 Claudine est attirée par ces bois pour plusieurs raisons : ils lui sont très familiers « je les connais tous ; je les ai battus si souvent » (l.26). Elle sait y déceler des richesses derrière leur aspect hostile « pleins de soleil, de fraises, de muguet » (l.28) « des araignées des bruyères, si jolies, rondes et roses comme des perles » (l.37-38). Enfin, elle est attirée aussi par la peur que lui inspirent les bois mais qui lui procure des émotions fortes « vingt fois je me suis arrêtée, haletante » (l.30-31).

3 Le pronom « ça » désigne les camarades de la narratrice, les « petites grandes filles » (l.35). L'usage de ce pronom est surprenant car il désigne habituellement des objets inanimés et non des personnes. Il désigne donc les jeunes filles de manière péjorative et rend compte de l'agacement de la narratrice devant les peurs de ses camarades : « ça a peur de se déchirer aux ronces, ça a peur des petites bêtes » (l.36-37).

4 La description du deuxième paragraphe pourrait laisser penser que Claudine porte un regard négatif sur son village dans lequel elle ne souhaite d'ailleurs pas faire sa vie « probablement je n'y mourrai pas » (l.2). Elle en fait une description assez négative « des maisons qui dégringolent » (l.10-11), un « gros château [...] délabré » (l.12-13), une tour « qui s'effrite » (l.14), « c'est un village, pas très joli » (l.16-17). Cependant, elle conclut qu'elle l'adore : « que pourtant j'adore » (l.17). Son attachement tient essentiellement à la présence des bois autour de son village : « Le charme, le délice de ce pays ... c'est les bois » (l.18-19), et elle apprécie la simplicité de son village qui n'a rien de commun avec les descriptions touristiques que cherche à faire passer son « *Manuel de géographie départementale* » (l.2-3). Elle est donc heureuse d'y vivre.

5 Ce tableau impressionniste présente bien une fillette du XIXe siècle en train de jouer au cerceau au milieu d'un jardin comme peuvent le laisser penser les buissons à l'arrière-plan, mais on est loin des jeux qui attirent Claudine qui rêve de se perdre dans les bois : « qui vous agrippent méchamment la figure » (l.27) avec les « serpents » (l.29), et les « araignées » (l.37). La fillette de Renoir est certainement plus proche des camarades de Claudine, « ces petites grandes filles » (l.35) qui ont « peur de se déchirer aux ronces » (l.36), alors que l'on imagine aisément Claudine très naturelle et bien moins apprêtée dans sa tenue : pas de petite robe claire, ni de jolis souliers vernis comme sur le tableau.

Dictée → *énoncé p. 95*

Les clés pour réussir

Bien accorder

- Le « je » est un personnage féminin.
- **Attention** aux sujets éloignés des verbes : « les oiseaux » est le sujet de cinq verbes au présent.

Ne pas confondre

- **« sais »** et **« c'est »** → **« sais »** est le verbe **savoir conjugué à la première personne du singulier au présent. « c'est »** est la contraction de « cela est ».
- **« se »**, **« ce »** et **« ceux »** → **« se »** est un **pronom personnel réfléchi**, **« ce »** est un **démonstratif** (il sert à montrer), **« ceux »** est un **pronom démonstratif au pluriel**.

SE CHERCHER

Bien orthographier

- « Ah » est une **interjection invariable.**
- « paresse » ne prend qu'un seul « r ».

Les mots difficiles

- **« sous-bois »** et **« au-dessous »** : ne pas oublier le trait d'union.

Ah ! les bois, les chers bois de Montigny ! À cette heure-ci, je le sais bien, comme ils bourdonnent ! Les guêpes et les mouches qui pompent dans les fleurs des tilleuls et des sureaux font vibrer toute la forêt comme un orgue ; et les oiseaux ne chantent pas, car à midi ils se tiennent debout sur les branches, cherchent l'ombre, lissent leurs plumes, et regardent le sous-bois avec des yeux mobiles et brillants. Je serais couchée, au bord de la Sapinière d'où l'on voit toute la ville, en bas au-dessous de soi, avec le vent chaud sur ma figure, à moitié morte d'aise et de paresse…

Colette, *Claudine à l'école*, 1900.

Travail d'écriture – Sujet d'imagination → énoncé p. 95

Les clés pour réussir

Le sujet de rédaction vous demande d'évoquer un lieu qui vous tient particulièrement à cœur, vous rédigerez donc un texte de type autobiographique. Pensez à intégrer plusieurs éléments dans votre récit :

La présentation du souvenir

Vous devez indiquer le récit des circonstances qui ont entraîné votre retour dans le passé. Pour cela, n'hésitez pas à faire appel aux **sensations liées à ce souvenir.**

Un récit vivant

- Une **description précise** (ou un portrait) pour que le lecteur puisse imaginer le lieu (ou les personnages) de votre souvenir.
- Des réflexions sur vos **sensations** et vos **sentiments** : pour cela, pensez à utiliser un lexique approprié : *je sentais, j'observais, j'écoutais, j'éprouvais, j'avais l'impression de...*
- Des **passages de dialogue** si le sujet s'y prête, ou seulement quelques paroles rapportées au discours direct pour rendre le texte plus vivant : *Indigné, je m'écriai « Ce n'est pas moi ! »...*

La conclusion

Pour conclure votre récit, il est intéressant de montrer que le **recul** vous a permis d'**analyser votre expérience** : *Aujourd'hui je comprends que..., Je sais maintenant que...*

Méthode

Pour vous aider, nous vous avons indiqué en couleur les parties de la rédaction qui répondent aux consignes.

Éléments du texte initial — Narration — Sensations et sentiments

C'est fait, mon père a coupé l'arbre... il faisait de l'ombre à son potager ! Cet arbre était pourtant magique pour moi. C'était un vieux pommier, avec des branches anarchiques qui partaient dans tous les sens. Il lui arrivait de donner quelques fruits, mais ce n'était vraiment plus sa vocation. Il était surtout le support de ma cabane. Une cabane perchée, dans laquelle je devenais Tom Sawyer, pirate ou résistant au gré de mon imagination. Avec quelques planches de récupération, j'avais aménagé une plate-forme qui devait s'élever à quelques 1,20 m. du sol, mais du haut de laquelle je pensais alors dominer le monde qui m'entourait !

Quelquefois, lorsque je voulais surveiller l'arrivée « d'ennemis » potentiels, je me hissais jusqu'à une branche un peu plus haute, et là, à l'abri des feuilles, j'éprouvais une grande sensation de liberté, j'étais intouchable, je prenais des risques et j'accédais à un monde qui n'appartenait qu'à moi, échappant à tous les regards... et même aux appels répétés de ma mère pour venir mettre la table !

La cabane évoluait suivant mes trouvailles : une palette de bois devenait un escalier, un emballage de carton providentiel fournissait un rempart infranchissable, une vieille roue de vélo faisait office de gouvernail et je partais vers des contrées inconnues... Un jour, je me souviens même avoir navigué toute une journée vers « la mer hic », avant que mon grand frère le soir venu ne se moque de moi à la table familiale ! La réalité détruisait mon rêve d'enfant.

Et c'est ce qui s'est produit aujourd'hui, la tronçonneuse paternelle a appliqué une sentence irrévocable et mon arbre est tombé. J'ai eu beau protester, les arguments de mon père étaient que je ne jouais plus dans la cabane maintenant que j'étais au collège, et qu'il était temps de mettre un peu d'ordre dans ce qu'il appelait « mon bazar ». Pourtant, ce bazar, même si je ne l'investissais plus aussi souvent, j'étais rassuré de le savoir là, comme un refuge pour mes souvenirs d'enfance, et j'ai discrètement ramassé quelques copeaux de bois que je conserverai encore un peu de temps dans une boîte...

Travail d'écriture – Sujet de réflexion → énoncé p. 95

Les clés pour réussir

L'introduction

- **Introduisez le sujet** : vous pouvez présenter le thème à partir d'une citation du texte.
- **Présentez le sujet** : reprenez la question posée par le sujet.
- Annoncez clairement votre **plan.**

Le développement

- La question posée invite à **proposer les attraits de la ville et de la campagne** pour les jeux d'enfants.
- Chaque paragraphe devra comporter un **argument** et un **exemple** précis.
- Un équilibre de deux paragraphes pour la ville et deux paragraphes pour la campagne est le bienvenu.

La conclusion

- Précisez votre avis.
- **Terminez avec une phrase d'ouverture** pour élargir la question en restant sur le même thème.

Méthode

Pour vous aider, nous vous avons indiqué en couleur les parties de la rédaction qui répondent aux consignes.

Indicateurs logiques — Arguments — |...| Exemples

« Chers bois ! Je les connais tous ; je les ai battus si souvent. », la narratrice de Colette est très attachée à la campagne et aux aventures qu'elle a pu y vivre pendant l'enfance. À notre époque d'urbanisation croissante, on peut se demander si un enfant trouve plus de possibilités de jeux et d'aventures à la campagne ou à la ville. Nous répondrons à cette question en envisageant les attraits de ces deux environnements pour les enfants.

Lorsque l'on songe à l'enfance et aux jeux d'aventures, on imagine en premier lieu de grands espaces naturels dans lesquels on peut donner libre cours à son imagination ; comme si les étendues de campagne ne fixaient pas de frontières aux jeux. |C'est le cas de Tom Sawyer, le héros de Mark Twain, qui rejoint son ami Huck pour s'identifier aux héros des romans d'aventures qu'il adore. La cime des arbres semble alors être la seule entrave à la liberté de leurs jeux.|

De plus, la campagne possède encore des terrains vierges, des bois, des bords de rivières qui offrent aux enfants des possibilités innombrables de jeux où ils semblent échapper au regard et aux règles des parents. Par exemple, dans le film *La Guerre des boutons* de Yves Robert, les deux clans d'enfants envahissent une sablière qui devient le cadre de leurs « batailles », loin du regard des parents.

Cependant, la ville n'est pas un milieu hostile pour les enfants, elle leur offre une diversité de possibilités de s'amuser notamment grâce aux nombreuses associations qui proposent des activités. L'ennui qui peut souvent gagner les enfants à la campagne est bien moins présent à la ville. Par exemple, les maisons de quartier, rivalisent d'imagination pour offrir des activités originales et de qualité qui savent fédérer les jeunes.

Ainsi, dans *Corniche Kennedy*, Maylis de Kerangal nous montre les jeux et les défis d'un groupe d'adolescents issus de milieux sociaux très différents, qui se réunissent sur la « Plate », un bloc de béton peu attirant d'une ancienne construction surplombant la mer à Marseille. Les jeux communs brisent les barrières sociales fondées sur des a priori, et finalement les font grandir et avancer dans leurs relations entre eux et avec les adultes.

Pour conclure, les possibilités de jeux et d'aventures sont multiples, que l'on vive en ville ou à la campagne, ce qui importe finalement c'est le regard que l'on porte sur le monde qui nous entoure, et un regard d'enfant peut tout aussi bien transformer un terrain vague qu'un champ en terrain de jeux. C'est donc l'imagination qui permet de créer de nouveaux univers, plus que l'environnement dans lequel on vit.

Sujet 8 Gustave Flaubert, *Madame Bovary*

3 heures

Centres étrangers, juin 2017

Travail sur le texte littéraire et sur l'image

1 h 10 **50 pts**

Document A Texte littéraire

Emma Bovary est l'épouse de Charles, un homme avec lequel elle n'est pas heureuse. Déçue par sa vie monotone, elle rêve de mener une vie mondaine comme les princesses ou les actrices des romans et des magazines qu'elle lit.

Comment était-ce, Paris ? Quel nom démesuré ! Elle se le répétait à demi-voix, pour se faire plaisir ; il sonnait à ses oreilles comme un bourdon de cathédrale ; il flamboyait à ses yeux jusque sur l'étiquette de ses pots de pommade. […]

Elle s'acheta un plan de Paris, et, du bout de son doigt, sur la carte, elle faisait des courses dans la capitale. Elle remontait les boulevards, s'arrêtant à chaque angle, entre les lignes des rues, devant les carrés blancs qui figurent les maisons. Les yeux fatigués, à la fin, elle fermait ses paupières, et elle voyait dans les ténèbres se tordre au vent des becs de gaz[1], avec des marche-pieds de calèches, qui se déployaient à grand fracas devant le péristyle des théâtres.

Elle s'abonna à la *Corbeille*, journal des femmes, et au *Sylphe des Salons*. Elle dévorait, sans en rien passer, tous les comptes rendus de premières représentations, de courses et de soirées, s'intéressait au début d'une chanteuse, à l'ouverture d'un magasin. Elle savait les modes nouvelles, l'adresse des bons tailleurs, les jours de Bois ou d'Opéra. Elle étudia, dans Eugène Sue, des descriptions d'ameublements ; elle lut Balzac et George Sand[2], y cherchant des assouvissements[3] imaginaires pour ses convoitises personnelles. À table même, elle apportait son livre, et elle tournait les feuillets, pendant que Charles mangeait en lui parlant. […]

Paris, plus vaste que l'Océan, miroitait donc aux yeux d'Emma dans une atmosphère vermeille. La vie nombreuse qui s'agitait en ce tumulte[4] y était cependant divisée par parties, classée en tableaux distincts. Emma n'en apercevait que deux ou trois qui lui cachaient tous les autres et représentaient à eux seuls l'humanité complète. Le monde des ambassadeurs marchait sur des parquets luisants, dans des salons lambrissés de miroirs, autour de tables ovales couvertes d'un tapis de velours à crépines d'or[5]. Il y avait là des robes à queue, de grands mystères, des angoisses dissimulées sous des sourires. […] Dans les cabinets de restaurants où l'on soupe après minuit, riait, à la clarté des bougies, la foule bigarrée des gens de lettres et des actrices. Ils étaient, ceux-là, prodigues[6] comme des rois, pleins d'ambitions idéales et de délires fantastiques. C'était une existence au-dessus des autres, entre ciel et terre, dans les orages, quelque chose de sublime.

Gustave Flaubert, *Madame Bovary*, 1857.

---

1. *Becs de gaz* : éclairage public au XIXe siècle.
2. *Eugène Sue, Balzac, George Sand* : romanciers célèbres du XIXe siècle qui ont décrit Paris.
3. *Assouvissements* : satisfactions.
4. *Tumulte* : foule débordante d'énergie.
5. Flaubert décrit ici des intérieurs très luxueux.
6. *Prodigues* : dépensiers.

Document B **Image**

Publicité pour la marque Chanel, 1982.

Les réponses aux questions doivent être entièrement rédigées.

Grammaire et compétences linguistiques → corrigé p. 105

1 « Miroitait » (l. 22)

a. Trouvez un mot de la même famille. **1 pt**

b. Par quel synonyme pourriez-vous remplacer le mot « miroitait » dans la phrase ? **1 pt**

c. Comment interprétez-vous le choix du verbe « miroitait » ? **4 pts**

2 Réécrivez ce passage en remplaçant « elle » par « je ». Vous ferez toutes les transformations nécessaires.

« Elle étudia, dans Eugène Sue, des descriptions d'ameublements ; elle lut Balzac et George Sand, y cherchant des assouvissements imaginaires pour ses convoitises personnelles. À table même, elle apportait son livre, [...] tournait les feuillets, pendant que Charles mangeait en lui parlant. » **10 pts**

Compréhension et compétences d'interprétation → corrigé p. 106

1 Emma s'est-elle déjà rendue à Paris ? Justifiez votre réponse. **4 pts**

2 Que ressent Emma pour Paris ?
- de la crainte ;
- de la fascination ;
- de la curiosité.

a. Recopiez la bonne réponse sur votre copie. **2 pts**

b. Justifiez votre choix en citant au moins deux éléments du texte. **4 pts**

3 Quel est le quotidien d'Emma ? Vous vous appuierez sur le texte pour justifier votre réponse. **4 pts**

4 D'après le dernier paragraphe, quelle vie Emma rêve-t-elle de vivre ? **4 pts**

5 Quel travers de la société Flaubert dénonce-t-il dans ce texte ? **4 pts**

6 Selon vous, cette critique est-elle encore d'actualité ? **4 pts**

7 Commentez la façon dont cette femme tient le tableau de *La Joconde*. **2 pts**

8 En vous appuyant sur le document iconographique et sur le texte, dites quelle image de la femme française est ici véhiculée. **6 pts**

Dictée → corrigé p. 107 20 min **10 pts**

› Écoutez la dictée avec l'application Nathan Live.

Consignes :

– On dictera le texte à haute voix à plusieurs reprises.

– On inscrira au tableau de manière lisible par l'ensemble des candidats le titre de l'œuvre, le nom de l'auteur et le prénom **Bérénice**.

Rédaction 1 h 30 **40 pts**

Vous traiterez au choix un des deux sujets de rédaction suivants :

Sujet d'imagination → corrigé p. 108

› Vous êtes journaliste et vous devez rédiger un article invitant à découvrir un lieu qui vous semble digne d'intérêt. Dans votre texte, vous présenterez les atouts géographiques et culturels de cet endroit.
Vous veillerez à ne pas signer votre article.

Sujet de réflexion → corrigé p. 110

« Il y avait là des robes à queue, de grands mystères, des angoisses dissimulées sous des sourires. » (l. 31-32).

› Pourquoi, selon vous, la vie des stars et des personnes célèbres fascine-t-elle toujours autant ?

Vous répondrez à cette question dans un développement argumenté et organisé en vous appuyant sur votre expérience, vos lectures, votre culture personnelle et les connaissances acquises dans l'ensemble des disciplines.

Sujet 8 Corrigé

Grammaire et compétences linguistiques → énoncé p. 104

Les clés pour réussir

1 Une famille de mots se compose de tous les mots **issus du même radical** (ex. : lent, lenteur, ralentir, etc.). Attention, parfois l'orthographe du radical varie (ex. : mer, marée, maritime, amerrir, etc.).

2 • **On vous demande** de passer de la troisième personne du singulier à la première personne du singulier.

• **Vous devez modifier** :
- deux verbes au passé simple et deux verbes à l'imparfait ;
- deux déterminants possessifs ;
- un pronom personnel complément.

• **Attention** aux fautes de copie sur les noms propres, elles seront sanctionnées.

1 a. « Miroir » est un mot de la même famille que le verbe « miroitait ». Il apparaît dans le texte à la ligne 29.

b. Le mot « miroitait » pourrait être remplacé par « brillait ». (« Étincelait » ; « éblouissait » ; « resplendissait » sont d'autres synonymes possibles.)

c. Ce verbe prend ici plusieurs significations. Il évoque d'abord une ville brillante, éblouissante et attirante pour Emma, mais aussi une ville inaccessible, un rêve que l'on fait « miroiter » à ses yeux. Enfin, cette image de la ville n'est que le reflet de la réalité : Emma s'y voit comme dans un miroir, ce n'est donc pas sa véritable vie.

2 **J'étudiai**, dans Eugène Sue, des descriptions d'ameublements ; **je lus** Balzac et George Sand, y cherchant des assouvissements imaginaires pour **mes** convoitises personnelles. À table même, **j'apportais mon** livre, [...] **tournais** les feuillets, pendant que Charles mangeait en **me** parlant.

Compréhension et compétences d'interprétation → énoncé p. 104

Les clés pour réussir

2 **b.** Cette question trouve sa justification dans le **premier paragraphe.** N'hésitez pas à évoquer **une figure de style** pour justifier votre réponse : même si ce n'est pas explicitement demandé, ce sera valorisé par le correcteur.

5 et **6** Les textes littéraires expriment souvent une **critique sociale**, c'est-à-dire qu'ils dénoncent certains travers de la société pour faire réfléchir ou réagir les lecteurs. Pour faire le lien avec l'actualité, pensez à mettre en parallèle des éléments du texte comme les journaux et le développement des médias aujourd'hui.

8 Cette question vous demande de faire le **lien** entre les éléments du texte et ceux de l'image. Pensez à commenter aussi l'évolution de l'image des femmes entre le tableau de Léonard de Vinci et la publicité Chanel.

1 Emma ne s'est certainement jamais rendue à Paris, comme le montre la phrase interrogative qui ouvre le texte « Comment était-ce Paris ? » (l. 1). C'est pour cela aussi qu'elle essaie d'en apprendre plus sur la capitale en achetant un plan : « Elle s'acheta un plan de Paris » (l. 5).

2 **a.** Emma ressent de la fascination pour Paris.
b. Le nom même de Paris semble « démesuré » (l. 1) à Emma. Lorsqu'elle l'entend, il l'entraîne dans une rêverie qui perturbe même ses sensations habituelles comme le montrent la comparaison et la métaphore « il sonnait à ses oreilles comme un bourdon de cathédrale ; il flamboyait à ses yeux ».

3 Le quotidien d'Emma semble ennuyeux : elle passe son temps à lire des magazines féminins : « journal des femmes » (l. 12) pour vivre par procuration la vie des personnes connues. Elle se réfugie dans une vie imaginaire, « y cherchant des assouvissements imaginaires » (l. 18-19) pour échapper à son quotidien y compris pendant les repas avec son mari : « À table même, elle apportait son livre, et elle tournait les feuillets, pendant que Charles mangeait en lui parlant. » (l. 19-21).

4 Emma rêve d'une vie luxueuse dans la haute société parisienne : « Le monde des ambassadeurs marchait sur des parquets luisants, dans des salons lambrissés de miroirs » (l. 28) ; une vie « sublime » (l. 36) pour partager les soirées mondaines « des gens de lettres et des actrices » (l. 33).

5 Dans ce texte, Flaubert dénonce le mode de vie des personnes issues des classes sociales les plus élevées qui vivent dans un monde de luxe basé sur des apparences et « des angoisses dissimulées sous des sourires » (l. 31). À travers Emma, il critique également l'attitude des personnes toujours envieuses de ce mode de vie, et qui finissent par ne pas vivre réellement mais par s'enfermer dans une frustration permanente à cause de ce luxe auquel elles n'ont pas accès.

6 Cette critique est toujours d'actualité, et elle est même de plus en plus vive avec le développement des médias qui permettent de suivre, presque en temps réel, la vie des stars ou des personnes les plus riches, pour les admirer ou les jalouser. Les magazines d'Emma existent toujours et sont même dépassés par les réseaux sociaux sur lesquels de nombreuses personnes passent leur temps à rêver de la vie des autres en oubliant parfois de vivre la leur.

7 Sur cette publicité pour la marque Chanel, la femme tient le tableau de *La Joconde* de manière nonchalante et désinvolte, comme s'il s'agissait d'un simple sac à main ou d'un objet quotidien de peu d'importance.

8 La publicité Chanel véhicule l'image de la femme française élégante, chic et citadine (on voit une ville en arrière-plan, certainement Paris) qui est autonome et active : elle est en mouvement et appelle en taxi. Elle représente ce dont rêve Emma dans le texte : « les modes nouvelles, l'adresse des bons tailleurs » (l. 16) et les jolies tenues : « robes à queue » (l. 30). *La Joconde* est dépassée : femme sage, posée, les bras croisés, comme Emma elle appartient à un univers contemplatif qui n'est pas celui de la femme parisienne : elle est reléguée au second plan comme un objet de peu d'importance, ou un simple accessoire de mode.

Dictée → énoncé p. 104

Les clés pour réussir

Bien conjuguer

- Le **conditionnel présent** : il se forme à partir de l'infinitif du verbe avec les terminaisons -ais/-ais/-ait/-ions/-iez/-aient. Attention les verbes en « -eler » et « -eter » s'écrivent avec deux « l » ou deux « t ».

Bien accorder

- Les adjectifs et participes passés féminins éloignés du nom.

Ne pas confondre

- **« voie »/« voix »/« vois-voit » : « voie »** est un nom féminin qui désigne une route ou une rue ; **« voix »** désigne les sons vocaux et vient du latin *vox*, il termine donc toujours par un « x » ; **« vois-voit »** est le verbe « voir » à la 2e et 3e personne du singulier au présent.

Les mots difficiles

- **perspective** : détacher chaque syllabe pour ne pas oublier de lettre.
- **désœuvrée** : bien orthographier le « œ », en pensant au radical « œuvre ».

Brusquement la ville s'ouvrait sur une perspective, et Bérénice sortait de cet univers qui l'effrayait et l'attirait [...]. Que c'est beau, Paris ! Là même où les voies sont droites, et pures, que de tournants... Nulle part à la campagne, le paysage ne change si vite ; nulle part, même dans les Alpes ou sur les bords de la mer ; il n'y a de si forts aliments pour le rêve d'une jeune femme désœuvrée, et ravie de l'être, et libre, libre de penser à sa guise, sans se surveiller, sans craindre de trahir sur son visage le fond de son cœur, de laisser échapper une phrase qu'elle regretterait parce qu'elle aurait fait du mal à quelqu'un...

Louis Aragon, *Aurélien*, 1945.

Travail d'écriture – Sujet d'imagination → énoncé p. 105

Les clés pour réussir

La situation d'énonciation

- **L'émetteur** est clairement identifié par le sujet : vous devez vous mettre dans la peau d'un journaliste et donc vous exprimer à la première personne.
- Les destinataires ne sont pas définis : à vous de choisir s'il s'agit d'un journal grand public ou à destination d'un public plus jeune.
- On vous précise **dans quel but est écrit l'article** : il s'agit de présenter un lieu digne d'intérêt sur les plans géographiques et culturels : votre texte mêlera donc de la description et des éléments argumentatifs pour inciter les lecteurs à aller voir ce lieu.
- Le lieu doit être « digne d'intérêt » et présenter des « atouts géographiques et culturels ».

La présentation de l'article

- Il faut donner un **titre** qui doit être bref et inviter à lire la suite. Pour cela, on privilégie les phrases nominales et pourquoi pas, les jeux de mots ou les figures de style (antithèse, métaphore...) : *Un heureux accident, Une étrange rentrée, La faim du monde...*

- L'article doit être organisé en **paragraphes courts** qui contiennent chacun une idée principale : on peut commencer par une description générale, poursuivre par une présentation des atouts culturels et terminer par une analyse ou un point de vue (explication ou argumentation). Vous pouvez souligner cette structure en mettant des sous-titres, voire en présentant votre texte en **deux colonnes**, comme dans un « vrai » journal.
- Insérez des **paroles rapportées** entre guillemets, à la manière des interviews et les personnes décrites prendront vie.
- Pensez enfin à **signer** votre article, avec par exemple les initiales de l'auteur du texte de départ (surtout pas les vôtres, votre copie doit rester anonyme !), et à **nommer le journal**.

VIVRE

Méthode

Pour vous aider, nous vous avons indiqué en couleur les parties de la rédaction qui répondent aux consignes.

Présentation d'un article	Paroles rapportées	Atouts géographiques	Atouts culturels

Objectif Neptune

Le voyageur qui passe le panneau Arromanches-les-Bains tombe immédiatement sur un char Sherman M4 fièrement dressé devant la plage : étrange contraste entre ce nom de cité balnéaire et son passé historique. Cette petite bourgade des côtes normandes, située à quelques kilomètres seulement au nord de la plaine de Caen témoigne en effet de la plus grande opération militaire amphibie du XXe siècle : l'opération Neptune, nom de code du débarquement allié en Normandie dans la nuit du 5 au 6 juin 1944.

Les villas résidentielles du front de mer, qui accueillaient la bourgeoisie depuis la belle époque des bains de mer, offrent aujourd'hui une vue imprenable sur les vestiges du port artificiel Mulberry destiné à faire débarquer le matériel et les hommes en France, sans attendre la prise d'un véritable port en eaux profondes comme celui de Cherbourg, trop bien défendu par les forces allemandes.

Arromanches renaît de ses cendres

Yvette, âgée de 9 ans au moment du débarquement se souvient : « Aujourd'hui, on ne voit que quelques caissons sur la plage et au large, mais il faut imaginer le fourmillement qu'il y avait à l'époque : c'était un véritable port, les voitures, les camions, les chars semblaient rouler sur l'eau ! Des milliers d'hommes débarquaient ici pour aller libérer la France ! » En effet, d'énormes caissons flottants en béton armé, baptisés Phoenix, avaient été remorqués depuis l'Angleterre pour être coulés devant Arromanches et constituer un réseau de brise-lames reliés par des ponts. Ils permettaient le débarquement des hommes et du matériel depuis les bateaux restés au large.

Une plongée dans l'histoire

Éric, un plongeur amateur local fait le récit d'une plongée au pied d'un de ces caissons « On est toujours impressionné quand on s'immerge devant Arromanches : à 20 mètres sous la surface de la mer, c'est un enchevêtrement de métal et de blocs de bétons qui abritent désormais la vie sous-marine. On trouve de tout dans ces eaux troubles : chars, obus… il y a même une épave qui contient encore des caisses de whisky destinées aux soldats ! » Une séquence pleine d'émotion quand on revient du large en voyant se dessiner au loin les falaises de la meurtrière pointe du Hoc…

Aujourd'hui, le soleil brille et réchauffe le sable, quelques enfants jouent sur la plage et des curieux de tous pays visitent le Musée du débarquement. Arromanches-les-Bains continue ainsi de faire vivre l'Histoire et les plaisirs estivaux.

A. Nonyme, *Les Nouvelles de l'Ouest*

Travail d'écriture – Sujet de réflexion → *énoncé p. 105*

Les clés pour réussir

L'introduction

- Introduisez le sujet : vous pouvez présenter le thème à partir d'une **citation du texte** ou de **l'abondance de médias** sur ce sujet.
- Présentez le sujet : reprenez la **question** posée par le sujet.
- Annoncez clairement votre **plan**.

Le développement

- La question posée appelle un développement en deux ou trois parties où vous exposerez plusieurs réponses à la question posée. Attention, **il ne s'agit pas de peser les avantages et les inconvénients de la vie des stars**, ce serait un hors-sujet.

La conclusion

- Résumez votre argumentation en précisant votre **avis**.
- Terminez avec **une phrase d'ouverture**, en émettant par exemple une critique sur cet engouement pour la vie des personnes célèbres.

Méthode

Pour vous aider, nous vous avons indiqué en couleur les parties de la rédaction qui répondent aux consignes.

Indicateurs logiques Arguments |...| Exemples

« C'était une existence au-dessus des autres [...] quelque chose de sublime. » Cette réflexion d'Emma Bovary trouve bien des échos dans nos médias qui présentent à longueur de journée la vie des personnes célèbres auprès d'un public nombreux. On peut se demander pour quelles raisons la vie des stars et des personnes célèbres fascine autant. Nous verrons d'abord qu'elle est entourée d'un mystère qui attire, puis nous montrerons comment elle engendre du rêve avant de considérer qu'elle correspond à un désir de reconnaissance.

Tout d'abord, ce qui nous fascine dans la vie des stars, c'est le mystère dont elle est entourée. Comme le dit Emma, les « grands mystères » qui entourent les personnes célèbres ont le goût de l'interdit qui attire toujours. C'est ce qui fait le succès de la presse *people* qui présente chaque semaine des *scoops*, parfois contradictoires, alimentant le mythe des célébrités. Cependant, il y a souvent une différence entre cette vie supposée et la réalité, comme on l'apprend régulièrement avec des suicides de stars dont les vies semblent bien loin de l'idéal que l'on imaginait.

Par ailleurs, les célébrités évoluent dans un monde de luxe et de richesse qui est propice au rêve : tout y est beau, brillant et lumineux. On envie ce mode de vie où tout semble simple et abondant. C'est ce que l'on voit dans un film comme *Le diable s'habille en Prada*, avec Meryl Streep, où les personnages évoluent dans le monde de la mode qui place au-dessus de tout le luxe et l'apparence.

Enfin, la vie des célébrités fascine car elle attire : chacun rêve de la gloire dont sont entourées les stars. De nombreuses personnes éprouvent en effet ce désir de reconnaissance. C'est ce qui fait le succès des émissions de téléréalité ou des concours comme *The Voice* par exemple : le rêve d'être reconnu devient possible et accessible très rapidement et chacun peut s'identifier aux nouvelles stars qui percent les écrans.

Pour conclure, il semble naturel d'être attiré par la vie des célébrités que ce soit par envie et jalousie pour le luxe et la richesse qui les accompagne ou par un désir profond de reconnaissance personnelle. Cependant, cette fascination doit être mesurée pour ne pas devenir une entrave ou une obsession qui empêcherait d'avancer dans sa propre vie.

Sujet 9 Alice Ferney, *Cherchez la femme*

3 heures

D'après Amérique du Nord, juin 2017

Travail sur le texte littéraire et sur l'image

1 h 10 — 50 pts

Document A Texte littéraire

En 1958, Nina, lycéenne de 16 ans et fille de mineur, et Vladimir, jeune ingénieur des Mines de 26 ans, se sont rencontrés à l'orchestre. Le jeune homme est tombé amoureux de la jeune fille et lui a proposé de l'épouser. Face à cette proposition, Nina confie son impatience à sa grand-mère.

– Pourquoi es-tu si pressée ? demanda Sacha sans cacher son étonnement.

Elle était stupéfaite de l'évidence qui s'était faite chez sa petite-fille et tout de même, si forte fût-elle, l'aveu de Nina lui faisait battre le cœur plus vite.

– Je ne sais pas, dit Nina (elle osait même dire je ne sais pas !). C'est comme ça. Il faut avancer dans la vie, saisir l'occasion qui se présente. Tu ne crois pas ?

– Et le lycée, Douchka[1]. As-tu pensé au lycée ?

Sacha Javorsky quittait le champ du grand amour pour revenir aux choses sérieuses.

– Oui, dit Nina, bien sûr. Je continuerai à aller au lycée comme aujourd'hui.

– Tu ne sais pas qu'un homme dans une maison exige beaucoup de sa femme, dit Sacha Javorsky avec un air d'être sûre de ce qu'elle avançait. Tu n'auras plus le temps d'étudier !

– Vladimir ne m'empêchera pas d'étudier, souffla Nina.

Ce ton amolli et romantique eut le don d'agacer Sacha. Elle n'avait pas élevé sa petit-fille pour en faire une gourde qui s'en laisse conter par le premier garçon venu.

– Ça, ma fille, nous en reparlerons ! dit-elle avec ironie.

Puis elle récita son couplet désenchanté : les hommes, ça met les pieds sous la table et les chemises en boule au linge sale, et ça croit que les lapins naissent découpés, farcis et grillés !

Nina ne disait rien. Qu'y avait-il à répondre ? D'ailleurs sa grand-mère n'attendait pas de réponse. Elle n'avait pas fini de parler.

– Ton Vladimir, poursuivit la grand-mère, il a vingt-six ans et un métier. Des centaines de gens sont sous ses ordres. Ton père y est ! L'ingénieur ! Il va te commander celui-là…

– Il ne me commandera pas, répliqua Nina sur un ton décidé.

– Alors vous vous bagarrerez. Et crois-moi ce sera dur. Une femme ne fait pas le poids.

La vieille dame s'interrompit à dessein, préservant un effet d'annonce. Puis elle acheva :

– Sauf si elle a un métier. Et un salaire ! Travaille Nina. Étudie le plus longtemps possible et gagne ta vie. Ne dépends jamais d'un homme ! Écoute ce que te dit ta grand-mère.

– J'écoute, dit Nina.

Alice Ferney, *Cherchez la femme*, 2013.

1. *Douchka* : petit nom affectueux en russe signifiant « ma douce ».

Document B **Image**

Sérigraphie de Barbara Kruger, commande du ministère de la Culture, Bicentenaire de la Révolution française, 1989.

Barbara Kruger est une artiste contemporaine qui a été engagée dans la revendication des droits des femmes aux États-Unis.

Les réponses aux questions doivent être entièrement rédigées.

Compréhension et compétences d'interprétation → corrigé p. 115

1 Quelle est la relation qui lie Nina et Sacha ? Quel a été le rôle précis de Sacha dans l'éducation de Nina ? **4 pts**

2 Lignes 1 à 19 : nommez les deux sentiments successifs éprouvés par la grand-mère. Quelle attitude de Nina provoque chez elle ce changement de sentiment ? Justifiez votre réponse par une expression du texte. **6 pts**

3 Quel personnage féminin domine la conversation ? D'après vous, pourquoi se donne-t-elle le droit de parler ainsi ? **6 pts**

4 Selon Sacha, que risque-t-il de se passer après le mariage de Nina et Vladimir ? Vous répondrez dans un paragraphe détaillé en vous appuyant sur des citations précises du texte. **8 pts**

5 Comment l'image et le texte évoquent-ils, chacun à leur manière, le pouvoir que le savoir procure aux femmes ? **6 pts**

Grammaire et compétences linguistiques → corrigé p. 116

1 « désenchanté », ligne 21. Donnez la classe grammaticale de ce mot. Expliquez sa formation puis son sens dans le texte. **6 pts**

2 Lignes 34 à 36, quel est le mode principalement employé dans les propos de la grand-mère ? Justifiez son emploi. **4 pts**

3 Réécrivez ces quatre phrases en remplaçant « Nina » par « les filles » et « grand-mère » par « grands-parents ». Vous ferez toutes les modifications nécessaires.
« Travaille, Nina. Étudie le plus longtemps possible et gagne ta vie. Ne dépends jamais d'un homme ! Écoute ce que te dit ta grand-mère. » **10 pts**

Dictée → corrigé p. 117

20 min **10 pts**

› Écoutez la dictée avec l'application Nathan Live.

Consignes :
– On dictera le texte à haute voix à plusieurs reprises.
– On inscrira au tableau de manière lisible par l'ensemble des candidats le titre de l'œuvre et le nom de l'auteur.

Rédaction

1 h 30 **40 pts**

Vous traiterez au choix l'un des deux sujets suivants :

Sujet d'imagination → corrigé p. 118

› La jeune fille annonce sa décision finale à Vladimir. Elle a pris en compte les remarques de sa grand-mère pour choisir ou non de se marier.
Imaginez le dialogue des deux jeunes gens et les réactions qu'il suscite.

Sujet de réflexion → corrigé p. 120

› Pensez-vous, comme la grand-mère de Nina, qu'avoir un métier soit synonyme de liberté et de pouvoir ?

Sujet 9 Corrigé

Compréhension et compétences d'interprétation → énoncé p. 114

Les clés pour réussir

4 Cette question demande à être développée : appuyez-vous sur l'ensemble du texte en faisant des **citations précises** (courtes et bien repérées) prises dans les propos de la grand-mère (Sacha).

5 Cette question demande de bien observer dans le texte et dans l'image le rapport des femmes au savoir et au pouvoir. Observez attentivement des détails de l'image et appuyez-vous sur des citations précises du texte pour répondre. Ne négligez pas les informations apportées par le paratexte.

1 Nina et Sacha ont une relation familiale : Nina est la petite-fille de Sacha : « chez sa petite fille » (l. 3). Cette relation semble très affective et pleine de complicité puisque Nina se confie à sa grand-mère qui s'adresse à elle en l'appelant « Douchka » (l. 8), un surnom affectueux. Sacha a certainement élevé Nina, comme c'est indiqué l. 17 : « Elle n'avait pas élevé sa petite-fille pour en faire une gourde. »

2 Les sentiments successifs éprouvés par la grand-mère sont l'étonnement : « son étonnement » (l. 2), « stupéfaite » (l. 3), puis l'agacement : « agacer Sacha » (l. 17). Ce changement de sentiment est provoqué par le « ton amolli et romantique » (l. 17) de Nina qui, amoureuse, ne semble pas percevoir la réalité décrite par sa grand-mère.

3 Cette conversation est clairement dominée par la grand-mère qui développe un argumentaire maîtrisé face à sa petite-fille : « la vieille dame s'interrompit à dessein, préservant un effet d'annonce » (l. 32). Elle se donne le droit de parler ainsi car non seulement elle a participé à l'éducation de Nina, mais aussi car son expérience lui permet d'avoir conscience des inégalités entre les hommes et les femmes. Elle ne veut pas que sa petite-fille en soit victime.

4 Sacha veut montrer à sa petite-fille l'injustice de la position des femmes après le mariage : elles sont contraintes à rester à la maison pour s'occuper des tâches domestiques : « un homme dans une maison exige beaucoup de sa femme » (l. 13). Elle souligne le fait que les hommes s'installent rapidement dans une position où la femme est à leur service : « Les hommes, ça met les pieds sous la table et les chemises en boule au linge sale » (l. 21). Enfin, elle lui explique que si elle n'est pas « obéissante » ils vont se disputer : « vous vous bagarrerez » (l. 30) et que le seul moyen pour avoir une légitimité dans la conversation sera pour elle d'être indépendante grâce à « un métier » et « un salaire » (l. 34).

5 La sérigraphie de Barbara Kruger montre un visage de femme stéréotypé, comme on peut en voir sur les affiches de magazines, mais il est divisé en deux pour nous laisser voir une autre « face », une sorte de radiographie qui invite à regarder derrière les apparences. Le slogan qui est posé sur cette image indique que le savoir apporte le pouvoir. D'ailleurs, le mot « savoir » est placé sur la tête de la femme et le mot « pouvoir » vers sa bouche, comme pour indiquer qu'elle va pouvoir s'exprimer grâce à son savoir. Enfin, cette affiche a été commandée pour le bicentenaire de la Révolution française et n'est pas sans évoquer la figure de Marianne, symbole de la République française et de sa devise qui invite à l'égalité, ici celle entre les femmes et les hommes. Dans le texte, dont l'action se déroule en 1958, les femmes n'ont pas encore beaucoup de droits en France, et elles n'ont pas le même accès au savoir et au pouvoir que les hommes. Sacha le souligne très bien dans sa dernière prise de parole « Étudie le plus longtemps possible et gagne ta vie. Ne dépends jamais d'un homme ! » (l. 35).

Grammaire et compétences linguistiques → *énoncé p. 114*

Les clés pour réussir

1 Pour expliquer la formation d'un mot, il faut rechercher s'il est composé d'un **préfixe**, d'un **radical** et d'un **suffixe**. Attention les trois éléments ne sont pas toujours présents.

2 Les modes sont les grandes catégories à l'intérieur desquelles on conjugue les verbes. Il existe **sept modes** : indicatif, subjonctif, impératif, conditionnel, infinitif, participe et gérondif. Comme les temps, les modes peuvent avoir une valeur particulière (fait réel, souhait, doute, ordre, défense…).

3 • **On vous demande** de passer du singulier au pluriel. Il ne faut pas oublier le second changement : remplacer « grand-mère » par « grands-parents ».

• **Vous devez modifier** :

– les verbes ;

– deux déterminants possessifs et un pronom personnel.

• **Attention,** il y a un sujet inversé.

1 Le mot « désenchanté » est un adjectif (participe passé employé comme adjectif). Il est composé du préfixe privatif « dés- » et du radical « enchanté ». Il signifie « être désabusé, avoir perdu ses illusions ». Le préfixe marque en effet l'opposition à l'aspect « enchanteur » de la relation amoureuse.

2 Le mode verbal principalement utilisé dans ce passage est l'impératif : « Travaille » ; « étudie » ; « gagne » ; « dépends » ; « écoute ». Il permet d'exprimer un ordre ou une défense lorsqu'il est encadré par une négation (« ne dépends jamais »).

3 **Travaillez** les filles. **Étudiez** le plus longtemps possible et **gagnez votre** vie. **Ne dépendez** jamais d'un homme ! **Écoutez** ce que **vous disent vos** grands-parents.

Dictée → *énoncé p. 114*

Les clés pour réussir

Bien conjuguer

- Le **passé simple** : les terminaisons des verbes du premier groupe : -ai/-as/-a/-âmes/-âtes/-èrent ou des autres groupes -s/-s/-t/-^mes/-^tes/-rent.
- **L'imparfait** a des terminaisons très régulières : -ais/-ais/-ait/-ions/-iez/-aient.

Bien accorder

- « **Tout/tous** » : c'est un déterminant, il s'accorde donc avec le mot qui suit (« tout **le** » / « tous **les** »)

Ne pas confondre

- « **on/ont** » : « **on** » pronom personnel et « **ont** » 3e personne du pluriel du verbe « avoir » (= « avaient »).

Bien orthographier

- « **elle en avait** » : attention à la liaison, ne pas ajouter de « n' » après « en »

Les mots difficiles

- **« entrain »** : ce nom s'écrit en un seul mot et désigne la bonne humeur, la vivacité pour accomplir une tâche.
- **« s'excuser »** : ne pas oublier le « c » après le « x ».

Pas un seul petit mot ! Il ne vint pas lui rendre visite. Il fut absent aux deux répétitions, le mardi d'abord, puis le vendredi, sans s'excuser ni prévenir, ce qui n'était jamais arrivé. Les musiciens de l'orchestre demandaient des nouvelles à Nina. Elle n'en avait pas. Tout le monde vit qu'elle dansait et

VIVRE

chantait sans entrain. Ses résultats scolaires chutèrent d'un coup. Le cartable était jeté par terre sans être ouvert. Elle n'avait pas la tête à son travail ! Elle découvrait la place que tient dans la vie un amour, celui qu'on trouve autant que celui qu'on perd ou croit perdre.

Alice Ferney, *Cherchez la femme*, Actes Sud, 2013.

Travail d'écriture – Sujet d'imaginaton → énoncé p. 114

Les clés pour réussir

La situation de communication

- Il faut prendre en compte **le texte initial**, c'est-à-dire les remarques de la grand-mère qui vont influencer la décision de Nina.
- Pensez à utiliser le vocabulaire des **sentiments** pour exprimer les réactions des deux interlocuteurs.
- Pour ne pas paraître artificiel un passage narratif précisera **les circonstances** (*Qui ? Où ? Quand ? Pourquoi ?*) qui amènent ce dialogue.
- Le dialogue doit **faire avancer l'action et développer les caractéristiques des interlocuteurs** : la façon de parler, comme les idées échangées permettront au lecteur de mieux les connaître.
- Le dialogue ne doit pas se poursuivre trop longtemps, il faut l'interrompre par **des passages narratifs** pour analyser les réactions des personnages et continuer le récit en laissant la parole au narrateur.

La présentation du dialogue

- Après la dernière phrase du paragraphe il faut : mettre **deux points** (:), **aller à la ligne, ouvrir des guillemets** («) et **mettre un tiret** (–). Ensuite, à chaque fois que quelqu'un intervient dans le dialogue, vous devez aller à la ligne et mettre un tiret. Les guillemets ne seront fermés qu'à la fin du dialogue.
- Les arguments des personnages peuvent se répondre (argument du premier personnage/contre-argument du deuxième...).
- Pensez à **varier les verbes introducteurs** : s'exclamer, demander, répondre, chuchoter, murmurer...

Méthode

Pour vous aider, nous vous avons indiqué en couleur les parties de la rédaction qui répondent aux consignes.

Narration — Dialogue — Éléments du texte initial — Sentiments

Nina avançait d'un pas hésitant dans les allées du jardin public, elle avait beau être sûre des sentiments de Vladimir, les propos de sa grand-mère avaient semé en elle un doute qui la rongeait. Elle tournait les phrases dans sa tête quand elle sentit deux mains se poser sur ses épaules :

« – Tu ne m'échapperas pas ! lui chuchota Vladimir dans le creux de l'oreille.

– Je n'en avais pas l'intention ! Je suis contente de te retrouver si tôt, je voulais te parler.

–Tu as l'air sérieuse... rien de grave au moins ?

– Non... rien, c'est juste que... j'ai beaucoup réfléchi à ta demande...

– Et ?

– Et, évidemment je suis d'accord, je veux t'épouser !

Vladimir la souleva et la fit tourner autour de lui.

– Seulement... j'aimerais finir mes études avant, ajouta-t-elle le souffle un peu coupé quand il l'eut reposée.

– Mais... pourquoi ? Pourquoi attendre et pourquoi te fatiguer à étudier, j'ai une très bonne situation tu sais ! reprit Vladimir, incrédule.

– Oui bien sûr, mais ce n'est pas la question, les études me plaisent et je voudrais vraiment apprendre un métier moi aussi.

– Un métier ? Mais tu n'en as pas besoin, ne t'inquiète pas de ce genre de choses, je pourrai très largement subvenir aux besoins de toute la famille ! En douterais-tu ? s'étonna Vladimir, un peu agacé.

– Ce n'est pas le problème, renchérit Nina, qui comprenait de mieux en mieux les paroles de sa grand-mère au fur et à mesure que la conversation avançait. Ce que je veux, moi, c'est étudier, comme toi tu l'as fait, et devenir peut-être à mon tour ingénieure !

Vladimir partit d'un grand éclat de rire :

– Ingénieur ! Tu me fais marcher ! Tu sais bien que ça n'existe pas une femme ingénieure ! Il arrêta de rire, lui passa un bras sur l'épaule, puis reprit d'une voix presque paternelle :

–Tu es jeune, je crois que tu ne comprends pas bien. Si tu le souhaites, bien sûr que tu peux terminer ton lycée, et si c'est ton envie, je pourrais ensuite demander à l'administration de la mine de te confier quelques petits travaux de secrétariat, pour te distraire un peu, mais je peux te l'assurer : tu comprendras vite que ce n'est pas là ta place, et que tu seras bien mieux à t'occuper de ta maison !

Nina se dégagea des bras de Vladimir et répondit avec gravité :

–Tu as raison... ce n'est pas là ma place. »

VIVRE

Travail d'écriture – Sujet de réflexion → énoncé p. 115

Les clés pour réussir

L'introduction

- Introduisez le sujet : vous pouvez partir des **définitions usuelles** d'un **métier**, de **la liberté** et du **pouvoir**, les trois mots-clés du sujet.
- Présentez le sujet : reprenez la **question** posée par le sujet.
- Annoncez clairement votre **plan**.

Le développement

- La question posée appelle un développement en **deux parties** : l'une où vous partagerez le point de vue de la grand-mère et l'autre où vous présenterez des arguments contraires. Pensez à **terminer** votre devoir **par la partie à laquelle vous croyez le plus**, vous serez plus convaincant(e).
- Dans chaque partie vous présenterez au moins **deux arguments** et **deux exemples**.

La conclusion

- **Résumez en d'autres termes** votre argumentation en précisant votre avis.
- Terminez avec une **phrase d'ouverture**, en évoquant par exemple le nécessaire travail sur l'orientation pour qu'un métier devienne aussi source de plaisir.

Méthode

Pour vous aider, nous vous avons indiqué en couleur les parties de la rédaction qui répondent aux consignes.

Indicateurs logiques — Arguments — |...| Exemples

L'exercice d'un métier est souvent associé aux termes de contraintes et de pénibilité. Cependant, nous nous demanderons si, comme le pense la grand-mère de Nina, un métier peut aussi être synonyme de liberté et de pouvoir. Nous répondrons à cette question en montrant d'abord les aspects négatifs de la pratique d'une profession, avant d'en souligner les avantages.

Avant tout, avoir un métier est dicté par la nécessité de subvenir à ses besoins. Le travail est donc synonyme de contraintes et d'efforts dans un simple but de survie humaine. Ainsi, |si l'on observe les mineurs décrits par Émile Zola dans *Germinal*, on ressent bien qu'ils sont esclaves de leur métier et que pour eux la liberté se situerait dans l'absence de travail.|

De plus, la pratique d'un métier nous soumet généralement à l'autorité d'un chef, d'un patron qui va exercer son pouvoir sur nous pour que l'on soit efficace et « rentable ». Ce sont les dérives que dénonce par exemple Charlie Chaplin dans son film *Les Temps modernes*, où l'on voit un ouvrier soumis à l'autorité de son patron et même de sa machine. Il perd sa liberté, voire son humanité, en cherchant à suivre les cadences imposées dans son métier.

Cependant, avoir un métier est aussi synonyme de liberté et de pouvoir car cela nous permet d'obtenir une réelle indépendance financière qui est une condition pour participer à la société de façon active. Le travail, comme l'écrivait déjà Voltaire dans *Candide* « éloigne de nous trois grand maux : l'ennui, le vice et le besoin » En effet, grâce à notre profession, nous pouvons non seulement subvenir à nos besoins, mais aussi échanger, avoir une vie sociale, et ne pas être tentés par exemple par la délinquance.

Enfin, la liberté et le pouvoir qu'apporte un métier sont aussi et surtout liés à la valeur créatrice du travail qui permet un épanouissement personnel par la satisfaction du travail accompli. Les travailleurs, quelles que soient leurs professions, recherchent la récompense de leurs efforts dans le résultat de leur travail : un malade soigné, un meuble bien réalisé, un mur bien monté... C'est ce qu'écrivait Eugène Guillevic dans son poème « Le menuisier » : « Tu chantais, menuisier / En assemblant l'armoire », évoquant le plaisir de l'artisan.

Il apparaît donc que l'exercice d'un métier même s'il est lié au travail et à des contraintes nous permet bien de gagner notre liberté et d'exercer un certain pouvoir. La difficulté majeure reste certainement de choisir un métier qui corresponde à nos aspirations pour que la pénibilité ne prenne pas le pas sur le plaisir.

Sujet 10 Annie Ernaux, *La Femme gelée*

3 heures

D'après Polynésie, juin 2017

Travail sur le texte littéraire et sur l'image

1 h 10 **50 pts**

Document A Texte littéraire

Elle a 30 ans, elle est professeur, mariée à un « cadre », mère de deux enfants. Elle habite un appartement agréable. Pourtant, c'est une femme gelée. C'est-à-dire que, comme des milliers d'autres femmes, elle a senti l'élan, la curiosité, toute une force heureuse présente en elle se figer au fil des jours entre les courses, le dîner à préparer, le bain des enfants, son travail d'enseignante. Tout ce que l'on dit être la condition « normale » d'une femme.

Un mois, trois mois que nous sommes mariés, nous retournons à la fac, je donne des cours de latin. Le soir descend plus tôt, on travaille ensemble dans la grande salle. Comme nous sommes sérieux et fragiles, l'image attendrissante du jeune couple moderno-intellectuel. Qui pourrait encore m'attendrir si je me laissais faire, si je ne voulais pas chercher comment on s'enlise, doucettement. En y consentant lâchement. D'accord je travaille La Bruyère ou Verlaine dans la même pièce que lui, à deux mètres l'un de l'autre. La cocotte-minute, cadeau de mariage si utile vous verrez, chantonne sur le gaz. Unis, pareils. Sonnerie stridente du compte-minutes, autre cadeau. Finie la ressemblance. L'un des deux se lève, arrête la flamme sous la cocotte, attend que la toupie folle ralentisse, ouvre la cocotte, passe le potage et revient à ses bouquins en se demandant où il en était resté. Moi. Elle avait démarré, la différence. Par la dînette. Le restau universitaire fermait l'été. Midi et soir je suis seule devant les casseroles. Je ne savais pas plus que lui préparer un repas, juste les escalopes panées, la mousse au chocolat, de l'extra, pas du courant. Aucun passé d'aide-culinaire dans les jupes de maman ni l'un ni l'autre. Pourquoi de nous deux suis-je la seule à me plonger dans un livre de cuisine, à éplucher des carottes, laver la vaisselle en récompense du dîner, pendant qu'il bossera son droit constitutionnel. Au nom de quelle supériorité. Je revoyais mon père dans la cuisine. Il se marre, « non mais tu m'imagines avec un tablier peut-être ! Le genre de ton père, pas le mien ! ». Je suis humiliée. Mes parents, l'aberration, le couple bouffon. Non je n'en ai pas vu beaucoup d'hommes peler des patates. Mon modèle à moi n'est pas le bon, il me le fait sentir. Le sien commence à monter à l'horizon, monsieur père laisse son épouse s'occuper de tout dans la maison, lui si disert, cultivé, en train de balayer, ça serait cocasse, délirant, un point c'est tout. À toi d'apprendre ma vieille. Des moments d'angoisse et de découragement devant le buffet jaune canari du meublé, des œufs, des pâtes, des endives, toute la bouffe est là, qu'il faut manipuler, cuire. Fini la nourriture-décor de mon enfance, les boîtes de conserve en quinconce, les bocaux multicolores, la nourriture surprise des petits restaurants chinois bon marché du temps d'avant. Maintenant, c'est la nourriture corvée.

Annie Ernaux, *La Femme gelée*, Gallimard, 1981.

Document B **Image**

Publicité Moulinex, 1959.

Les réponses aux questions doivent être entièrement rédigées.

Compréhension et compétences d'interprétation → corrigé p. 125

1 Quelle est la situation des deux personnages du texte ? Relevez deux citations pour appuyer votre réponse. **2 pts**

2 « jeune couple moderno-intellectuel » (l. 4) : expliquez le sens de cette expression en vous reportant au portrait du couple dans le texte. **4 pts**

3 « Elle avait démarré, la différence. » (l. 13). De quelle différence s'agit-il ? Commentez ce propos de la narratrice en faisant un parallèle avec le propos cité plus haut : « Finie la ressemblance. » (l. 10). **6 pts**

4 Pourquoi peut-on dire que la narratrice est une « femme gelée », ainsi que l'annonce le titre de l'œuvre ? Relevez trois éléments dans le texte pour appuyer votre réponse. **6 pts**

5 Quels sont les éléments qui rapprochent l'image et le texte ? **4 pts**

6 Cette publicité pourrait-elle, selon vous, être encore utilisée à notre époque ? **4 pts**

Grammaire et compétences linguistiques → corrigé p. 126

1 À quelle personne le texte est-il rédigé ? Quelle indication cela vous donne-t-il sur le genre du texte ? **3 pts**

2 Quel est le temps employé majoritairement dans le texte ? Quelle est sa valeur ? Quel effet cet emploi produit-il sur le lecteur ? **3 pts**

3 « La cocotte-minute, cadeau de mariage si utile vous verrez, chantonne sur le gaz. » (l. 8-9). Qui le pronom personnel souligné désigne-t-il selon vous ? À quel type de message cette phrase vous fait-elle penser ? **4 pts**

4 « À toi d'apprendre ma vieille. […] toute la bouffe est là […]. » (l. 28-31). À quel niveau de langue appartiennent les mots soulignés ? Justifiez leur emploi dans le texte. **4 pts**

5 « Je suis humiliée. Mes parents, l'aberration, le couple bouffon. Non je n'en ai pas vu beaucoup d'hommes peler des patates. Mon modèle à moi n'est pas le bon, il me le fait sentir. »

› Réécrivez le passage en remplaçant « je » par « nous » (en conservant le genre féminin). Vous procéderez aux transformations nécessaires. **10 pts**

Dictée → corrigé p. 127

20 min **10 pts**

› Écoutez la dictée avec l'application Nathan Live.

Consignes :

– On dictera le texte à haute voix à plusieurs reprises.

– On inscrira au tableau de manière lisible par l'ensemble des candidats le titre de l'œuvre et le nom de l'auteur.

Rédaction

1 h 30 **40 pts**

Vous traiterez au choix l'un des deux sujets suivants :

Sujet d'imagination → *corrigé p. 128*

› À la suite d'un accident, la jeune enseignante doit se reposer. Son mari la remplace dans la maison. Vous imaginerez la suite du récit en montrant que le mari se rend compte progressivement de l'inégalité qui existait entre eux.

Sujet de réflexion → *corrigé p. 130*

› Selon vous, est-il facile aujourd'hui pour une femme de concilier vie familiale et vie professionnelle ?

Sujet 10 Corrigé

Compréhension et compétences d'interprétation → *énoncé p. 124*

Les clés pour réussir

6 Cette question vous demande de donner votre **avis**, n'hésitez pas à solliciter vos **connaissances** vues en cours de français et d'histoire sur l'égalité entre les femmes et les hommes.

1 Les personnages sont un couple de jeunes mariés : « trois mois que nous sommes mariés » (l. 1). Ils étudient encore : « nous retournons à la fac » (l. 1-2), elle enseigne le latin : « je donne des cours de latin » (l. 2) et lui travaille dans le droit : « il bossera son droit constitutionnel » (l. 20-21).

2 Ce mot composé grâce à un trait d'union résume la situation dans laquelle se trouve ce couple, ils étudient ensemble le soir chez eux : « on travaille ensemble dans la grande salle » (l. 2-3). Ils semblent partager cette passion pour les activités intellectuelles : « je travaille La Bruyère ou Verlaine dans la même pièce que lui, à deux mètres l'un de l'autre » (l. 7-8).

3 La différence dont il s'agit est la différence entre l'homme et la femme dans le couple. Le texte montre qu'il n'y a qu'une égalité apparente : les deux travaillent « Unis, pareils » (l. 9), mais dès qu'une tâche ménagère apparaît (la cocotte-minute qui siffle), seule la femme se sent concernée « L'un des deux se lève [...]. Moi » (l. 11-13). La « ressemblance » cède donc vite le pas devant les inégalités entre hommes et femmes.

4 La narratrice est bien une « femme gelée » car elle ne peut pas s'épanouir dans le travail et les études : elle doit gérer le quotidien sans l'aide de son mari : « Midi et soir je suis seule devant les casseroles » (l. 14-15). Elle le ressent comme une injustice et se demande pourquoi et « au nom de quelle supériorité » (l. 21) dans le couple elle est la seule « à éplucher les carottes, laver la vaisselle » (l. 19-20). De plus, elle se sent rabaissée d'accepter cette situation sans réagir « Je suis humiliée » (l. 23) « en y consentant lâchement » (l. 6).

5 Plusieurs éléments rapprochent le texte et l'image. D'abord, la situation : la femme est dans la cuisine et porte un tablier alors que l'homme est en costume : « tu m'imagines avec un tablier peut-être ! » (l. 23-24). Ensuite le cadeau d'un appareil électroménager que l'homme offre à la femme sur l'image rappelle « la cocotte-minute, cadeau de mariage » (l. 8-9). Enfin le slogan « Pour ELLE un Moulinex, pour LUI des bons petits plats » fait écho à la phrase du texte « La cocotte-minute, cadeau de mariage si utile vous verrez, chantonne sur le gaz » (l. 9).

6 Cette publicité ne pourrait plus être utilisée aujourd'hui car elle est trop sexiste : elle encourage à une inégalité entre les hommes et les femmes et se fonde sur des stéréotypes qui ne devraient plus exister. Cependant, elle correspond hélas aujourd'hui encore à une réalité dans bien des ménages : les femmes cumulent souvent une activité professionnelle et l'intendance du quotidien d'une famille.

Grammaire et compétences linguistiques → énoncé p. 124

Les clés pour réussir

1 Cette question demande un simple repérage de pronoms personnels pour identifier la personne qui écrit. Pour identifier le genre, il faut ici se souvenir que lorsque l'auteur, le narrateur et le personnage principal sont la même personne, il s'agit du **genre autobiographique** ou d'un genre proche (journal intime, roman autobiographique...).

2 Les trois valeurs principales du présent de l'indicatif sont : **le présent d'actualité, le présent de narration et le présent de vérité générale.** Observez bien l'ensemble du texte pour justifier votre réponse.

4 Vous connaissez trois niveaux de langue : **familier, courant et soutenu.** Ils permettent de donner une tonalité au texte ou de caractériser l'état d'esprit d'un personnage.

5 • **On vous demande** de passer de la première personne du singulier à la première personne du pluriel en conservant le genre féminin.

• **Vous devez modifier :**

– les verbes et un participe passé ;

– deux déterminants possessifs ;

– les pronoms personnels sujets et compléments.

• **Attention,** pour la dernière phrase deux solutions sont possibles, choisissez la plus simple.

1 Le texte est rédigé principalement à la première personne du singulier comme le montre le pronom « je », très présent dans le texte. Ce « je » d'un narrateur féminin, qui peut se confondre avec l'auteure indique que ce texte appartient au genre autobiographique.

2 Le temps majoritairement employé dans ce texte est le présent de l'indicatif : « je travaille » (l. 7), « je suis » (l. 14), « il faut » (l. 31). C'est du présent de narration qui rend l'action plus vivante et permet au lecteur de comprendre que le propos de l'auteure est toujours d'actualité, même si le récit qu'elle fait appartient au passé comme le montrent les autres verbes du texte à l'imparfait « Je ne savais pas plus que lui… » (l. 15-16).

3 Le pronom personnel « vous » peut désigner le jeune couple ou seulement la femme comme le montre la suite du texte. Cette phrase s'apparente à un message publicitaire : l'auteure rapporte certainement ici les paroles entendues dans un slogan ou prononcées par un vendeur.

4 Les mots soulignés appartiennent au registre de langue familier. Ils traduisent ici la colère de la narratrice devant l'injustice de la situation. Ils soulignent aussi le regard péjoratif porté sur les tâches ménagères, « la bouffe », par rapport aux activités intellectuelles.

5 **Nous sommes humiliées.** **Nos** parents, l'aberration, le couple bouffon. Non **nous** n'en avons pas vu beaucoup d'hommes peler des patates. **Notre** modèle à **nous** n'est pas le bon, il **nous** le fait sentir.

(Variante : **Nos modèles** à **nous** ne **sont** pas **les bons**, il **nous** le fait sentir.)

VIVRE

Dictée → énoncé p. 124

Les clés pour réussir

Bien accorder

- **« tout/tous »** : c'est un déterminant, il s'accorde donc avec le mot qui suit (« tout le »/« tous les »).

Ne pas confondre

- **« ces/ses »** : **« ces »** est un déterminant démonstratif, **« ses »** est un déterminant possessif (= « les sien(ne)s »).
- **« son/sont »** : **« son »** est un déterminant possessif (= « le sien »), **« sont »** est la 3e personne du pluriel du verbe « être » au présent.

Bien orthographier

- Le mot « événements » peut s'écrire avec un accent aigu ou grave sur le deuxième « e », les deux orthographes sont acceptées.

Les mots difficiles

- **« jungle »** : mot emprunté à l'anglais, penser à sa prononciation anglaise pour bien l'orthographier.
- **« enthousiasme »** : ne pas oublier le « th » comme dans la racine grecque « théo- » qui signifie « dieu ». À l'origine quelqu'un d'enthousiaste est inspiré par les dieux.

Dans les romans d'aventures ce sont les garçons qui font le tour du monde, qui voyagent comme marins sur des bateaux, qui se nourrissent dans la jungle du fruit de l'arbre à pain. Tous les événements importants arrivent par les hommes. La réalité confirme ces romans et ces légendes. Si la fillette lit les journaux, si elle écoute la conversation des grandes personnes, elle constate qu'aujourd'hui comme autrefois les hommes mènent le monde. Les chefs d'État, les généraux, les explorateurs, les musiciens, les peintres qu'elle admire sont des hommes ; ce sont des hommes qui font battre son cœur d'enthousiasme.

Simone de Beauvoir, *Le Deuxième Sexe*, tome II,
Gallimard, 1949.

Travail d'écriture – Sujet d'imagination → énoncé p. 125

Les clés pour réussir

- Écrire une suite de texte implique de tenir compte des caractéristiques principales du texte de départ.

Les éléments du texte

- **La tonalité du texte** : réaliste.
- **Le lieu** où se déroule l'action : un appartement agréable.
- **L'époque** à laquelle se déroule l'action : les années 1970.
- **Les caractéristiques des personnages** (âge, situation sociale, caractère, façon de parler...) : vous devez les reprendre mais vous pouvez les faire évoluer à condition de ne pas perdre de vue leurs préoccupations, leurs envies principales.
- **La chronologie des actions** : le sujet impose un accident de la jeune femme, ce n'est donc pas la suite immédiate du texte.

La narration

- **Le statut du narrateur** : votre texte sera rédigé à la première personne, par la jeune femme.
- **Les temps verbaux** : présent et imparfait pour l'essentiel.
- **Le registre de langue** : privilégiez un registre courant en vous autorisant quelques tournures familières comme dans le texte initial.
- **Les dialogues** : ce sujet se prête à l'insertion de dialogues pour rendre le récit plus vivant et permettre aux personnages d'exprimer leurs idées.

Méthode

Pour vous aider, nous vous avons indiqué en couleur les parties de la rédaction qui répondent aux consignes.

Éléments du texte initial   Dialogue   Prise de conscience de l'inégalité

« *Carpe diem !* » c'est tout ce qu'a trouvé à me dire le chirurgien quand il m'a plâtré le bras : reposez-vous et profitez ! Au moins le message est clair. Je vais pouvoir rattraper mon retard de lecture : depuis le temps que je délaissais Verlaine au profit du pot-au-feu ! Mon mari sourit. « Jusqu'à quand auras-tu ce plâtre au fait ? demande-t-il.

– Le chirurgien a dit qu'on se verrait dans un mois et demi pour voir comment ça évoluait...

– Un mois et demi ! Mais comment vas-tu faire ?

– Pour ?

– Eh bien, pour... le travail, la maison, les enfants, enfin tout quoi !

– Heureusement que je ne suis pas seule ! »

Il me lance un regard inquiet. Je lui rappelle à propos des enfants qu'il faudra justement aller les chercher à l'école à 17 h 00. Il ne peut pas, il doit absolument voir un collègue pour évoquer un cas de jurisprudence.

« Alors les enfants resteront à l'école jusqu'à demain... dis-je avec un certain fatalisme en levant mon bras plâtré.

– C'est bon j'irai, lance-t-il agacé.

– Tu passeras aussi faire quelques courses pour les repas de la semaine, le frigo est vide.

– Des courses ? Mais que veux-tu que j'achète ? Demande-t-il étonné.

– Ce que tu veux, fais suivant ton inspiration, je ne pourrais pas t'être d'une grande aide en cuisine non plus tu sais. Mais ne t'inquiète pas avec un peu d'organisation et l'aide de notre cocotte-minute tu vas très bien t'en sortir ! »

Il reste bouche bée, soudain il prend conscience que ce petit accident prend des proportions qu'il n'imaginait pas. Il part chercher les enfants.

Quand il revient deux heures plus tard, je vois d'abord deux cabas qui passent la porte, les enfants le suivent énervés : les billes de l'un volées par l'autre. Il semble exténué et vient se poser près de moi dans le canapé de la grande salle. « Je n'en peux plus ! Il y avait un monde fou, tu ne peux pas imaginer ! » Je relève doucement la tête de mon livre : « Oh si, j'imagine très bien, c'est un peu mon quotidien tu sais.

– Oui c'est vrai, je n'avais pas réalisé...

Et je m'empresse d'ajouter : Qu'est-ce qu'on mange ce soir ? »

Travail d'écriture – Sujet de réflexion → énoncé p. 125

Les clés pour réussir

L'introduction

- **Introduisez le sujet** : vous pouvez présenter le thème à partir d'une citation du texte ou d'une réflexion issue de l'actualité ou de vos connaissances sur le sujet (pensez à utiliser vos cours d'Histoire-Géographie).
- **Présentez le sujet** : reprenez la question posée par le sujet.
- Annoncez clairement votre **plan.**

Le développement

- La question posée appelle plutôt un développement **en deux parties** pour montrer les difficultés mais aussi les avancées dans la conciliation de la vie familiale et de la vie professionnelle pour les femmes.

La conclusion

- Résumez en d'autres termes votre argumentation en précisant votre avis.
- Terminez avec une phrase d'ouverture en élargissant par exemple la question aux hommes.

Méthode

Pour vous aider, nous vous avons indiqué en couleur les parties de la rédaction qui répondent aux consignes.

Indicateurs logiques — Arguments — |...| Exemples

Une loi « pour l'égalité réelle entre les femmes et les hommes » a été votée en France en 2014. Elle aborde de nombreux sujets comme l'égalité professionnelle, l'image des femmes dans les médias ou la parité en politique, mais il subsiste de nombreux freins lorsque l'on parle de l'égalité entre les femmes et les hommes. On peut ainsi se demander s'il est facile aujourd'hui pour une femme de concilier vie familiale et vie professionnelle. Dans une première partie nous verrons les obstacles qui se dressent encore devant les femmes dans cette situation avant de montrer que les mentalités évoluent et que l'exercice d'un métier et d'une vie familiale devient de plus en plus aisé.

La première difficulté que rencontrent de nombreuses femmes qui sont dans la vie active est une forme de culpabilité et d'acceptation de cette situation comme si elle était justifiée par des siècles de pratique. C'est ce que sous-entend Annie Ernaux dans son texte : « En y consentant lâchement. » Elle évoque ainsi la résignation de nombreuses femmes, qui devenues mères ou épouses, acceptent de mettre de côté leur vie professionnelle pour gérer le quotidien familial comme si c'était leur rôle à elle et non au couple.

De plus, les mentalités évoluent très lentement sur ce sujet et l'inégalité entre les hommes et les femmes sur la gestion du temps accordé à la vie familiale est très marquée. Une étude de l'Insee de 2015 montre ainsi que les femmes consacrent 3 h 26 par jour au travail domestique contre 2 h 00 pour les hommes ! Cette différence est un frein à l'évolution professionnelle pour les femmes. On observe également que les femmes ont tendance à poser des RTT le mercredi pour s'occuper des enfants, alors que les hommes les posent le vendredi pour leurs loisirs.

Cependant, comme le montre la loi citée en ouverture, les mentalités évoluent et on observe aujourd'hui une véritable prise de conscience de ces inégalités dans les entreprises. Par exemple, des aménagements sont prévus pour que les femmes comme les hommes puissent concilier vie familiale et vie professionnelle : programmer moins de réunions tardives, développer le télétravail, créer des crèches d'entreprises... et l'on retrouve cette évolution dans des séries télévisées où des héroïnes mènent avec réussite leur vie professionnelle et leur vie familiale, c'est le cas de Lynette Scavo dans *Desperate Housewives* qui gère de front une famille nombreuse et sa carrière professionnelle à l'inverse des autres personnages féminins de la série qui sont femmes au foyer.

Enfin, les relations entre les hommes et les femmes changent, et de nombreux couples arrivent aujourd'hui à illustrer ce que demandait déjà au XIXe siècle, dans le roman *Bel-Ami* de Maupassant, Mme Forestier à son futur époux : « Il faudrait aussi que cet homme s'engageât à voir en moi une égale, une alliée, et non pas une inférieure ni une épouse obéissante et soumise. » C'est cette considération mutuelle assortie d'un véritable partage des tâches qui peut faire changer les choses durablement.

La conciliation entre vie professionnelle et vie familiale n'est donc pas encore facile aujourd'hui pour les femmes, mais l'évolution des mentalités aidée par quelques rappels de la loi, laisse penser que la situation s'améliore. Le véritable progrès sera atteint lorsque la question se posera aussi du point de vue des hommes.

Sujet 11 Victor Hugo, *Toute la Lyre*

3 heures

D'après Amérique du Nord, juin 2019

Travail sur le texte littéraire et sur l'image

1 h 10 **50 pts**

Document A Texte littéraire

Jeunes gens, prenez garde aux choses que vous dites.
Tout peut sortir d'un mot qu'en passant vous perdîtes.
Tout, la haine et le deuil ! – Et ne m'objectez[1] pas
Que vos amis sont sûrs et que vous parlez bas… –
Écoutez bien ceci :
Tête-à-tête, en pantoufle,
Portes closes, chez vous, sans un témoin qui souffle,
Vous dites à l'oreille au plus mystérieux
De vos amis de cœur, ou, si vous l'aimez mieux,
Vous murmurez tout seul, croyant presque vous taire,
Dans le fond d'une cave à trente pieds sous terre,
Un mot désagréable à quelque individu[2] ;
Ce mot que vous croyez qu'on n'a pas entendu,
Que vous disiez si bas dans un lieu sourd et sombre,
Court à peine lâché, part, bondit, sort de l'ombre !
Tenez, il est dehors ! Il connaît son chemin.
Il marche, il a deux pieds, un bâton à la main,
De bons souliers ferrés, un passeport en règle ;
– Au besoin, il prendrait des ailes comme l'aigle ! –
Il vous échappe, il fuit, rien ne l'arrêtera.
Il suit le quai, franchit la place, et cætera[3],
Passe l'eau sans bateau dans la saison des crues,
Et va, tout à travers un dédale de rues,
Droit chez l'individu dont vous avez parlé.
Il sait le numéro, l'étage ; il a la clé,
Il monte l'escalier, ouvre la porte, passe,
Entre, arrive, et, railleur[4], regardant l'homme en face,

Dit : – Me voilà ! je sors de la bouche d'un tel[5]. –

Et c'est fait. Vous avez un ennemi mortel.

Victor Hugo, *Toute la Lyre*, III, XXI, 1888.

1. *Objecter* : formuler une objection, opposer un argument.
2. *Un mot désagréable à quelque individu* : un mot désagréable à propos de quelque individu.
3. *Et cætera* : locution latine abrégée généralement en français par « etc. », qu'on emploie au terme d'une énumération et qui signifie « et ainsi de suite ».
4. *Railleur* : moqueur, ironique.
5. *Un tel* : désigne ici la personne qui a parlé.

Document B Image

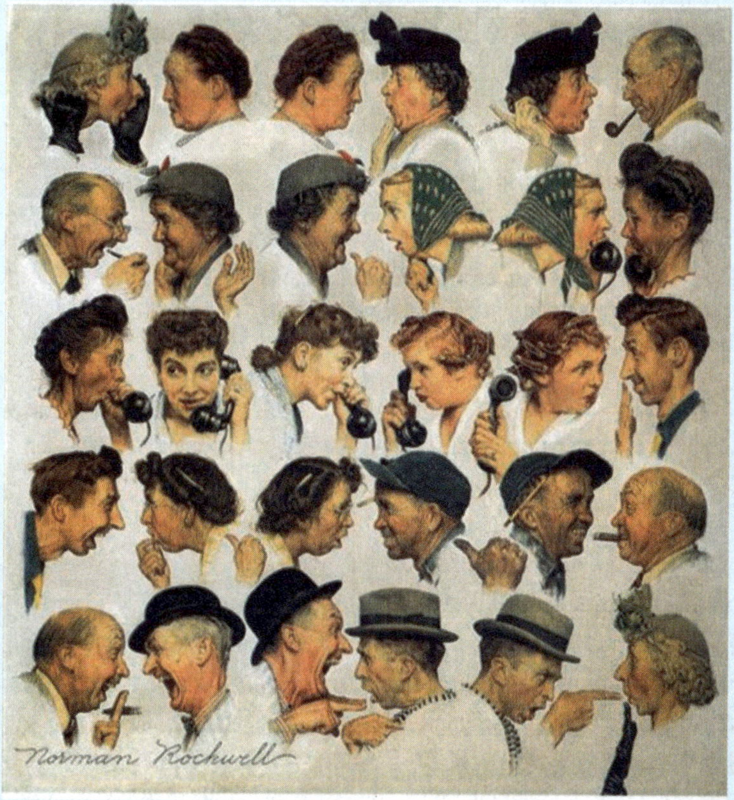

The Gossips (Les Commérages), Norman Rockwell, huile sur toile, collection privée, 1948.

Les réponses aux questions doivent être entièrement rédigées.

Grammaire et compétences linguistiques → corrigé p. 136

1 **a.** Donnez le mode et le temps de « prenez » (v. 1), « objectez » (v. 3) et « Écoutez » (v. 5). **2 pts**

b. Pourquoi ce mode est-il utilisé ? **2 pts**

2 Vers 1 à 3 : relevez les déterminants contenus dans les trois premières phrases du texte. **2 pts**

3 Réécrivez le passage ci-dessous en remplaçant « il » par « ils ».
Faites toutes les modifications nécessaires.

« Il vous échappe, il fuit, rien ne l'arrêtera.
Il suit le quai, franchit la place, et cætera,
Passe l'eau sans bateau dans la saison des crues,
Et va, tout à travers un dédale de rues,
Droit chez l'individu dont vous avez parlé. » (v. 19 à 23) **10 pts**

4 « Et ne m'objectez pas / Que vos amis sont sûrs » (v. 3-4).

a. Quelle est la nature de « Que » ? **2 pts**

b. Justifiez votre réponse. **2 pts**

Compréhension et compétences d'interprétation → corrigé p. 137

1 Expliquez les conséquences qu'entraîne, selon ce texte, le fait de prononcer un « mot désagréable » (v. 11). Justifiez votre réponse en vous appuyant sur deux éléments du texte. **4 pts**

2 Vers 3 à 11 : Quelles sont les précautions que les « jeunes gens » peuvent estimer avoir prises pour éviter que leurs paroles ne soient rapportées ? Citez au moins deux éléments en prenant appui sur le texte. **4 pts**

3 Vers 12 à 27 :

a. À quel terme renvoie le pronom « il » ? **2 pts**

b. Quelle figure de style est ici utilisée ? **2 pts**

c. Quel effet cette figure de style produit-elle ? **2 pts**

4 Vers 13 : « Que vous disiez si bas dans un lieu sourd et sombre ».

a. Quel effet sonore remarquez-vous dans ce vers ? **2 pts**

b. Pourquoi le poète l'emploie-t-il ? **3 pts**

5 Quel conseil le poète souhaite-t-il adresser aux « jeunes gens » dans ce texte ? Selon vous, quel passage l'illustre avec le plus de force ? Expliquez pourquoi. **5 pts**

6 **a.** Dans le tableau de Norman Rockwell, pourquoi chaque personnage est-il représenté deux fois ? 2 pts

b. Comparez le texte et le tableau de Norman Rockwell. Dans les deux documents, comment la parole prononcée se retourne-t-elle contre son locuteur ? 4 pts

Dictée → corrigé p. 138 20 min 10 pts

› Écoutez la dictée avec l'application Nathan Live.

Consignes :
– On dictera le texte à haute voix à plusieurs reprises.
– On inscrira au tableau de manière lisible par l'ensemble des candidats le titre de l'œuvre, le nom de l'auteur et les mots **la Croix-de-Colbas**.
– On précisera que les nombres doivent être écrits en lettres.

Rédaction 1 h 30 40 pts

Vous traiterez au choix l'un des deux sujets suivants :

Sujet d'imagination → corrigé p. 139

› Dans votre quartier, les habitants s'interrogent sur la soudaine fortune d'un voisin. Les rumeurs les plus extravagantes circulent. Imaginez les conversations qui s'ensuivent, jusqu'à ce que la vérité éclate.

Vous veillerez à caractériser les personnages et à mêler récit et dialogue. Votre texte produira un effet comique.

Sujet de réflexion → corrigé p. 141

› « Jeunes gens, prenez garde aux choses que vous dites. » Selon vous, faut-il redouter, rechercher ou même désirer le pouvoir de la parole ?

Vous répondrez à cette question en vous appuyant sur votre expérience, sur les textes étudiés en classe ainsi que sur votre culture personnelle.

Sujet 11 Corrigé

Grammaire et compétences linguistiques → énoncé p. 134

Les clés pour réussir

1 a. et b. Les **modes** sont les grandes catégories dans lesquelles sont conjugués les verbes. Ils indiquent la **manière dont le verbe présente l'action**. Ils ont des valeurs qui leur sont propres (voir fiche 5 p. 267). Les **temps** sont placés sur un axe **passé/présent/futur**.

2 Les **déterminants** entrent dans la composition du groupe nominal. Ils sont **placés devant le nom** avec lequel ils s'accordent en genre et en nombre (voir fiche 1 p. 260).

3 Pour cette réécriture, commencez par souligner tous les **pronoms** et tous les **verbes** que vous devrez modifier.

4 a. et b. Il ne faut pas confondre le **pronom relatif « que »**, qui remplace un nom, et la **conjonction de subordination « que »**, qui est placée après le verbe et introduit une proposition subordonnée conjonctive complétive.

1 a. Les verbes « prenez », « objectez » et « Écoutez » sont tous à l'impératif présent. Ce mode est reconnaissable à l'absence de pronom personnel devant le verbe.

b. Le mode impératif est utilisé pour exprimer un ordre ou un conseil.

2 Les déterminants contenus dans les trois premières phrases du poème sont « aux » (v. 1), « un » (v. 2), « la » et « le » (v. 3). Ce sont tous des articles indéfinis ou définis.

3 « Ils vous échappent, ils fuient, rien ne les arrêtera.
Ils suivent le quai, franchissent la place, et cætera,
Passent l'eau sans bateau dans la saison des crues,
Et vont, tout à travers un dédale de rues,
Droit chez l'individu dont vous avez parlé. »

4 a. Le mot « Que » est une conjonction de subordination.

b. « Que » est placé après le verbe de la proposition principale « objectez », il le complète avec une proposition subordonnée conjonctive complétive qui ne peut pas être supprimée.

Compréhension et compétences d'interprétation → énoncé p. 134

Les clés pour réussir

3 **a.** Un pronom **remplace un nom.**

b. On appelle **figures de style** des façons d'écrire qui ont pour but d'attirer l'attention du lecteur, de l'étonner, le convaincre, l'émouvoir... Les plus fréquentes sont la **comparaison**, la **métaphore** et la **personnification** (voir fiche 8 p. 273).

4 **a.** et **b.** Les deux **effets sonores** les plus fréquemment utilisés en poésie sont l'**assonance**, qui répète des **voyelles**, et l'**allitération**, qui répète des **consonnes**. Leur but est généralement de renforcer le sens du texte.

6 **a.** Observez bien le tableau en le lisant **de gauche à droite et de haut en bas**, comme une bande dessinée.

b. Relevez les **points communs** entre le poème et l'image, sans oublier de citer le texte.

VIVRE

1 Le fait de prononcer un « mot désagréable » peut avoir des conséquences désastreuses, non seulement pour celui qui est visé mais aussi, selon Victor Hugo, pour celui qui a parlé. Ce dernier va en effet s'attirer « la haine » (v. 3) de la personne visée, qui risque de devenir son « ennemi mortel » (v. 28) car la parole médisante échappe à celui qui l'a prononcée : elle devient presque autonome et peut s'amplifier avant d'être reçue.

2 Les jeunes gens pensent prendre suffisamment de précautions pour éviter que leurs paroles ne soient rapportées :

– ils parlent sur le ton de la confidence à leurs amis fidèles : « vos amis sont sûrs et [...] vous parlez bas » (v. 4) ;

– ils s'isolent des oreilles indiscrètes : « Portes closes, [...] sans un témoin » (v. 6) ;

– voire ils parlent seuls, à l'écart du monde : « Vous murmurez tout seul [...] / Dans le fond d'une cave à trente pieds sous terre » (v. 9-10).

3 **a.** Le pronom « il » remplace le nom « mot » (v. 12).

b. La figure de style utilisée ici est une personnification : on attribue des caractéristiques humaines à un élément qui ne l'est pas.

c. La personnification donne l'impression au lecteur que le « mot » prend vie (« Il marche », v. 16), qu'il devient autonome et échappe à celui qui l'a prononcé (« Il vous échappe », v. 19).

4 **a.** On peut remarquer une répétition des sons [s] et [z] : « Que vous di<u>s</u>iez <u>s</u>i bas dan<u>s u</u>n lieu <u>s</u>ourd et <u>s</u>ombre ». Ce sont des allitérations.

b. Ces allitérations imitent le sens du texte : elles renforcent l'aspect intime et secret du propos qui est tenu, comme si le vers lui-même était chuchoté.

5 Victor Hugo, poète du XIXe siècle, donne un conseil toujours d'actualité : il invite les jeunes gens à ne pas lancer de rumeurs, à ne pas se laisser aller à des médisances dans le dos des personnes, car très vite ces paroles s'envolent « comme l'aigle » (v. 18). Le propos tenu échappe alors complètement au contrôle de son émetteur (« rien ne l'arrêtera », v. 19) et les conséquences dépassent souvent son intention première, comme le montre le dernier mot du texte, « mortel », qui répond au « deuil » annoncé au vers 3. Ce conseil pourrait avoir de nombreux échos aujourd'hui avec l'usage des réseaux sociaux.

6 **a.** Dans ce tableau de Norman Rockwell intitulé *The Gossips (Les Commérages)*, chaque personnage est représenté deux fois : une fois en tant que récepteur d'un message puis une fois en tant qu'émetteur. Chacun écoute puis retransmet ce qu'il a entendu, illustrant ainsi le titre du tableau.

b. Dans le texte de Victor Hugo comme dans le tableau de Norman Rockwell, le propos émis au départ « échappe » (v. 19) à son émetteur pour se retourner contre lui. Dans le tableau, la première femme chuchote, en se protégeant avec sa main pour ne pas être entendue (« vous parlez bas », v. 4), un secret à une amie qui semble indignée par les paroles entendues. On retrouve cette première femme en bas du tableau, accusée et montrée du doigt par un homme qui a eu connaissance du propos initial suite à de nombreux commérages. Comme dans le texte, un mot dit « en passant » (v. 2) à un ami sûr donne naissance à « un ennemi mortel » (v. 28).

Dictée → *énoncé p. 135*

Les clés pour réussir

Bien conjuguer

- Le **passé simple** de l'indicatif a deux types de terminaisons : l'un pour les verbes en *-er* (*-ai, -as, -a, -âmes, -âtes, -èrent*), l'autre pour tous les autres verbes (*i/u/in + -s, -s, -t, -^mes, -^tes, -rent*).
- Le **conditionnel passé** est formé de l'auxiliaire « être » ou « avoir » conjugué au conditionnel présent et du participe passé du verbe conjugué.

Ne pas confondre

- **« tous » / « tout »** : le déterminant « tout » devient « tous » devant un mot au pluriel (ex. : tous les enfants).
- **« peu » / « peut »** : « peu » est un adverbe de quantité qui peut être remplacé par son contraire « beaucoup » ; « peut » est le verbe « pouvoir » conjugué à la troisième personne du singulier au présent et peut être remplacé par « pouvait ».

Bien accorder

« le sac qu'il avait déposé » : le COD est placé avant le verbe, mais il est masculin singulier.

Bien orthographier

- **« S'il »** : le « i » de « si » s'élide devant le pronom « il ».
- **« seuil »** : attention au son « -euil ».
- **« au regard »** ou **« aux regards »** : le pluriel est logique pour le sens (plusieurs personnes regardent), mais le singulier est toléré à condition de bien accorder le déterminant et le nom.
- **« événement »** ou **« évènement »** : les deux orthographes sont acceptées.

L'homme baissa la tête, ramassa le sac qu'il avait déposé à terre, et s'en alla.

Il prit la grande rue. Il marchait devant lui au hasard, rasant de près les maisons comme un homme humilié et triste. Il ne se retourna pas une seule fois. S'il s'était retourné, il aurait vu l'aubergiste de *la Croix-de-Colbas* sur le seuil de sa porte, entouré de tous les voyageurs de son auberge et de tous les passants de la rue, parlant vivement et le désignant du doigt ; et, aux regards de défiance et d'effroi du groupe, il aurait deviné qu'avant peu son arrivée serait l'événement de toute la ville.

Il ne vit rien de tout cela. Les gens accablés ne regardent pas derrière eux. Ils ne savent que trop que le mauvais sort les suit.

Victor Hugo, *Les Misérables*, 1862.

VIVRE

Travail d'écriture – Sujet d'imagination → énoncé p. 135

Les clés pour réussir

La situation de communication

- Votre texte doit faire alterner **récit** et **dialogue** et être rédigé à la **première personne** (« votre quartier »).
- Les **personnages** doivent être clairement **identifiés** et **décrits**.
- La notion de **rumeur** étudiée dans le texte de Victor Hugo doit être réinvestie.
- On attend une **révélation finale de la vérité**, comme dans la chute d'une nouvelle.

La présentation du dialogue

Pour introduire le dialogue, il faut **mettre un deux-points** (:), **aller à la ligne** et **ouvrir des guillemets** («). Puis, à chaque nouvelle intervention d'un personnage dans le dialogue, il faut aller à la ligne et **mettre un tiret** (–). Les guillemets ne seront fermés qu'à la fin du dialogue.

L'effet comique

La **tonalité comique** peut venir des **réactions** des personnages, du **décalage** entre les suppositions et la vérité, de l'usage de la **langue familière** dans les conversations.

Méthode

Pour vous aider, nous vous avons indiqué en couleur les parties de la rédaction qui répondent aux consignes.

|...| Récit   Langue familière (tournures orales)   Rumeurs   Chute

Mon quartier de la ville de F. est bien tranquille. Les pavillons ont poussé là au début des années 2000, un peu à l'écart du centre-ville. Les habitations sont toutes semblables, plantées au milieu d'une petite pelouse sur un terrain « pas trop grand, sinon c'est de l'entretien ! », se plaisent à répéter les habitants comme pour s'en persuader.

Mais depuis quelques semaines, une série d'événements perturbe cette tranquillité. Notre voisin, M. Arnaud, un homme célibataire et sans histoires que l'on ne croise que le matin lorsqu'il monte dans son ludospace pour partir au travail, a commencé des aménagements sur son terrain : une entreprise, inconnue dans le quartier, est venue lui installer une magnifique terrasse en bois, bordée de petits palmiers, avec un jacuzzi intégré dont l'éclairage change de couleur suivant les moments de la journée. Quelques jours plus tard, c'est un sauna qui lui a été livré et sa clôture a été entièrement refaite avec des palissades de bois, comme on en voit sur les propriétés hollywoodiennes. M. Henry, qui habite juste en face, au numéro 25, a interpellé mon père :

« T'as vu ça, j'sais pas où y bosse, mais ça rapporte !

– T'es pas au courant ? Le mois dernier, Mathilde a vu une grosse voiture noire avec des vitres teintées garée devant chez lui. Deux hommes en sont sortis avec une mallette... Pas sûr que ce soit son boulot qui lui rapporte...

– Tu veux dire que...

– Oh moi j'dis rien, c'est pas mes affaires ! Mais enfin, quand on bosse honnêtement, on reçoit pas sa paie dans une mallette !

– C'est l'argent de la drogue ! C'est sûr ! Moi j'le sentais pas, ce type, il m'a jamais parlé et puis personne le connaît, on sait pas d'où il vient. Tiens, on en parlait avec Franck la semaine dernière, il a voulu le suivre, comme ça, pour voir où il bossait. Pas par curiosité, hein ! Juste pour voir, tu comprends ?

– Oui, je vois...

– Eh ben, tu m'croiras ou pas, le type a profité du premier feu rouge pour semer Franck ! Impossible de savoir où il était parti ! C'est louche, non ?

– Louche ou pas, ça confirme ce qu'on pensait : quand t'as rien à cacher, t'as pas ce genre de comportement !

– Ouais, c'est moche et c'est pas rassurant. Nous, à la maison, on a installé des caméras de surveillance qui donnent sur la rue... On ne sait jamais, avec des gars comme ça !

– C'est une bonne idée, je vais sûrement suivre ton exemple », a conclu mon père avant de rentrer en fermant soigneusement notre portail en PVC.

Depuis, on passe beaucoup de temps à regarder nos caméras. C'est pratique, il y a même une appli qui permet de suivre en direct sur nos portables ! Et aujourd'hui, on a eu une frayeur. J'étais au collège et pendant la pause, j'ai regardé discrètement mon portable : la grosse voiture noire était en train de se garer devant la maison ! J'ai vite appelé mon père, il a quitté son travail en prétextant une urgence et il a téléphoné à M. Henry, qui était déjà en route car il avait vu les mêmes images. Franck a été appelé à la rescousse au cas où il y aurait du grabuge.

Ils sont arrivés tous les trois juste à temps pour voir les deux hommes de la voiture noire qui finissaient de poser ce panneau sur le portail de la maison de M. Arnaud :

« Pavillon témoin. Vous aussi, devenez propriétaire et aménagez votre terrain ! Contact : M. Arnaud. »

Travail d'écriture – Sujet de réflexion → énoncé p. 135

Les clés pour réussir

L'introduction

- Annoncez le **thème** : vous pouvez, par exemple, faire référence au texte étudié ou à l'actualité.
- Présentez le **sujet** : recopiez ou reformulez la question posée.
- Annoncez votre **plan**.

Le développement

- Le sujet vous invite à organiser votre devoir en **deux parties**, contenant chacune au moins deux paragraphes argumentés (un argument et un exemple précis).
- Pensez à convoquer les textes et documents étudiés en classe, notamment dans le chapitre « Vivre en société, participer à la société », et à vous reporter à l'actualité.

La conclusion

- Précisez votre avis **en répondant clairement à la question posée** par le sujet.
- Terminez avec une phrase d'**ouverture** pour élargir la question en restant sur le même thème.

Méthode

Pour vous aider, nous vous avons indiqué en couleur les parties de la rédaction qui répondent aux consignes.

Indicateurs logiques | Arguments | |...| Exemples

«Tout peut sortir d'un mot qu'en passant vous perdîtes.» Ce vers du poème de Victor Hugo évoque l'importance de la parole et ses conséquences : « tout » peut en sortir, le meilleur comme le pire. Faut-il donc redouter ou rechercher le pouvoir de la parole ? Nous répondrons à cette question en envisageant d'abord les dangers de la parole avant d'en considérer les atouts.

Avant tout, la parole s'accompagne d'un pouvoir qu'il faut contrôler pour éviter que votre propos, comme l'écrit Victor Hugo, « vous échappe ». En effet, une parole devient vite une rumeur malsaine si l'on n'y prend pas garde et les conséquences peuvent être terribles pour celui qui est visé par le propos comme pour celui qui a parlé et dont les mots ont été amplifiés voire déformés. Ainsi, Marie Desplechin évoque, dans son roman *La Belle Adèle* publié en 2010, le quotidien d'une jeune collégienne qui redoute plus que tout la rumeur : « On se moque, on parle dans votre dos. » Cette rumeur entraîne l'isolement ou l'hostilité d'un groupe à l'égard d'un individu, qui est alors en souffrance à cause de propos injustes tenus à son encontre.

De plus, la parole est un instrument qui permet, s'il est utilisé avec de mauvaises intentions, de manipuler les foules pour faire passer des idées néfastes. *Le Dictateur* de Charlie Chaplin nous montre ainsi l'exemple d'Hynkel – caricature d'Hitler –, brillant orateur qui manipule les foules grâce à de beaux discours fondés sur une idéologie criminelle. L'Histoire ne manque pas d'exemples de dictateurs capables de galvaniser les foules par la force de leurs discours.

Cependant, même si la parole peut présenter des dangers lorsqu'elle est pervertie par ses utilisateurs, elle peut aussi et surtout soigner, soulager, apaiser. C'est le cas de Mamie-Rose dans *Oscar et la Dame rose* d'Éric-Emmanuel Schmitt : par le pouvoir des mots, cette infirmière apaise les souffrances d'un enfant atteint d'un cancer. La force des mots lui ouvre les portes d'un monde imaginaire qu'il se crée dans le dialogue avec Mamie-Rose pour vivre « dix ans en une journée » et savourer ainsi chaque âge de sa vie.

Enfin, la parole permet de participer à la vie politique dans nos sociétés. La démocratie est en effet basée sur les débats, les discussions, les échanges d'idées. Depuis l'*agora* grecque jusqu'à nos élections, le pouvoir de la parole est essentiel et offre à chacun la possibilité de faire entendre sa voix, qui a autant d'importance que celle du voisin. La phrase attribuée à Voltaire, « Je ne suis pas d'accord avec ce que vous dites, mais je me battrai jusqu'à la mort pour que vous ayez le droit de le dire », résume bien cet idéal démocratique qui donne toute son importance à la liberté d'expression et donc à la parole comme condition indispensable d'une saine démocratie.

En conclusion, nous observons que la parole donne un pouvoir indispensable à la vie en société : elle libère, éduque, remet en question... Face à ce pouvoir qu'elle procure, il faut toujours être vigilant : c'est en maîtrisant mieux la parole que l'on peut aussi en déjouer les pièges. De la même façon, on pourrait s'intéresser à la diffusion sans véritable contrôle de la parole sur les réseaux sociaux et aux intérêts et dangers que cela comporte.

Sujet 12 Jules Renard, *Histoires naturelles*

3 heures

Asie, juin 2017

Travail sur le texte littéraire et sur l'image

1 h 10 **50 pts**

Document A Texte littéraire

Le chasseur d'images

Il saute du lit de bon matin, et ne part que si son esprit est net, son cœur pur et son corps léger comme un vêtement d'été. Il n'emporte point de provisions. Il boira l'air frais en route et reniflera les odeurs salubres[1]. Il laisse ses armes à la maison et se contente d'ouvrir les yeux. Les yeux servent de filets où les images s'emprisonnent d'elles-mêmes.

La première qu'il fait captive est celle du chemin qui montre ses os, cailloux polis, et ses ornières[2], veines crevées, entre deux haies riches de prunelles et de mûres.

Il prend ensuite l'image de la rivière. Elle blanchit aux coudes et dort sous la caresse des saules. Elle miroite quand un poisson tourne le ventre, comme si on jetait une pièce d'argent, et, dès que tombe une pluie fine, la rivière a la chair de poule.

Il lève l'image des blés mobiles, des luzernes[3] appétissantes et des prairies ourlées[4] de ruisseaux. Il saisit au passage le vol d'une alouette ou d'un chardonneret. Puis il entre au bois. Il ne se savait pas doué de sens si délicats. Vite imprégné de parfums, il ne perd aucune sourde rumeur, et, pour qu'il communique avec les arbres, ses nerfs se lient aux nervures des feuilles.

Bientôt, vibrant jusqu'au malaise, il perçoit trop, il fermente, il a peur, quitte le bois et suit de loin les paysans mouleurs regagnant le village.

Dehors, il fixe un moment, au point que son œil éclate, le soleil qui se couche et dévêt sur l'horizon ses lumineux habits, ses nuages répandus pêle-mêle.

Enfin, rentré chez lui, la tête pleine, il éteint sa lampe et longuement, avant de s'endormir, il se plaît à compter ses images.

Dociles, elles renaissent au gré du souvenir. Chacune d'elles en éveille une autre, et sans cesse leur troupe phosphorescente s'accroît de nouvelles venues, comme des perdrix poursuivies et divisées tout le jour chantent le soir, à l'abri du danger, et se rappellent aux creux des sillons.

Jules Renard, *Histoires naturelles*, Gallimard, 1896.

1. *Salubres* : saines.
2. *Ornières* : traces dans le sol.
3. *Luzernes* : plantes à fleurs violettes.
4. *Ourlées* : bordées.

Document B **Image**

Jirô Taniguchi, *L'Homme qui marche*, 1992.

Les réponses aux questions doivent être entièrement rédigées.

Grammaire et compétences linguistiques → corrigé p. 147

1 « Il lève l'image des blés <u>mobiles</u>, des luzernes <u>appétissantes</u> […] » (l. 13). Quelle est la classe grammaticale des mots soulignés ? **2 pts**

2 Quel est le temps dominant dans le texte ? Quel effet son emploi produit-il ? **4 pts**

3 Réécrivez ces trois phrases en utilisant l'imparfait et en remplaçant « il » par « nous ». Vous ferez toutes les modifications nécessaires.
« Il n'emporta point de provisions. Il boira l'air frais en route et reniflera les odeurs salubres. Il laisse ses armes à la maison et se contente d'ouvrir les yeux. » **10 pts**

Compréhension et compétences d'interprétation → *corrigé p. 147*

1 « Il laisse ses armes à la maison et se contente d'ouvrir les yeux » (l. 3-4). Comment cette phrase nous permet-elle de mieux comprendre le titre du texte ? **6 pts**

2 **a.** Quels sont les différents sens sollicités lors de cette balade ? Citez le texte pour justifier votre réponse. **4 pts**
b. Quels sentiments provoquent-ils chez le personnage tout au long du texte ? Relevez des éléments du texte pour justifier votre réponse. **4 pts**

3 Comment la nature est-elle rendue vivante ? Citez le texte pour justifier votre réponse. **4 pts**

4 Pensez-vous que le chasseur reste maître de ses images ? Vous développerez votre réponse en vous appuyant précisément sur le texte. **8 pts**
5 D'après vous, quelle phrase du texte pourrait être le titre de cette planche de bande dessinée ? Justifiez votre choix en confrontant des éléments du texte et de l'image. **8 pts**

Dictée → *corrigé p. 149*

20 min **10 pts**

› Écoutez la dictée avec l'application Nathan Live.
Consignes :
– On dictera le texte à haute voix à plusieurs reprises.
– On inscrira au tableau de manière lisible par l'ensemble des candidats le titre de l'œuvre, le nom de l'auteur, ainsi que les deux prénoms **Paul** et **Étienne.**

Rédaction

1 h 30 **40 pts**

Vous traiterez au choix un des deux sujets de rédaction suivants :

Sujet d'imagination → *corrigé p. 150*

› Le lendemain, le chasseur d'images se rend en ville et déambule au gré de ses envies. À la manière de Jules Renard, vous raconterez sa balade en insistant sur les sensations et les sentiments de ce personnage.

Sujet de réflexion → corrigé p. 151

› Pourquoi « chasser » des images ? Vous répondrez à cette question en prenant appui sur vos pratiques personnelles et sur votre culture littéraire et artistique.

Sujet 12 Corrigé

Grammaire et compétences linguistiques → énoncé p. 145

Les clés pour réussir

1 Il existe cinq classes grammaticales de mots variables : les verbes, les noms, les adjectifs, les déterminants et les pronoms.

3 • **On vous demande** de mettre les verbes à l'imparfait et de passer du singulier au pluriel en remplaçant « il » par « nous ».

• **Vous devez modifier** :
– les pronoms personnels ;
– la conjugaison des verbes ;
– un déterminant possessif.

1 Les deux mots soulignés sont des adjectifs qualificatifs épithètes.

2 Le temps dominant est le présent de l'indicatif : « il saute » (l. 1), « il lève » (l. 3), « il fixe » (l. 21). On a l'impression de participer à la balade avec le personnage, on découvre les images en même temps que lui, c'est du présent de narration.

3 **Nous n'emportions** point de provisions. **Nous buvions** l'air frais en route et **reniflions** les odeurs salubres. **Nous laissions nos** armes à la maison et **nous contentions** d'ouvrir les yeux.

Compréhension et compétences d'interprétation → énoncé p. 146

Les clés pour réussir

2 **a.** Pour ce type de questions, **listez** les cinq sens, **puis observez** dans le texte lesquels sont présents.

b. Une sensation est le résultat d'une **perception** par l'un des cinq sens, un sentiment est le résultat d'une **émotion**.

3 Cette question vous demande de trouver une **figure de style**. Les plus fréquentes sont la comparaison, la métaphore, la personnification et l'énumération.

5 La bande dessinée utilise un vocabulaire spécifique : **une case ou une vignette** est un **cadre** contenant une image ; **une bande** est une **suite de cases** sur une ligne ; **une planche** est une **page** de bande dessinée.

1 Le titre associe les thèmes de la chasse et des images, on retrouve ces deux thèmes mêlés dans la phrase : la chasse avec le mot « armes » et les images avec le mot « les yeux ». Il s'agit donc d'une chasse au sens figuré : ce qu'il prendra dans ses « filets » (l. 5) ce seront uniquement des images.

2 **a.** Les cinq sens du personnage vont être sollicités pendant cette balade :
1. le goût : « il boira l'air frais » (l. 3) ;
2. l'odorat : « reniflera les odeurs salubres » (l. 3) et « parfums » (l. 16) ;
3. la vue : « ouvrir les yeux » (l. 4) et le mot « image » répété plusieurs fois dans le texte ;
4. l'ouïe « sourde rumeur » (l. 16-17) ;
5. le toucher « ses nerfs se lient aux nervures des feuilles » (l. 17-18).

b. Les sentiments qu'éprouve le personnage évoluent au cours de la balade : il a d'abord un sentiment de légèreté physique et morale : « son cœur pur et son corps léger » (l. 1), puis un sentiment de plénitude lorsqu'il a collecté plusieurs images : « imprégné » (l. 16), ensuite il ressent de la peur : « il a peur » (l. 19) comme s'il avait trop de sensations et enfin, au retour, il est satisfait et heureux : « il se plaît » (l. 25).

3 La nature est rendue vivante grâce aux différentes personnifications qui lui attribuent des caractéristiques humaines :
– « chemin qui montre ses os [...] veines crevées » (l. 6) ;
– la rivière « blanchit aux coudes et dort [...] a la chair de poule » (l. 9) ;
– le soleil « dévêt sur l'horizon ses lumineux habits » (l. 22).

4 Au départ, le chasseur est maître des images, il les prend au piège : « les yeux servent de filets » (l. 4), mais très vite il est submergé par l'abondance d'images et de sensations qu'elles font naître « vibrant jusqu'au malaise, il perçoit trop » (l. 19). À la fin, les images semblent plus calmes « dociles » (l. 26), mais elles restent autonomes pour décider de revenir dans la tête du chasseur : « chacune d'elles en éveille une autre » (l. 26-27).

5 Une phrase du texte qui pourrait servir de titre à cette planche de bande dessinée est « les yeux servent de filets où les images s'emprisonnent d'elles-mêmes » (l. 4). La bande dessinée fait en effet alterner les cases avec le regard de l'homme et celles avec ce qu'il voit : les vignettes 4 et 5 font ainsi écho à « se contente d'ouvrir les yeux » (l. 4) ou « il fixe un moment, au point que son œil éclate » (l. 21). La communion avec la nature est aussi très présente dès la première case qui pourrait illustrer la phrase du texte : « ses nerfs se lient aux nervures des feuilles » (l. 17-18).

Dictée → énoncé p. 146

Les clés pour réussir

Bien conjuguer

- Le **passé simple** à la première personne du pluriel : -âmes/-îmes/-ûmes/-înmes.

Bien accorder

- L'adjectif de couleur « bleu » : ne pas oublier le « e » et/ou le « s » au féminin et au pluriel.
- Les participes passés employés comme adjectifs.

Ne pas confondre

- **« s'en » et « sans »** → « s'en » se rencontre devant un verbe pronominal (« se » + verbe). « Sans » est une préposition qui indique le manque, la privation, elle est le contraire de « avec ».
- **« ou » et « où »** → « ou » est la conjonction de coordination, elle peut être remplacée par « ou bien ». « Où » est un pronom relatif qui indique un lieu.
- **« mur » et « mûr »** → « mur » est un nom masculin qui désigne une construction. « Mûr » est un adjectif qui indique qu'un fruit est arrivé à maturité.

Bien orthographier

- Les chiffres s'écrivent en lettres.
- Attention à bien écrire les sons « euil » et « eil » dans les mots « cueillir » et « vieil ».

Les mots difficiles

- **« exalter »** signifie « élever très haut ».
- **« gaieté »** peut s'écrire de trois manières différentes : « gaieté »/« gaîté »/« gaité », mais attention, il n'y a jamais de « e » à la fin.

À deux heures, nous repartîmes en expédition, accompagnés de Paul, spécialiste de l'extraction des escargots cachés dans les trous des vieux murs, ou des souches d'olivier. Nous travaillâmes sans arrêt, pendant trois heures, à entasser des provisions, pour faire face à la ruine prochaine. Nous repartîmes vers six heures, chargés d'amandes, d'escargots, de prunelles des bois, de belles prunes bleues volées chez maître Étienne, et d'une musette d'abricots presque mûrs, cueillis sur un très vieil arbre qui s'obstinait, depuis cinquante ans, fleurir dans les ruines solitaires d'une ferme abandonnée.

Marcel Pagnol, *Le Château de ma mère*, De Fallois, 1958.

REGARDER

Travail d'écriture – Sujet d'imagination → *énoncé p. 146*

Les clés pour réussir

La situation de communication

- Il s'agit d'une suite de texte essentiellement **descriptive** : vous devez garder le **même narrateur** et le **même temps verbal**.
- Le lieu est précisé, il ne s'agit plus de la campagne, mais de la **ville**, pensez notamment aux textes étudiés sur ce thème en 4e.

L'organisation de la description

- Vous devez donc écrire « à la manière de » Jules Renard : c'est-à-dire en gardant la même structure de texte que lui : un point de départ, un paragraphe par nouvelle image, un point d'arrivée.
- C'est une description en mouvement : le lecteur découvrira la scène en même temps que l'observateur grâce aux connecteurs spatio-temporels (« en haut », « à côté », « devant », « d'abord », « puis », « ensuite »...)
- Insistez sur les sensations et les sentiments éprouvés par le personnage face à chaque image « récoltée ».

Méthode

Pour vous aider, nous vous avons indiqué en couleur les parties de la rédaction qui répondent aux consignes.

Images de la ville Connecteurs spatio-temporels Sentiments Sensations

C'est une fin d'après-midi orageuse : une chaleur moite a pesé toute la journée et l'averse salvatrice vient de tomber. Le chasseur d'images sait que c'est l'heure parfaite pour déambuler dans la ville. La ville fraîchement arrosée par une pluie d'orage.

Dès les premiers pas sur le bitume chaud et humide, il flaire l'odeur caractéristique de la pluie qui s'évapore du macadam. Il ferme les yeux, les rouvre, et les fumerolles qui remontent de la route s'évanouissent dans son regard. Une première image, familière et rassurante.

Il descend la rue, croise quelques passants qui se décident à quitter leur maison, hésitants... la pluie a-t-elle vraiment cessé ? Des pleurs lui font lever la tête vers une fenêtre entrouverte, « à l'espagnolette » comme disait sa mère, c'est un bébé. Les pleurs se font plus insistants, puis s'arrêtent brusquement. Une silhouette passe devant la fenêtre, le bébé dans les bras. Il sourit, apaisé lui aussi.

Il tourne à droite, dans une ruelle, la dernière rue pavée de la ville. L'eau s'écoule rapidement entre les vieux pavés. Ce sont des méandres, des lagons, une cascade : un vieux mégot est entraîné comme un radeau de survie sur ce torrent infernal, le chasseur le suit du regard jusqu'à le perdre de vue, il a sombré dans le caniveau.

Un long muret court vers la gauche, machinalement il pose sa main dessus et avance. Comme un enfant. Il retrouve cette sensation râpeuse du ciment sous la paume de sa main. Il avance ainsi, guidé par cette rampe de béton. Soudain, il doit s'arrêter, un chat est posé sur le muret. Ils échangent un regard. De chasseur, il se sent devenir chassé. Étrange sentiment. Il change de trottoir.

Et puis, il a faim, d'abord, il ne sait pas pourquoi, mais l'air qui pénètre son nez finit par le renseigner : il est derrière la rue des restaurants. Les fumées des hottes s'échappent et lui apportent des odeurs mêlées de friture et de viandes saisies sur le feu. Il tend l'oreille et croit entendre quelques bruits de vaisselles heurtées, l'agitation de la cuisine avant le service. Il imagine l'assiette, les frites dorées, le magret fumant, la touche rouge du quartier de tomate posé sur la feuille de salade... il salive, il est temps de rentrer.

Sur le chemin du retour, il décide de s'arrêter au milieu de la grand-place. Il ferme les yeux un instant et se nourrit des images rencontrées. Elles se mêlent aux bruits de la ville et l'enivrent. Il n'a plus faim, il est rassasié d'images et de sensations.

REGARDER

Travail d'écriture – Sujet de réflexion → *énoncé p. 147*

Les clés pour réussir

L'introduction

- **Introduisez le sujet** : vous pouvez faire référence au texte étudié et au sens moderne de l'expression « chasseur d'images ».
- **Présentez le sujet** : reprenez la question posée par le sujet.
- Annoncez clairement votre **plan**.

Le développement

- La question posée appelle un développement en plusieurs parties qui énumèrent les raisons qui poussent certaines personnes à « chasser » des images. Les raisons peuvent être :
– le besoin de nourrir son **imaginaire** ;
– la volonté de **garder des souvenirs** ;
– le **plaisir esthétique**.
- **Dans chaque partie**, vous sélectionnerez **un exemple pertinent et précis** en ayant soin de les **varier** comme vous le demande le sujet : « en prenant appui sur vos pratiques personnelles, et sur votre culture littéraire et artistique ».

La conclusion

- Résumez en d'autres termes votre argumentation en précisant votre avis.
- Terminez avec une phrase d'ouverture, en évoquant par exemple les différents moyens de conservation et de diffusion des images aujourd'hui.

Méthode

Pour vous aider, nous vous avons indiqué en couleur les parties de la rédaction qui répondent aux consignes.

Indicateurs logiques — Arguments — |…| Exemples

Les « chasseurs d'images », qu'ils soient de simples promeneurs esthètes comme dans le texte ou des photographes – suivant le sens moderne de l'expression –, sont toujours aussi nombreux aujourd'hui. Quelles raisons les poussent ainsi à chasser des images ? Nous proposerons trois réponses en évoquant d'abord le besoin de nourrir l'imagination, puis la volonté de garder des souvenirs et enfin le plaisir esthétique de la contemplation des images.

Premièrement, les images sont la racine étymologique et la source de notre imagination. C'est-à-dire de notre capacité à nous fabriquer des images mentales et à les faire vivre dans notre esprit. Par exemple, le poète Charles Baudelaire, au XIXe siècle, dans son *Invitation au voyage*, évoque les images qui entraînent son esprit vers la rêverie : « Vois sur ces canaux / Dormir ces vaisseaux ». Les images sont si nettes pour lui, qu'elles peuvent aussi nourrir l'imaginaire du lecteur et deviennent un trait d'union pour une invitation à l'évasion.

La deuxième raison qui peut pousser à « chasser des images » est le besoin de garder des souvenirs, d'aider la mémoire grâce à des supports matériels qui vont fixer des instants de vie à partir desquels renaîtront durablement des souvenirs imagés. Ainsi, les nombreuses photographies de vacances, d'événements mémorables d'une vie, voire même les *selfies* pour immortaliser une visite à la tour Eiffel ou en retenant la tour de Pise sont autant d'aide-mémoire qui non seulement fixent une image, mais aussi aident à en faire revivre d'autres.

Enfin, les chasseurs d'images sont aussi les nombreux artistes, photographes ou peintres, qui s'attachent à retenir par leur art un instant de beauté, de vie, des sensations fugaces. Citons l'exemple de Paul Gauguin qui sut fixer sur ses toiles les couleurs et l'atmosphère de Tahiti en y associant les personnes qu'il rencontrait, comme dans son tableau *Nave Nave Mahana* (en français : *Jour délicieux*) qui met en scène des jeunes Tahitiennes et un enfant qui s'adonnent à la cueillette de fruits dans un décor paradisiaque.

Pour conclure, il apparaît donc que les chasseurs d'images peuvent avoir différentes motivations qui se rejoignent sur une idée commune : le partage, que ce soit avec un lecteur, un spectateur potentiel ou avec l'entourage proche. Se poserait alors aujourd'hui la question, avec la multiplication des moyens de conservations des images, et notamment le numérique, de savoir lesquels se prêtent le mieux à ce véritable partage.

Sujet 13 Jean Giono, *Les Vraies Richesses*

3 heures

France métropolitaine, juin 2017

Travail sur le texte littéraire et sur l'image

1 h 10 **50 pts**

Document A Texte littéraire

Giono a décidé de vivre à la campagne, au plus près de la nature. Néanmoins, il va parfois à Paris. Il évoque ici son expérience de la ville.

Quand le soir vient, je monte du côté de Belleville[1]. À l'angle de la rue de Belleville et de la rue déserte, blême et tordue, dans laquelle se trouve *La Bellevilloise*[2], je connais un petit restaurant où je prends mon repas du soir. Je vais à pied. Je me sens tout dépaysé par la dureté du trottoir et le balancement des hanches qu'il faut avoir pour éviter ceux qui vous frôlent. Je marche vite et je dépasse les gens qui vont dans ma direction ; mais quand je les ai dépassés, je ne sais plus que faire, ni pourquoi je les ai dépassés, car c'est exactement la même foule, la même gêne, les mêmes gens toujours à dépasser sans jamais trouver devant moi d'espaces libres. Alors, je romps mon pas et je reste nonchalant[3] dans la foule. Mais ce qui vient d'elle à moi n'est pas sympathique. Je suis en présence d'une anonyme création des forces déséquilibrées de l'homme. Cette foule n'est emportée par rien d'unanime. Elle est un conglomérat de mille soucis, de peines, de joies, de fatigues, de désirs extrêmement personnels. Ce n'est pas un corps organisé, c'est un entassement, il ne peut y avoir aucune amitié entre elle, collective, et moi. Il ne peut y avoir d'amitié qu'entre des parties d'elle-même et moi, des morceaux de cette foule, des hommes ou des femmes. Mais alors, j'ai avantage à les rencontrer seuls et cette foule est là seulement pour me gêner. Le premier geste qu'on aurait si on rencontrait un ami serait de le tirer de là jusqu'à la rive, jusqu'à la terrasse du café, l'encoignure de la porte, pour avoir enfin la joie de véritablement le rencontrer.

[…]

De tous ces gens-là qui m'entourent, m'emportent, me heurtent et me poussent, de cette foule parisienne qui coule, me contenant sur les trottoirs devant *La Samaritaine*[4], combien seraient capables de recommencer les gestes essentiels de la vie s'ils se trouvaient demain à l'aube dans un monde nu ?

Qui saurait orienter son foyer en plein air et faire du feu ?

Qui saurait reconnaître et trier parmi les plantes vénéneuses les nourricières comme l'épinard sauvage, la carotte sauvage, le navet des montagnes, le chou des pâturages ?

Qui saurait tisser l'étoffe ?

Qui saurait trouver les sucs pour faire le cuir ?

Qui saurait écorcher un chevreau ?

Qui saurait tanner la peau ?

Qui saurait vivre ?

Ah ! c'est maintenant que le mot désigne enfin la chose ! Je vois ce qu'ils savent faire : ils savent prendre l'autobus et le métro. Ils savent arrêter un taxi, traverser une rue, commander un garçon de café ; ils le font là tout autour de moi avec une aisance qui me déconcerte et m'effraie.

---

1. *Belleville* : quartier parisien dans l'Est de la ville.
2. *La Bellevilloise* : coopérative ouvrière qui permettait aux ouvriers d'acheter des produits de consommation moins chers. C'est aussi en 1936 un lieu culturel très connu.
3. *Nonchalant* : lent et indifférent.
4. *La Samaritaine* : grand magasin parisien, fondé en 1870.

Jean Giono, *Les Vraies Richesses*, Grasset & Fasquelle, 1937.

Document B Image

Allées piétonnières, Jean-Pierre Stora, 1995, lavis encre de Chine, 64 × 50.

Les réponses aux questions doivent être entièrement rédigées.

Compréhension et compétences d'interprétation → corrigé p. 158

1 En vous appuyant sur le premier paragraphe, expliquez la formule du narrateur : « Je me sens tout dépaysé » (ligne 4). **4 pts**

2 Dans le dernier paragraphe, pourquoi le narrateur est-il déconcerté et effrayé (lignes 42 à 45) ? Justifiez votre réponse en vous appuyant sur le texte. **4 pts**

3 Ce texte est extrait d'un livre intitulé *Les Vraies Richesses*. Quelles sont, selon vous, les « vraies richesses » auxquelles pense l'auteur ? Rédigez une réponse construite et argumentée. **8 pts**

4 Que ressentez-vous en regardant l'œuvre de Jean-Pierre Stora (document B) ? Expliquez votre réponse. **4 pts**

5 Cette œuvre (document B) peut-elle illustrer la manière dont le narrateur perçoit la foule dans le texte de Jean Giono (document A) ? Développez votre réponse. **4 pts**

Grammaire et compétences linguistiques → corrigé p. 159

1 **a.** Quel est ici le sens du mot « entassement » (ligne 16) ?
Trouvez un synonyme de ce nom dans les lignes qui précèdent.
b. « Elle est […] personnels. » (lignes 14-15) : quel est le procédé d'écriture utilisé dans cette phrase ?
c. En vous appuyant sur vos deux réponses précédentes, expliquez comment le narrateur perçoit la foule. **8 pts**

2 Ligne 34 à ligne 40 :
a. Quelles remarques pouvez-vous faire sur la disposition et les procédés d'écriture dans ce passage ? Trois remarques au moins sont attendues.
b. Quel est, selon vous, l'effet recherché par le narrateur dans ce passage ? Développez votre réponse. **8 pts**

3 Réécrivez le passage ci-dessous en remplaçant « je » par « nous » et en mettant les verbes conjugués à l'imparfait.
« Je connais un petit restaurant où je prends mon repas du soir. Je vais à pied. Je me sens tout dépaysé par la dureté du trottoir et le balancement des hanches qu'il faut avoir pour éviter ceux qui vous frôlent. » **10 pts**

Dictée → corrigé p. 160 20 min **10 pts**

› Écoutez la dictée avec l'application Nathan Live.
Consignes :
– On dictera le texte à haute voix à plusieurs reprises.
– On inscrira au tableau de manière lisible par l'ensemble des candidats le titre de l'œuvre et le nom de l'auteur.

Rédaction 1 h 30 **40 pts**

Vous traiterez au choix un des deux sujets de rédaction suivants :

Sujet d'imagination → corrigé p. 161

› Vous vous sentez, vous aussi, « dépaysé(e) » en arrivant dans une ville. Racontez cette expérience. Vous décrivez les lieux que vous découvrez, vous évoquez vos impressions et vos émotions.
Vous ne signerez pas votre texte de votre nom.

Sujet de réflexion → corrigé p. 162

› Pensez-vous comme Jean Giono que la ville soit un lieu hostile ?
Vous proposerez une réflexion organisée et argumentée en vous appuyant sur vos lectures et vos connaissances personnelles.

Sujet 13 Corrigé

Compréhension et compétences d'interprétation → énoncé p. 156

Les clés pour réussir

4 On attend une réponse personnelle et argumentée évoquant clairement **un ressenti, des émotions, des comparaisons, des expériences.**

1 La formule « Je me sens tout dépaysé » montre à quel point le narrateur se sent en marge de la foule de ses contemporains. Il est gêné par le nombre : « sans jamais trouver d'espace libre » (l. 9) ; « cette foule est là seulement pour me gêner » (l. 20) ; mais aussi par l'anonymat qui y règne : « anonyme » (l. 12). De plus, il ressent de l'antipathie de la part de la foule : « n'est pas sympathique » (l. 12).

2 Le narrateur prend conscience que les êtres humains se sont très bien adaptés au mode de vie urbain : il est troublé par l'aisance de leurs gestes quotidiens « prendre l'autobus et le métro » (l. 42) par contraste avec les gestes qu'ils ne savent plus faire. Cette aisance l'effraie car elle sous-entend l'incapacité à réaliser les gestes essentiels : « Qui saurait vivre ? » (l. 40).

3 Selon l'auteur, les vraies richesses sont les sentiments qui relient les êtres humains : la sympathie et l'amitié. Ces relations ne peuvent se tisser que dans des relations individuelles avec l'autre qui permettent d'avoir « la joie de véritablement le rencontrer » (l. 22). Un retour à la nature est nécessaire pour l'être humain s'il veut profiter de ces vraies richesses, il doit se comporter comme s'il devait vivre à nouveau dans « un monde nu » (l. 30).

4 Cette œuvre de J.-P. Stora fait ressentir un certain malaise : toutes les lignes diagonales créent des points de fuite vers l'extérieur de l'image. Il n'y a pas de début et pas de fin, comme si les personnages étaient en perpétuel mouvement vers... nulle part, et en venant d'on ne sait où.

5 L'œuvre et le texte présentent plusieurs points communs dans la représentation de la foule : ces « allées piétonnières » parallèles et séparées par des murs donnent l'impression que les gens se croisent ou se dépassent sans se voir comme chez Giono : « je marche vite et je dépasse les gens qui vont dans ma direction » (l. 6). De plus, les corps sur l'image ne sont que des ombres, des silhouettes sans visages, « anonymes » comme dans le texte de Giono (l. 12). Enfin, on voit que sur l'image il n'y a aucune rencontre entre les personnes, ce que regrette également l'auteur.

Grammaire et compétences linguistiques → *énoncé p. 157*

Les clés pour réussir

1 **a.** Pensez à utiliser le **radical** du mot pour expliquer son sens. Un synonyme est un mot qui a presque le même sens, mais qui n'appartient pas à la même famille (pas le même radical).

b. Une accumulation ou énumération consiste à énoncer une série plus ou moins longue de termes ou groupes de mots de même catégorie. C'est une figure d'**insistance**.

2 **a.** et **b.** Les procédés d'écriture sont les écarts par rapport à l'usage habituel de la langue. Ici, on est proche d'un **univers poétique**, on peut donc faire des remarques sur : la disposition en vers, les anaphores, la forme des phrases, le mode verbal utilisé...

3 • **On vous demande** de mettre les verbes à l'imparfait et de passer du singulier au pluriel en remplaçant « je » par « nous ».

• **Vous devez modifier :**

– les pronoms personnels et réfléchis ;
– la conjugaison des verbes ;
– un accord de participe passé ;
– un déterminant possessif.

1 **a.** Le mot « entassement » signifie une accumulation d'éléments, il est formé sur le radical « tas ». Ici, il s'agit d'un « tas » d'êtres humains qui forment une foule disparate. Le synonyme est « conglomérat » (l. 14).

b. Le procédé d'écriture est une énumération (ou accumulation) : l'auteur énumère les éléments qui constituent la foule.

c. Le narrateur perçoit donc la foule comme un assemblage d'éléments disparates sans unité, sans harmonie. Il ressent aussi de l'hostilité et de l'antipathie de la part de cette foule qui empêche toute possibilité de rencontre et d'amitié.

2 **a.** Ce passage s'apparente à un poème par sa mise en page : il y a un retour à la ligne pour chaque phrase comme s'il s'agissait de vers. De plus on remarque une anaphore, c'est-à-dire une répétition en début de phrase : « Qui saurait ». Enfin, toutes les phrases sont des questions rédigées au conditionnel.

b. Le narrateur cherche à surprendre et à impliquer son lecteur par les interrogations oratoires (fausses questions). Chacun est ainsi amené à s'interroger sur ses propres pratiques. De plus, l'anaphore suivie d'un verbe d'action à l'infinitif insiste sur ce point : quelle est la nature de nos compétences réelles ?

3 **Nous connaissions** un petit restaurant où **nous prenions notre (ou nos)** repas du soir. **Nous allions** à pied. **Nous nous sentions** tout **dépaysés** par la dureté du trottoir et le balancement des hanches qu'il **fallait** avoir pour éviter ceux qui vous **(ou nous) frôlaient**.

Dictée → *énoncé p. 157*

Les clés pour réussir

Bien conjuguer

- Le **passé simple** à la première personne du pluriel : -âmes/-îmes/-ûmes/-înmes.

Bien accorder

- **Les participes passés** employés comme adjectifs.

Ne pas confondre

- **« et »** et **« est »** → « et » est une conjonction de coordination, on peut la remplacer par « et puis ». « Est » est la troisième personne du singulier du verbe « être », on peut mettre le verbe au passé : « était ».

Bien orthographier

- **« enflammé »** vient du radical « flamme », bien penser aux deux « m ».
- **« en bas »** s'écrit en deux mots.

Les mots-clés

- **sournois** : penser au « s » final (féminin « sournoise »).
- **mystérieusement** : penser au « y », comme dans le radical « mystère ».

De temps en temps, je m'arrête, je tourne la tête et je regarde vers le bas de la rue où Paris s'entasse : des foyers éclatants et des taches de ténèbres piquetées de points d'or. Des flammes blanches ou rouges flambent d'en bas comme d'une vallée nocturne où s'est arrêtée la caravane des nomades. Et le bruit : bruit de fleuve ou de foule. Mais les flammes sont fausses et froides comme celles de l'enfer. En bas, dans un de ces parages sombres est ma rue du Dragon, mon hôtel du Dragon. Quel ordre sournois, le soir déjà lointain de ma première arrivée, m'a fait mystérieusement choisir cette rue, cet hôtel au nom dévorant et enflammé ?
Il me serait facile, d'ici, d'imaginer le monstre aux écailles de feu.

Jean Giono, *Les Vraies Richesses*, Grasset & Fasquelle, 1937.

Travail d'écriture – Sujet d'imagination → *énoncé p. 157*

Les clés pour réussir

Le sujet

- On attend un récit, **de type narratif,** qui contienne une **description** des lieux et l'expression des **impressions et des émotions** du narrateur.
- Il n'est pas obligatoire de raconter une expérience réelle et vécue, vous pouvez évoquer **toute découverte d'un espace urbain quel qu'il soit, réel ou imaginaire.**
- Pensez à vous appuyer sur votre connaissance de **textes liés à la ville** (programme de 4e : « La ville, lieu de tous les possibles »).

Le récit à la première personne

- Le récit devra être rédigé **à la première personne**, comme un texte autobiographique, même si vous n'avez jamais été confronté(e) à l'expérience de la découverte d'une nouvelle ville.
- Pour enrichir le récit de votre expérience, vous veillerez à insérer les éléments suivants :

– des **descriptions précises** ou des **portraits** pour que le lecteur puisse imaginer les objets, lieux, personnages de votre souvenir ;

– des réflexions sur vos **sensations** et vos **sentiments**, pour cela pensez à utiliser un lexique approprié : « je sentais », « j'observais », « j'écoutais », « j'éprouvais », « il me semblait que », « j'avais l'impression de »... toutes ces tournures montreront que vous menez une introspection, c'est-à-dire que vous portez un **regard sur vous-même** ;

– une évocation de vos **émotions** et de vos réflexions, en insistant sur ce qui les a déclenchées : « J'étais véritablement ému(e) parce que... » ; « C'était la première fois que... » ; « Je ressentais de la colère car... » ; « J'aurais aimé alors... »

REGARDER

Méthode

Pour vous aider, nous vous avons indiqué en couleur les parties de la rédaction qui répondent aux consignes.

Description — Narration à la première personne — Émotions

Enfin ! J'y suis ! Je sors de la gare Saint Lazare et je foule enfin le macadam parisien si souvent rêvé. L'arrivée en train m'a semblé interminable : j'apercevais çà et là entre deux tours la silhouette fascinante de la tour Eiffel et les eaux de la Seine. Le train ralentissait mais ne s'arrêtait jamais, comme s'il se jouait de mon impatience. J'avais l'impression d'attendre un gâteau derrière la vitrine d'une pâtisserie.

Je fais quelques pas devant la gare, les gens savent où ils vont, ils ont le pas décidé et je cherche à les imiter, mais je dois m'arrêter pour m'orienter. Mon objectif est simple : la tour Eiffel ! Je lève les yeux pour me repérer... de hautes façades barrent mon regard. Les habitations me volent le ciel et m'empêchent de trouver ma direction. Un plan est affiché sur un grand panneau : je suis sauvé ! « Vous êtes ici » : Belle indication ! Un point rouge perdu au milieu d'un entrelac de lignes matérialisant des bus, des routes, des métros... Je suis ici. Un peu désemparé, je m'engage dans une rue que semblent suivre de nombreux piétons : le troupeau doit bien savoir où aller lui ! Sans m'en rendre compte, je descends dans le métro. L'odeur est particulière, des courants d'air semblent guider mes pas. Je suis le mouvement.

Après quelques déambulations hasardeuses, un wagon me happe. Je suis un peu sonné, mais quelques noms rassurants s'affichent bientôt sur les murs des stations de métro : Roosevelt – Iena –Trocadéro... À la faveur d'un mouvement de foule, je quitte la rame. Je parviens à remonter des escaliers et c'est un éblouissement : le soleil m'accueille en m'obligeant à plisser les yeux : j'ai retrouvé le ciel ! La foule est toujours aussi dense, mais semble moins pressée et agitée qu'à la sortie de la gare. Les gens se parlent, se sourient, les terrasses s'animent. Imperceptiblement, le flot humain avance vers une esplanade, il serait malvenu de contrarier le mouvement, et c'est finalement un sentiment agréable de se laisser porter par ses semblables : nous sommes tous comme animés du même désir.

Je m'arrête un instant pour savourer ce plaisir, cette agitation sans nervosité. Je ferme les yeux, prends une grande inspiration : je respire la ville, je respire Paris. Je rouvre lentement les yeux et elle est là, grande Dame, fidèle au rendez-vous, elle porte son ombre presque jusqu'à moi pour me guider : la tour Eiffel !

Travail d'écriture – Sujet de réflexion → *énoncé p. 158*

Les clés pour réussir

L'introduction

- **Introduisez le sujet** : vous pouvez faire référence au texte étudié.
- **Présentez le sujet** : reprenez la question posée par le sujet.
- Annoncez clairement votre **plan**.

Le développement

- Vous pouvez **opter pour une réponse positive** (la ville est un lieu hostile), pour une réponse **négative** (la ville est un lieu d'accueil ouvert) **ou pour un plan contradictoire** (la ville a des aspects positifs et négatifs).
- Dans tous les cas, on attend un devoir construit clairement, avec des paragraphes bien mis en page, une introduction et une conclusion.

- L'apport d'exemples issus de la culture littéraire et artistique est valorisé.

La conclusion

- **Résumez en d'autres termes** votre argumentation en précisant votre avis.
- **Terminez avec une phrase d'ouverture**, pour élargir la question.

Méthode

Pour vous aider, nous vous avons indiqué en couleur les parties de la rédaction qui répondent aux consignes.

Indicateurs logiques Arguments |...| Exemples

Dans son texte extrait de *Les Vraies Richesses*, J. Giono dresse le tableau d'une ville effrayante. On peut se demander si la ville est effectivement un lieu hostile. Nous verrons dans une première partie que les villes présentent bien des aspects inquiétants, puis nous essaierons de montrer qu'elles savent aussi se montrer accueillantes.

En premier lieu, les villes, par leur concentration de population, concentrent aussi les problèmes. Les citadins se plaignent en effet souvent de l'insécurité ou de l'insalubrité qui sont liées à la vie urbaine. Ainsi, Faïza Guène, dans son roman *Du Rêve pour les oufs*, décrit les problèmes des jeunes dans une banlieue parisienne, qui sont confrontés à la drogue, au chômage et à la délinquance.

Par ailleurs, la ville est souvent associée à l'agitation, au bruit ou à la foule anonyme que décrit Giono. L'espace urbain devient donc hostile à cause de la surpopulation qui nuit à la tranquillité. Ce phénomène n'est pas récent puisque Boileau par exemple soulignait déjà cet inconvénient au XVIIe siècle dans sa satire sur « les embarras de Paris ».

Pourtant, malgré ces inconvénients, les villes attirent toujours plus de monde, ce qui s'explique aussi par la proximité et la diversité des offres culturelles ou sportives qu'elles proposent. Ainsi, la ville de Paris permet à ses habitants de pouvoir sortir tous les jours pour visiter des expositions, aller au cinéma, au théâtre, alors que cette offre est bien plus limitée à la campagne.

Enfin, le brassage de population dans les villes est une occasion de s'ouvrir aux autres et d'échanger. Les différences sont bien mieux acceptées. Par exemple dans son roman *La Fée carabine*, Daniel Pennac décrit les échanges chaleureux entre les habitants de tous âges et de toutes origines dans le quartier de Belleville à Paris.

En définitive, le lieu de vie importe sans doute bien moins que l'état d'esprit des habitants : si l'on veut rencontrer les autres, il faut être ouvert et aller vers eux, que ce soit à la ville ou à la campagne.

Sujet 14 Edmond Rostand, *Cyrano de Bergerac*

3 heures

Sujet inédit

Travail sur le texte littéraire et sur l'image

1 h 10 **50 pts**

Texte

Cyrano se confie à son ami Le Bret.

CYRANO, *changeant de ton et gravement*

J'aime.

LE BRET

Et peut-on savoir ? Tu ne m'as jamais dit ? …

CYRANO

Qui j'aime ? … Réfléchis, voyons. Il m'interdit
Le rêve d'être aimé même par une laide,
Ce nez qui d'un quart d'heure en tous lieux me précède ;
Alors, moi, j'aime qui ? … Mais cela va de soi !
J'aime – mais c'est forcé ! – la plus belle qui soit !

LE BRET

La plus belle ? …

CYRANO

Tout simplement, qui soit au monde !
La plus brillante, la plus fine.
(Avec accablement.)
La plus blonde !

LE BRET

Eh ! mon Dieu, quelle est donc cette femme ? …

CYRANO

Un danger
Mortel sans le vouloir, exquis sans y songer,
Un piège de nature, une rose muscade[1]
Dans laquelle l'amour se tient en embuscade !

Qui connaît son sourire a connu le parfait.
Elle fait de la grâce avec rien, elle fait
Tenir tout le divin dans un geste quelconque,
Et tu ne saurais pas, Vénus, monter en conque[2],
Ni toi, Diane, marcher dans les grands bols fleuris,
Comme elle monte en chaise[3] et marche dans Paris !

LE BRET

Sapristi ! je comprends. C'est clair !

CYRANO

C'est diaphane[4].

LE BRET

Magdeleine Robin, ta cousine ?

CYRANO

Oui. – Roxane[5].

LE BRET

Eh bien ! mais c'est au mieux ! Tu l'aimes ? Dis-le-lui !
Tu t'es couvert de gloire à ses yeux aujourd'hui !

CYRANO

Regarde-moi, mon cher, et dis quelle espérance
Pourrait bien me laisser cette protubérance !
Oh ! je ne me fais pas d'illusion ! – Parbleu,
Oui, quelquefois, je m'attendris, dans le soir bleu ;
J'entre en quelque jardin où l'heure se parfume ;
Avec mon pauvre grand diable de nez je hume
L'avril, – je suis des yeux, sous un rayon d'argent,
Au bras d'un cavalier, quelque femme, en songeant
Que pour marcher, à petits pas, dans la lune,
Aussi moi j'aimerais au bras en avoir une,
Je m'exalte, j'oublie… et j'aperçois soudain
L'ombre de mon profil sur le mur du jardin !

LE BRET, *ému*

Mon ami !

CYRANO

Mon ami, j'ai de mauvaises heures !
De me sentir si laid, parfois, tout seul…

LE BRET, *vivement, lui prenant la main*

– Tu pleures ?

REGARDER

CYRANO

Ah ! non, cela, jamais ! Non, ce serait trop laid,
Si le long de ce nez une larme coulait !

Edmond Rostand, *Cyrano de Bergerac* (I, 5), 1897.

1. *Rose muscade* : variété de rose rouge.
2. *Conque (n. f.)* : grande coquille concave, qui sert traditionnellement de véhicule à Vénus.
3. *Chaise* : chaise à porteur, véhicule utilisé par les nobles au XVIIe siècle.
4. *Diaphane* : qui laisse passer à travers soi les rayons lumineux, transparent.
5. *Roxane* : l'autre prénom donné à Magdeleine Robin. Il s'agit de la même personne, aimée par Cyrano.

Les réponses aux questions doivent être entièrement rédigées.

Grammaire et compétences linguistiques → corrigé p. 168

1 Cyrano dit de la femme qu'il aime qu'elle est « *un danger mortel, […] exquis* » (vers 9 et 10).

a. Trouvez un synonyme pour chaque mot souligné, puis dites quel est le rapport de sens entre ces deux adjectifs. **2 pts**

b. Comment Cyrano présente-t-il, dans ces deux vers, l'amour que lui inspire cette femme ? **2 pts**

c. Relevez, dans les vers 11 à 15, une autre expression qui exprime cette même idée de l'amour. **2 pts**

2 **a.** Dans le texte, quels sont les différents signes de ponctuation qui expriment l'émotion de Cyrano ? **1 pt**

b. Dans les vers 25 à 35, quel est le temps principalement utilisé ? Quelle est sa valeur ? **2 pts**

3 Réécrivez le passage suivant en mettant tous les verbes à l'imparfait et en remplaçant « je » par « nous ». Vous ferez toutes les modifications nécessaires.

« Oui, quelquefois, je m'attendris, dans le soir bleu ;
J'entre en quelque jardin où l'heure se parfume ;
Avec mon pauvre grand diable de nez je hume
L'avril, – je suis des yeux, sous un rayon d'argent […] » **10 pts**

Compréhension et compétences d'interprétation → corrigé p. 168

1 Comment appelle-t-on les expressions qui sont en italique ? À qui sont-elles destinées ? À quoi servent-elles ? **4 pts**

2 Trouvez des éléments qui permettent d'affirmer que ce texte appartient à la fois au genre théâtral et au genre poétique. **4 pts**

3 Quel est le personnage principal de ce passage ? Donnez deux raisons pour justifier votre choix. **2 pts**

4 **a.** Relevez, dans les vers 6 à 8, les expressions qui caractérisent la personne aimée par Cyrano. **2 pts**
b. Quels sont, dans ces mêmes vers, les deux procédés d'écriture employés pour valoriser la femme adorée ? **2 pts**

5 Dans les vers 16 et 17 :
a. À qui cette femme est-elle comparée ? **1 pt**
b. Qui sont ces deux personnages ? **2 pts**
c. Que pensez-vous de cette comparaison ? **2 pts**

6 « Ce nez qui d'un quart d'heure en tous lieux me précède » (vers 4)
a. Quelle est la figure de style utilisée pour décrire le nez ? **2 pts**
b. Relevez dans le texte quatre autres expressions qui se rapportent au nez. **2 pts**
c. Pourquoi ce nez rend-il Cyrano malheureux ? **2 pts**

7 **a.** Dans les vers 35 à 38, quels sentiments Le Bret éprouve-t-il en écoutant Cyrano ? **2 pts**
b. Si vous étiez metteur en scène, quelles indications donneriez-vous au comédien qui joue le rôle de Cyrano pour interpréter les vers 35 à 38 ? **4 pts**

Dictée → corrigé p. 170 20 min **10 pts**

› Écoutez la dictée avec l'application Nathan Live.

Rédaction 1 h 30 **40 pts**

Vous traiterez, au choix, l'un des deux sujets suivants.

Sujet d'imagination → corrigé p. 171

› Vingt ans ont passé, Roxane et Cyrano sont en couple, une dispute éclate au sujet de l'inactivité de Cyrano. Rédigez la scène sous forme d'un dialogue théâtral à la tonalité humoristique. Il ne vous est pas demandé d'écrire en vers.

Sujet de réflexion → corrigé p. 172

› Malgré la télévision et Internet qui permettent de suivre de nombreuses représentations (pièces de théâtre, concerts, rencontres sportives, cirque...), le public se déplace toujours en nombre pour assister à ces divers spectacles. Dans un devoir organisé et illustré d'exemples précis, vous essaierez de donner les raisons de cet attrait pour les spectacles vivants.

Sujet 14 Corrigé

Grammaire et compétences linguistiques → énoncé p. 166

Les clés pour réussir

1 a. et **b.** Des éléments qui s'opposent soulignent souvent un paradoxe, une contradiction.

2 b. Les principales valeurs du présent sont : l'actualité, la narration, la vérité générale, l'habitude.

3 Le passage à la première personne du pluriel et à l'imparfait entraînent le changement :
- des terminaisons verbales ;
- des pronoms personnels ;
- des déterminants possessifs.

1 a. « Fatal » est synonyme de *« mortel »*, et « charmant » synonyme de l'adjectif *« exquis »*. Ces deux adjectifs sont antithétiques, c'est-à-dire opposés.
b. Cyrano présente l'amour comme un paradoxe : l'amour est pour lui l'alliance du plus grand malheur et du bonheur absolu.
c. L'expression *« Un piège de nature, une rose muscade / Dans laquelle l'amour se tient en embuscade ! »* renvoie à la même idée de l'amour : les mots *« piège »* et *« embuscade »* soulignent le danger lié à l'amour.

2 a. Les points d'exclamation et de suspension traduisent l'émotion de Cyrano.
b. Dans les vers 25 à 35, le présent de l'indicatif est le temps dominant. Il s'agit d'un présent d'habitude, ce qui nous est indiqué par l'adverbe « quelquefois » au vers 26 et par la succession d'actions répétitives.

3 Oui, quelquefois, <u>nous nous attendrissions</u>, dans le soir bleu ;
<u>Nous entrions</u> en quelque jardin où l'heure se parfumait ;
Avec <u>notre</u> pauvre grand diable de nez <u>nous humions</u>
L'avril, – <u>nous suivions</u> des yeux, sous un rayon d'argent [...]

Compréhension et compétences d'interprétation → énoncé p. 166

Les clés pour réussir

1 Dans un texte théâtral, on distingue le texte dit par les comédiens, les répliques, et les indications scéniques, les didascalies.

2 Les dialogues théâtraux peuvent être rédigés en prose ou en vers. Dans ce dernier cas, c'est l'alexandrin – vers de douze syllabes – qui est le vers privilégié. Il peut occuper toute une ligne, ou bien être commencé dans une réplique et terminé dans la suivante.

3 Un héros éponyme est un personnage qui donne son nom au titre de l'œuvre. Il s'agit généralement du personnage principal.

4 **b.** Pour mettre en valeur un élément de phrase, on peut utiliser le superlatif, la répétition, le rejet qui crée un effet d'attente et la ponctuation.

5 **a.**, **b.** et **c.** Les comparaisons font naître des images qui peuvent être positives ou négatives. Les déesses romaines Vénus et Diane se caractérisent en outre par leur jeunesse et leur beauté.

6 L'hyperbole est une figure de style qui consiste à exagérer des termes ou des images.

1 Les expressions en italique sont des didascalies. Elles sont destinées aux acteurs et au metteur en scène, et permettent à l'auteur de donner des indications sur le lieu dans lequel se déroule la scène, le moment où elle se déroule, le ton des répliques, les éventuels déplacements des personnages : ce sont des indications de mise en scène. Elles ne sont bien entendu pas destinées à être prononcées par les acteurs.

2 Ce texte est une suite de dialogues sans narrateur, le nom du personnage qui parle est indiqué avant chaque réplique : il s'agit donc bien d'un extrait de pièce de théâtre. En outre, le texte est rédigé en vers de douze syllabes – des alexandrins – ce qui lui donne un caractère poétique.

3 Cyrano est le personnage principal de cet extrait : c'est lui qui a les plus longues répliques, et il donne son nom à la pièce (héros éponyme).

4 **a.** « la plus belle qui soit » (vers 6), « La plus belle ?... / – Tout simplement qui soit au monde ! » (vers 7) et « La plus brillante, la plus fine. / La plus blonde ! » (vers 8) caractérisent la femme aimée.
b. L'utilisation du superlatif, la répétition et l'utilisation de la ponctuation expressive permettent de valoriser la femme aimée.

5 **a.** Cette femme est comparée à Vénus (vers 16) et Diane (vers 17).
b. Ce sont des déesses de la mythologie romaine : Vénus est la déesse de la beauté et de l'amour, Diane règne sur les forêts et pratique la chasse, fuyant les hommes.
c. Cette comparaison à des déesses est particulièrement valorisante pour la femme aimée, et révèle la véritable adoration de Cyrano pour Roxane. Cependant elle souligne aussi son aspect inaccessible.

6 **a.** C'est l'hyperbole qui est utilisée ici, car Cyrano exagère la longueur de son nez en racontant qu'il faut voir son nez défiler pendant un quart d'heure avant de le voir, lui, entièrement. On peut aussi y voir une personnification du nez.

b. Les autres expressions qui se rapportent au nez sont : « cette protubérance » (vers 24), « mon pauvre grand diable de nez » (vers 28), « L'ombre de mon profil » (vers 34) et « le long de ce nez » (vers 38).
c. Ce nez rend Cyrano malheureux car il pense qu'il le rend laid donc indigne d'être aimé, et le condamne à la solitude.

7 **a.** Le Bret est ému par la détresse de Cyrano, il éprouve de la compassion et cherche à le réconforter, en l'écoutant et en lui prenant la main, comme cela est indiqué dans les didascalies.
b. À la fin de la scène, on peut imaginer Cyrano se détournant pour se cacher, et s'appuyant contre un mur, un arbre... ou s'effondrant sur un banc, une chaise... en fonction du décor choisi. La réplique suivante doit être dite sur un ton d'accablement, laissant deviner un sanglot dans la voix. La dernière réplique de Cyrano pourrait au contraire être prononcée d'une voix forte et assurée, et le personnage pourrait alors se redresser brusquement et parcourir la scène.

Dictée → *énoncé p. 167*

Les clés pour réussir

Bien conjuguer

- Le temps dominant est le **présent de l'indicatif**. Le futur est également employé.

Bien orthographier

- Ne pas confondre **« or »** et **« hors »** dans l'expression **« hors de »**.
- De nombreux verbes sont à l'infinitif (finale en -er) car ils sont précédés d'un verbe déjà conjugué ou d'une préposition (à, de).
- **« Tandis que »** s'écrit en deux mots.

Bien accorder

- « *Songez-y* » est à la deuxième personne de l'impératif.
- « *Condamné* » et « *regardé* » sont des participes passés employés avec l'auxiliaire être, ils s'accordent avec le sujet : « il » et « le bonheur ».

Les mots difficiles

- Attention au « mn » de **« condamné »**.
- Le mot **« aspect »** vient du latin *aspectus* (le regard), d'où sa finale particulière.

Dès qu'un homme cherche le bonheur, il est condamné à ne pas le trouver, et il n'y a point de mystère là-dedans. Le bonheur n'est pas comme cet objet en vitrine, que vous pouvez choisir, payer, emporter ; si vous l'avez bien regardé, il sera bleu ou rouge chez vous comme dans la vitrine. Tandis que le bonheur n'est bonheur que quand vous le tenez ; si vous le cherchez dans le monde, hors de vous-même, jamais rien n'aura l'aspect du bonheur. En somme on ne peut ni raisonner ni prévoir au sujet du bonheur ; il faut l'avoir maintenant. Quand il paraît être dans l'avenir, songez-y bien, c'est que vous l'avez déjà. Espérer, c'est être heureux.

Alain, *Propos*, 18 mars 1911.

Travail d'écriture – Sujet d'imagination → énoncé p. 167

Les clés pour réussir

Les caractéristiques d'une scène de théâtre

- Noms des personnages.
- Didascalies.
- Entrée et sortie des personnages mettant fin à la scène.

Les dialogues

La situation invite à rédiger une dispute conjugale avec une tonalité humoristique. Pensez à opposer les personnages, à **utiliser leurs caractéristiques** qui auront évolué avec le temps. D'autres personnages peuvent intervenir. La scène doit se terminer par l'arrivée ou la sortie d'un personnage.

Méthode

Pour vous aider, nous vous avons indiqué en couleur les parties de la rédaction qui répondent aux consignes.

Caractéristiques d'un texte théâtral   Éléments du texte

Intérieur bourgeois, côté jardin, Cyrano est assis dans un fauteuil et lit ; côté cour, Roxane est occupée à éplucher des légumes. On frappe à la porte.

CYRANO, *en criant* : Roxane ! On frappe à la porte...

Roxane relève la tête, observe Cyrano, puis continue son ouvrage.

CYRANO, *insistant* : Roxane, on a frappé à la porte, va ouvrir, ce doit être mon ami Le Bret... je l'ai invité à déjeuner.

ROXANE, *surprise* : Le Bret, invité ? Encore ?!

CYRANO, *levant la tête de son livre* : Eh bien oui, cela pose un problème ma douce Roxane ? Tu es bien allée à la chasse hier, n'as-tu pas rapporté quelque gibier ?

ROXANE, *irritée* : Justement, la chasse, parlons-en ! Tu n'y vas pas souvent ces derniers temps !

CYRANO, *d'une voix mielleuse* : Mais, pourquoi irais-je courir les bois, quand je suis marié à l'incarnation de Diane !

ROXANE : L'incarnation de Diane ! Laisse-moi rire, il y a bien longtemps que je ne vis plus comme une déesse, et à qui la faute !

CYRANO, *prenant de haut* : Mais enfin Roxane, tu sais bien que je ne suis pas à l'aise pour sortir, à cause de… enfin tu sais bien, ne m'oblige pas à prononcer le mot que j'exècre !

ROXANE, *se moquant* : À cause de ton nez, de ton pif, de ton tarin ! Et pourquoi tu n'irais pas le promener un peu à l'extérieur, ça lui ferait du bien ! Je dois bien le supporter, moi, ici ! Et puis lorsqu'il s'agit de le faire un peu boire en compagnie de ton ami Le Bret, tu es bien moins timoré pour sortir !

CYRANO, *prenant un air choqué* : Roxane, tu es de mauvaise foi, je ne sors que le soir et dans des tavernes sombres par pure coquetterie ! La boisson n'a rien à voir avec ça ! Tenir de tels propos, tu devrais avoir honte !
On frappe de façon plus insistante.

CYRANO : Tu entends ? Tu vas finir par énerver tout le monde !

ROXANE, *ferme* : Je n'irai pas ouvrir !

CYRANO : Tu l'auras voulu… je me lève !

ROXANE : Oui, c'est ça ! Et lève bien la tête… pour ne pas t'empêtrer !

CYRANO, *rouge de colère* : Peste !

Il arrive à la porte, l'ouvre : personne.

CYRANO : C'est malin, il est parti ! Tu l'auras vexé avec tes propos, je vais le rattraper. *(Il sort.)*
Roxane va ouvrir une porte dérobée, Le Bret entre et se jette dans ses bras.

LE BRET : Enfin, j'ai cru qu'il n'allait jamais partir !

Travail d'écriture – Sujet de réflexion → *énoncé p. 167*

Les clés pour réussir

Le sujet vous demande de trouver les raisons pour lesquelles certaines personnes continuent à préférer sortir pour assister à des spectacles plutôt que d'en regarder les retransmissions chez eux. Il faut donc organiser **un développement en plusieurs paragraphes qui énumèrent ces raisons**. Commencez par chercher des exemples dans votre expérience personnelle de différents spectacles auxquels vous avez assisté, et analysez ce que vous avez éprouvé alors.

L'introduction

- **Introduisez le sujet** : phrase d'accroche sur la diversité des médias qui permettent d'accéder aux retransmissions.
- **Énoncez le sujet.**
- Annoncez le **plan**.

Le premier paragraphe

La disponibilité : le fait de « sortir » de chez soi implique que l'on se rend entièrement disponible pour le spectacle que l'on va voir. Toute notre attention et notre concentration y sont portées.

Le deuxième paragraphe

L'aspect social : on sort souvent avec d'autres personnes, ce qui permet d'échanger, de partager à propos de ce que l'on ressent devant la représentation.

Le troisième paragraphe

La proximité avec les artistes : le spectacle vivant offre un véritable moment privilégié de partage entre les artistes et leur public.

La conclusion

- Résumez en d'autres termes votre argumentation.
- Terminez avec une phrase d'ouverture, par exemple sur la retransmission d'un film au cinéma ou à la télévision.

Méthode

Pour vous aider, nous vous avons indiqué en couleur les parties de la rédaction qui répondent aux consignes.

Indicateurs logiques Arguments |...| Exemples

La qualité des médias et des techniques de l'image offrent aujourd'hui un accès à la culture simple et rapide sans avoir à sortir de chez soi. Cependant, malgré la télévision et Internet qui permettent de suivre de nombreuses représentations (pièces de théâtre, concerts, rencontres sportives, cirque...), le public se déplace toujours en nombre pour assister à ces divers spectacles. Nous essaierons d'analyser les principales raisons qui expliquent ce choix.

D'abord, le fait de « sortir » de chez soi implique que l'on se rend entièrement disponible pour le spectacle que l'on va voir. Toute notre attention et notre concentration y sont portées, le plaisir du spectacle ne risque donc pas d'être gâché par des interruptions intempestives.

Par exemple, lors de la représentation théâtrale de *Cyrano de Bergerac* d'Edmond Rostand, on se laissera guider par les émotions des personnages d'un bout à l'autre du spectacle sans être perturbé et le spectacle sera complet. L'obscurité de la salle ajoute à cette concentration, on est là entièrement pour le spectacle.

Ensuite, les spectacles vivants sont souvent l'occasion d'échanges avec d'autres personnes. En effet, on sort rarement seul, ce qui permet de partager à propos de ce que l'on ressent devant la représentation. De plus, l'émotion ressentie devant un spectacle peut être communicative. C'est le cas lorsque l'on observe de jeunes enfants devant un spectacle de cirque : les facéties des clowns déclenchent chez les petits des rires qui se communiquent très vite aux plus grands, et la magie du spectacle est ainsi partagée par tout le monde.

Enfin, la proximité avec les artistes est plus grande : le spectacle vivant offre un véritable moment privilégié de partage entre les artistes et le public. Ainsi, dès lors qu'ils arrivent sur scène, les chanteurs et chanteuses, que l'on voit habituellement à travers le petit écran, s'incarnent et n'hésitent pas à créer des moments de complicité avec leurs fans en s'écartant du programme prévu ou en discutant avec le public.

Les motivations qui poussent les personnes à sortir pour assister à des spectacles vivants sont donc nombreuses et peuvent rassurer sur la pérennité de ce type de loisir. Face au développement des retransmissions de films très rapides sur Internet, on pourrait également s'interroger sur l'avenir du cinéma.

Sujet 15 Jean-Christophe Rufin, *Rouge Brésil*

3 heures

Asie, juin 2019

Travail sur le texte littéraire et sur l'image

1 h 10 50 pts

Document A Texte littéraire

Dans son roman, Jean-Christophe Rufin raconte l'expédition du chevalier de Villegagnon, parti au XVI*e siècle à la conquête du Brésil.*

Le sillage du vaisseau se colorait de mauve et d'indigo tandis que s'allumait dans le ciel d'orient une étoile immobile. En cette heure ultime du jour, les vents marquaient souvent une pause, les voiles s'affaissaient et le navire, baigné de silence, semblait se recueillir pour une invisible vêpre[1]. Or, tout au contraire, ce fut le moment où parvint dans le carré, assourdi par les tapisseries, un grand tumulte venu de l'avant.

Villegagnon se précipita au-dehors et les autres à sa suite. Tout l'équipage et nombre de passagers se tenaient à la proue le nez en l'air. D'autres arrivaient encore en courant, montant de l'entrepont et des cales. Villegagnon se fraya un chemin jusqu'au beaupré[2]. L'horizon devant eux était rouge à l'endroit où le soleil finissait de disparaître. On ne voyait aucune terre ni, quand le ciel s'assombrit, aucun feu. Les vigies, d'ailleurs, n'avaient pas crié. À vrai dire, rien n'était perceptible sauf une odeur étrange, tout à la fois faible et immense. Faible parce qu'il fallait concentrer toute son attention pour en discerner la pointe dans l'air tiède ; immense parce qu'elle envahissait toutes les directions, entourait le bateau et paraissait s'étendre sur toute la surface de la mer.

Pourtant, elle ne lui appartenait pas. Le nez, de science aussi certaine que la vue ou l'ouïe, affirmait que c'était bien une senteur de terre.

Il est des terres qui exhalent l'herbe, le bétail, la pourriture, les labours. Cette odeur-là n'évoquait rien de tel. Elle était acidulée, juteuse, turgescente[3], printanière. En fermant les yeux, on avait envie de dire qu'elle était colorée, rouge, peut-être orangée.

Soudain quelqu'un découvrit le mot juste et cria que cela sentait le fruit.

REGARDER

En effet, c'était bien une essence subtile de pulpe qui se répandait en vapeur sur toute l'étendue de la mer, une immense odeur de fruit mûr. Une île se voit mais elle n'a pas ce parfum lointain et puissant. Seul un continent peut jeter aussi loin sur la mer ses fragrances végétales, tout comme l'océan envoie dans la profondeur du littoral ses embruns salés et ses senteurs de varech[4].

Villegagnon pleurait de joie dans son poing fermé et tous, autour de lui, s'embrassaient.

Il leur fallut encore naviguer deux jours pour être en vue de la côte.

Trois mois et demi s'étaient écoulés depuis leur départ du Havre.

Jean-Christophe Rufin, *Rouge Brésil,* © Éditions Gallimard, 2001.

---

1. *Vêpre* : prière du soir.
2. *Beaupré* : mât de beaupré ; l'un des principaux mâts d'un navire, situé à l'avant.
3. *Turgescente* : enflée, vive, puissante.
4. *Varech* : mélange d'algues déposé par la marée.

Document B Image

Nature morte de desserts, Georg Flegel, entre 1585 et 1638.
Peinture sur bois, Ancienne Pinacothèque, musée de Munich.

Les réponses aux questions doivent être entièrement rédigées.

Grammaire et compétences linguistiques → corrigé p. 179

1 Lignes 33 à 36 :
a. Relevez les verbes conjugués et identifiez les trois temps verbaux. **1,5 pt**
b. Indiquez la valeur de chacun de ces temps. **1,5 pt**

2 Réécrivez le passage suivant en mettant le mot « *odeur* » au pluriel. Faites toutes les modifications nécessaires.
« À vrai dire, rien n'était perceptible sauf une odeur étrange, tout à la fois faible et immense. Faible parce qu'il fallait concentrer toute son attention pour en discerner la pointe dans l'air tiède ; immense parce qu'elle envahissait toutes les directions, entourait le bateau et paraissait s'étendre sur toute la surface de la mer. » (l. 13-18) **10 pts**

3 Lignes 4 à 6 : « le navire, baigné de silence, semblait se recueillir pour une invisible vêpre. Or, tout au contraire, ce fut le moment où parvint dans le carré, assourdi par les tapisseries, un grand tumulte venu de l'avant ».
a. Quelle est la classe grammaticale du mot souligné ? **1 pt**
b. Quel lien logique exprime-t-il ? **1,5 pt**

4 Lignes 27 et 28 : « En effet, c'était bien une essence subtile de pulpe qui se répandait en vapeur sur toute l'étendue de la mer ». Relevez toutes les expansions du nom « essence » et identifiez leur classe grammaticale. **4,5 pts**

REGARDER

Compréhension et compétences d'interprétation → corrigé p. 180

1 a. Depuis combien de temps les personnages ont-ils embarqué ? **1 pt**
b. Comment le premier paragraphe met-il en relief leur attente ? Vous vous appuierez sur trois éléments du texte. **3 pts**

2 « Villegagnon se précipita au-dehors et les autres à sa suite » (l. 7). Pourquoi les personnages réagissent-ils ainsi ? **2 pts**

3 En vous appuyant sur le texte, précisez les deux émotions successives que ressentent Villegagnon et son équipage. **4 pts**

4 a. « Le nez, de science aussi certaine que la vue ou l'ouïe, affirmait que c'était bien une senteur de terre » (l. 19-20). Comment le mot « nez » est-il mis en valeur dans cette phrase ? **2 pts**
b. Identifiez le champ lexical dominant dans les lignes 21 à 32. Vous relèverez quatre mots. **3 pts**

5 Lignes 21 à 24 : « Il est des terres qui exhalent l'herbe, le bétail, la pourriture, les labours. Cette odeur-là n'évoquait rien de tel. Elle était acidulée, juteuse, turgescente, printanière. En fermant les yeux, on avait envie de dire qu'elle était colorée, rouge, peut-être orangée ». En quoi cette évocation revêt-elle une dimension poétique ? Vous appuierez votre réponse sur des relevés précis que vous commenterez. **7 pts**

6 Observez le tableau de Georg Flegel, *Nature morte de desserts*.

a. Quels effets l'évocation des sens produit-elle sur le spectateur du tableau ? **5 pts**

b. Le lecteur du texte ressent-il les mêmes émotions selon vous ? **3 pts**

Dictée → *corrigé p. 181*

20 min **10 pts**

› Écoutez la dictée avec l'application Nathan Live.

Consignes :

– On dictera le texte à haute voix à plusieurs reprises.

– On inscrira au tableau de manière lisible par l'ensemble des candidats le titre de l'œuvre, le nom de l'auteur et les mots **Atlantique**, **Europe**, **Normandie**, **Colombe**.

– On préviendra les candidats que Colombe est une femme.

Rédaction

1 h 30 **40 pts**

Vous traiterez au choix l'un des deux sujets suivants :

Sujet d'imagination → *corrigé p. 182*

› Rédigez le journal de bord de Villegagnon : il raconte l'arrivée de son équipage sur les côtes brésiliennes et leurs premières explorations dans ce nouveau monde.

Vous insisterez sur les réactions et les émotions des personnages face à cette terre exotique.

Sujet de réflexion → *corrigé p. 184*

› « Le nez, de science aussi certaine que la vue ou l'ouïe, affirmait que c'était bien une senteur de terre ». Selon vous, peut-on explorer le monde autrement que par la vue ?

Vous répondrez à cette question en vous appuyant sur votre expérience, sur les textes étudiés en classe ainsi que sur votre culture personnelle, littéraire et artistique (poésie, cinéma, musique et peinture notamment).

Sujet 15 Corrigé

Grammaire et compétences linguistiques → énoncé p. 177

Les clés pour réussir

1 b. Trouver la **valeur** d'un verbe, c'est justifier son emploi dans une phrase précise (voir fiche 6 p. 269).

3 a. Il existe **dix classes** (ou natures) **grammaticales** (voir fiche 1 p. 260).

b. Les liens logiques les plus fréquents sont la **cause**, la **conséquence**, l'**opposition** et le **but**.

4 Il existe trois grands types d'expansions du nom : les **adjectifs qualificatifs**, les **groupes prépositionnels** et les **propositions subordonnées relatives**.

1 a. Les verbes conjugués dans ce passage sont « pleurait » et « s'embrassaient » à l'imparfait, « fallut » au passé simple, et « s'étaient écoulés » au plus-que-parfait.

b. L'imparfait est ici utilisé pour faire la description de la scène, le passé simple exprime une action ponctuelle limitée dans le temps, et le plus-que-parfait sert à indiquer l'antériorité de l'action.

2 « À vrai dire, rien n'était perceptible sauf des odeurs étranges, tout à la fois faibles et immenses. Faibles parce qu'il fallait concentrer toute son attention pour en discerner la pointe dans l'air tiède ; immenses parce qu'elles envahissaient toutes les directions, entouraient le bateau et paraissaient s'étendre sur toute la surface de la mer. »

3 a. Le mot « Or » est une conjonction de coordination.
b. « Or » exprime un lien logique d'opposition.

4 Dans cette phrase, le nom « essence » est complété par trois expansions du nom de nature différente :
– « subtile » : adjectif qualificatif (fonction épithète) ;
– « de pulpe » : groupe prépositionnel (fonction complément du nom) ;
– « qui se répandait en vapeur sur toute l'étendue de la mer » : proposition subordonnée relative (fonction complément du nom).

Compréhension et compétences d'interprétation → énoncé p. 177

Les clés pour réussir

3 Appuyez-vous sur l'**ensemble du texte** pour bien identifier deux émotions différentes.

4 **a.** On parle de **mise en relief** lorsque l'ordre des mots dans la phrase est bouleversé afin d'insister sur un élément particulier.
b. Un **champ lexical** est un ensemble de mots ou expressions groupés autour d'un même thème.

5 Pour développer votre réponse, pensez à utiliser vos connaissances sur les **figures de style** (voir fiche 8 p. 273) et sur ce que vous avez étudié dans la partie « **Visions poétiques du monde** » de votre cours de français.

6 **a.** Pensez à décrire le tableau en faisant référence aux **cinq sens** : la vue, l'odorat, le toucher, l'ouïe et le goût.

1 **a.** Les personnages ont embarqué depuis trois mois et demi : « Trois mois et demi s'étaient écoulés depuis leur départ » (l. 36).
b. L'atmosphère qui règne sur le bateau met en relief l'attente des personnages. La nature semble s'être arrêtée : « étoile immobile » (l. 2), « les vents marquaient souvent une pause » (l. 3). Le navire ne bouge plus (« les voiles s'affaissaient », l. 3-4) et un profond silence, presque religieux, s'installe : « le navire, baigné de silence, semblait se recueillir pour une invisible vêpre » (l. 4-5).

2 Villegagnon et les marins sont tirés de leur attente immobile et silencieuse par « un grand tumulte venu de l'avant » (l. 6). Ils accourent donc à l'extérieur pour connaître l'origine de ce bruit.

3 Villegagnon et son équipage ressentent d'abord de l'impatience car ils sont curieux de savoir s'ils abordent enfin une terre : « Villegagnon se précipita au-dehors » (l. 7), « D'autres arrivaient encore en courant » (l. 9). Puis c'est l'euphorie qui s'empare d'eux : « Villegagnon pleurait de joie [...] et tous, autour de lui, s'embrassaient » (l. 33-34).

4 **a.** Le mot « nez » est mis en valeur en étant placé en début de phrase et détaché de la suite de la phrase par une virgule.
b. Le champ lexical dominant dans ce passage est celui de l'odorat : « exhalent », « odeur », « sentait », « essence », « parfum », « fragrances », « senteurs ».

5 Les trois énumérations successives pour décrire l'odeur lui confèrent une dimension poétique. L'auteur montre d'abord que ce n'est pas une odeur rurale liée aux terres agricoles cultivées par l'homme : « l'herbe, le bétail, la pourriture, les labours » (l. 21). Puis il indique que cette odeur est bien plus exotique et sauvage, pleine de promesses : « acidulée, juteuse, turgescente, printanière » (l. 22-23). Enfin, il associe odeur et couleurs, mêlant ainsi les sensations : « colorée, rouge, peut-être orangée » (l. 24).

6 **a.** Dans ce tableau, le peintre s'amuse avec les cinq sens du spectateur. La présentation des desserts sollicite d'abord la vue par les teintes variées des différents éléments : le vert du raisin, les tons jaune-orangé des fruits secs et des poires, les insectes rouges, le plat bleu. Le goût est évidemment présent grâce à la multiplication des desserts. L'odorat est sollicité non seulement par les parfums des fruits mais aussi par celui de la fleur blanche posée au premier plan. La présence de l'oiseau exotique à l'arrière-plan stimule symboliquement l'ouïe du spectateur. Enfin, comme la souris présente sur le côté gauche du tableau, le spectateur rêve sans doute de pouvoir toucher ces desserts.

b. Le sens le plus sollicité pour le lecteur du texte est celui de l'odorat. Les parfums évoqués font naître en lui les mêmes émotions que celles ressenties par les marins, principalement l'impatience de confirmer par les autres sens ce qu'il aura imaginé grâce aux odeurs. Pour le spectateur du tableau, la stimulation des cinq sens entraîne également une certaine impatience de pouvoir s'attabler face à ces desserts pour satisfaire physiquement ce qu'il aura imaginé.

Dictée → *énoncé p. 178*

Les clés pour réussir

Bien conjuguer

- Le **passé simple** de l'indicatif a deux types de terminaisons : l'un pour les verbes en *-er* (*-ai, -as, -a, -âmes, -âtes, -èrent*), l'autre pour tous les autres verbes (*i/u/in + -s, -s, -t, -^mes, -^tes, -rent*).
- L'**imparfait** de l'indicatif a des terminaisons semblables pour les trois groupes : *-ais, -ais, -ait, -ions, -iez, -aient.*
- Pour former le **conditionnel présent**, on ajoute généralement les terminaisons de l'imparfait à l'infinitif du verbe.

Ne pas confondre

- **« fut » / « fût »** : « fut » est le passé simple du verbe « être » à la troisième personne du singulier ; « fût » est le subjonctif imparfait du verbe « être » à la troisième personne du singulier. On le rencontre après certaines conjonctions de subordination, lorsqu'un doute ou une incertitude est exprimé(e).
- **« ou » / « où »** : la conjonction de coordination « ou » peut être remplacée par « ou bien » ; le pronom relatif « où » désigne un lieu ou un moment.

Bien orthographier

- « **souffle** » : pensez aux deux « f ».
- « **jade** » : pierre aux tonalités vertes.

C'était une immense plage vierge, ouverte sur l'Atlantique où d'énormes rouleaux de vagues éclataient en gerbes. Le souffle du vent était si fort qu'il faisait voler les cheveux et frissonner de fraîcheur. Mais le sable était tout cuisant de soleil. Colombe resta longtemps plantée face à l'horizon teinté de jade. En esprit et si improbable que cela fût, il lui semblait distinguer, au plus lointain de cette mer au dos rond, la ligne des côtes de l'Europe et les grises landes du rivage de Normandie. Ce n'était pas une nostalgie, bien au contraire, seulement l'effort pour réunir les deux berges de sa vie, le passé et le présent, sans savoir encore de quel côté finirait par rouler le dé de l'avenir.

Jean-Christophe Rufin, *Rouge Brésil*, © Éditions Gallimard, 2001.

Travail d'écriture – Sujet d'imagination → énoncé p. 178

Les clés pour réussir

La situation de communication

- Un journal de bord est un **récit de type autobiographique** qui est rédigé à la **première personne**. Dans ce sujet, il faut **intégrer l'équipage au récit**, donc vous alternerez entre les pronoms « je », « nous » et « ils ».
- Un journal est écrit **jour après jour**. Le narrateur raconte les événements de sa vie et les analyse avec une certaine **spontanéité**. Il n'y a donc pas la distance que l'on retrouve dans un récit de souvenir par un narrateur devenu adulte.
- Un journal de bord possède une **mise en page particulière** que vous devez respecter : annonce de la date (« Jour 1 ») suivie d'un deux-points, puis récit des événements de la journée.
- Vous pouvez faire référence à des éléments du **texte initial** puisqu'il précède l'arrivée sur les côtes brésiliennes.

Le contexte

- Villegagnon est un chevalier français qui **découvre le Brésil au XVIe siècle**. Faites attention aux **anachronismes** : évitez d'intégrer des éléments de notre époque (par exemple un téléphone portable) dans le récit !
- Pour les marins du XVIe siècle, le Brésil est une **terre exotique** qui peut paraître à la fois **attirante** et **dangereuse**. Pensez à mêler des **réactions** et des **émotions** qui vont dans ces deux sens.

Méthode

Pour vous aider, nous vous avons indiqué en couleur les parties de la rédaction qui répondent aux consignes.

Journal de bord Réactions et émotions |...| Description d'une terre exotique

Brésil, jour 1 : Belle journée ! À l'aube, l'impatience était palpable lorsque nous avons mis les chaloupes à l'eau. Trois mois et demi que nous attendions ce moment ! Certains marins commençaient même à douter que l'on trouverait un jour une terre... Nous avons mouillé l'ancre dans une baie qui semble abritée des vents dominants. J'ai ordonné la mise à l'eau de cinq embarcations que nous avons chargées d'armes et de colifichets en cas de rencontre avec des autochtones. Le débarquement ne s'est pas passé comme prévu, le ressac ayant rendu l'accostage difficile : une barque s'est retournée et nous avons perdu deux barils de poudre. Qu'importe, en posant le pied à terre nous étions au comble de la joie : j'ai embrassé la plage et planté mon épée dans le sable, tandis que les marins improvisaient des danses et des chants. Personne ne semble habiter ce rivage. C'est un lieu paradisiaque : le sable est blanc comme neige et paraît n'avoir jamais été foulé par le pas de l'homme. La mer est transparente, on aperçoit des poissons multicolores qui s'éloignent à peine lorsque nous approchons. Un marin a même vu une tortue qui nageait entre deux eaux. L'orée de la forêt est proche. C'est une forêt dense et nous nous sommes arrêtés aux premiers arbres, qui sont très hauts. Leurs larges feuilles ramifiées retombent vers le sol et des grappes de noix démesurées pendent lourdement. Un marin malchanceux en a reçu une sur l'épaule, ce qui a provoqué l'hilarité de ses compagnons ! Ce soir, le campement est établi autour d'un grand feu. J'ai posté des gardes tout autour de nous, car certains marins disent avoir vu du mouvement dans les arbres. Demain, nous avancerons bien armés à l'intérieur de la forêt pour trouver un lieu propice à l'établissement de notre colonie.

Jour 2 : Au réveil, nous avons eu une grande frayeur : venue d'on ne sait où, une tribu d'Indiens s'est présentée devant notre campement ! Des hommes, des femmes et des enfants quasiment nus nous encerclaient presque. Les marins se sont précipités sur leurs armes, prêts à en découdre avec ces sauvages. Heureusement, j'ai avisé un homme qui semblait être leur chef : des peintures ornaient son visage et deux solides gaillards armés de lances en bois se tenaient à ses côtés. J'ai appelé notre « truchement », un jeune prêtre de Honfleur qui a étudié de nombreuses langues et devrait pouvoir communiquer avec les populations locales. Doucement, nous nous sommes approchés du chef. Un silence pesant régnait sur la plage, la tension était vive et il aurait suffi d'un geste mal interprété pour que tout dégénère en bain de sang ! Je me suis avancé, les mains en avant, présentant quelques colliers de verre dont je sais que les populations indigènes sont avides. Le chef n'a rien dit, il nous a observés pendant un moment qui m'a semblé une éternité. Puis, d'un mouvement de tête, il a fait intervenir deux femmes à demi nues – j'ai baissé le regard – qui portaient d'étranges fruits avec des écailles, surmontés d'un panache de feuilles vertes et piquantes. Un guerrier a levé une machette, ce qui nous a fait reculer d'un pas, et, d'un geste sûr, il a découpé ces fruits pour nous les offrir ! Craignant une ruse, c'est notre cuisinier qui les a goûtés le premier... Après quelques instants, son visage s'est éclairé. « C'est tout simplement délicieux ! » a-t-il déclaré avec un large sourire. Dès lors, les tensions sont retombées. Les marins ont sorti les verroteries, les sauvages ont coupé des fruits, et les langues se sont déliées, chacun s'amusant de l'allure de l'autre. Les échanges ont commencé, et ce peuple semble plutôt pacifiste. Nous avons appris le nom du fruit dans leur langue : « nananas ». Sous une carapace hostile, il est extrêmement doux et sucré, peut-être à l'image de ces habitants... Cependant, je reste méfiant. Les guerriers portent d'étranges parures faites d'os qui pourraient être des restes humains. Il est possible que l'anthropophagie subsiste dans ce monde éloigné de notre civilisation. Demain, nous entreprendrons la construction d'une solide barricade de bois.

Travail d'écriture – Sujet de réflexion → énoncé p. 178

Les clés pour réussir

L'introduction

- Annoncez le **thème** : la découverte du monde par les sens.
- Présentez le **sujet** : recopiez ou reformulez la question posée.
- Annoncez votre **plan**.

Le développement

- Le sujet vous invite à réfléchir sur la découverte du monde par les autres sens que la vue. Vous pouvez donc organiser votre devoir en accordant **un paragraphe à chaque sens.**
- Vous veillerez à illustrer vos idées par des **exemples précis** et **variés.**

La conclusion

- Dressez un rapide **bilan** de votre réflexion.
- Terminez avec une phrase d'**ouverture** pour élargir la question en restant sur le même thème.

Méthode

Pour vous aider, nous vous avons indiqué en couleur les parties de la rédaction qui répondent aux consignes.

Indicateurs logiques | Arguments | |...| Exemples

Le texte de Jean-Christophe Rufin insiste sur les sens qui permettent de découvrir le monde. L'extrait étudié met en évidence que la vue ne prime pas toujours sur les autres sens. On peut effectivement s'interroger sur la place de l'odorat, du goût, du toucher et de l'ouïe dans notre exploration du monde. Nous étudierons des exemples qui illustreront l'importance de ces quatre sens.

Commençons par l'odorat. Évoqué dans le texte, ce sens permet d'appréhender le monde avant même de le voir. On observe d'ailleurs souvent, au quotidien, des personnes qui ferment les yeux pour mieux se concentrer sur un parfum et identifier son origine, ses fragrances dominantes. Ainsi, dans le roman *Le Parfum* de Patrick Süskind, le héros, Jean-Baptiste Grenouille, doté d'un sens olfactif particulièrement développé, se laisse guider par les odeurs à travers la ville de Paris pour découvrir leurs origines. Très vite, il connaît toutes les odeurs de la ville, en étant capable de les associer à des lieux et à des personnes de façon plus sûre qu'il ne le ferait par le regard.

Vient ensuite le toucher, qui offre un contact direct avec l'environnement. Dans une société de plus en plus tournée vers les nouvelles technologies, ce sens tient une place prédominante. Les écrans tactiles sont utilisés sur tous les smartphones, mais aussi dans les entreprises et les écoles, où l'on a compris le gain de temps qu'apporte l'utilisation de ces technologies s'appuyant sur l'usage intuitif du toucher. En outre, le sens du toucher est particulièrement précieux pour les personnes déficientes visuelles : au-delà de l'écriture en braille qui tend à se généraliser dans les lieux publics, les villes modernes installent des surfaces podotactiles au bord des trottoirs pour signaler des obstacles, des changements de niveau ou des dangers. Ces équipements présentent le double avantage d'être visibles et sensibles pour tout le monde.

Le goût est également un sens qui permet de découvrir le monde. En voyageant, on découvre de nouvelles saveurs et on remet en question ses propres goûts, souvent fondés sur des habitudes prises dès l'enfance. D'ailleurs, de nombreux écrivains associent le goût aux souvenirs de l'enfance et montrent à quel point la perception du monde peut être liée aux plaisirs gustatifs. C'est le cas d'Anny Duperey qui évoque, dans son autobiographie *Le Voile noir*, les dimanches où sa grand-mère « entrait en pâtisserie » et lui faisait découvrir le monde à travers des bocaux d'ingrédients aux saveurs variées.

Enfin, l'ouïe nous entraîne dans des univers sonores nouveaux qui peuvent déranger, attirer, émouvoir… La découverte des musiques du monde permet d'appréhender de nouvelles cultures, de rencontrer de nouvelles personnes. Par exemple, les chanteurs Amadou et Mariam ont fait découvrir la musique malienne au public français au début des années 2000. Le succès de leur album *Dimanche à Bamako* a piqué la curiosité d'un large public qui ne s'est pas contenté d'écouter la musique, mais s'est également ouvert à la culture africaine et intéressé aux problèmes de nombreux peuples de ce continent.

Les cinq sens n'ont pas de hiérarchie. Ils peuvent être complémentaires et s'appuyer les uns sur les autres pour pallier des situations de handicap. Leur principal intérêt réside dans l'ouverture sur le monde à laquelle ils nous invitent. Dans des sociétés parfois très centrées sur l'individu, nos sens nous encouragent sans cesse à aller à la rencontre des autres pour remettre en question nos certitudes et élargir notre façon de « voir ».

Sujet 16 Andrée Chedid, *L'Enfant multiple*

3 heures

D'après France métropolitaine, septembre 2018

Travail sur le texte littéraire et sur l'image

1 h 10 **50 pts**

Document A Texte littéraire

Orphelin mutilé par la guerre, le jeune Omar-Jo a fui son pays. Il a été accueilli à Paris par des cousins. Il a pour ami Maxime, le responsable d'un manège. Il organise des spectacles.

Lorsqu'il sentait son public avec lui, applaudissant et riant de ses loufoqueries[1], Omar-Jo changeait brusquement de répertoire.

D'abord, il faisait taire la musique ; ses pitreries se fracassaient contre un mur invisible. Ensuite, il laissait un silence opaque planer au-dessus des spectateurs.

D'un seul geste, il arrachait alors les rubans ou les feuillages qui dissimulaient son moignon[2]. Puis, il présentait celui-ci au public, dans toute sa crudité.

Il ôtait son faux nez. En se frottant avec un pan de sa chemise, il se débarbouillait de son maquillage. Sa face apparaissait d'une pâleur extrême ; enfoncés dans leurs orbites, ses yeux étaient d'un noir infini.

Il s'était également dépouillé de ses déguisements qui s'entassaient à ses pieds. Il les piétina avant de grimper sur leurs dépouilles comme sur un monticule, d'où il se remit à parler.

Ce furent d'autres paroles.

Elles s'élevaient du tréfonds, extirpant Omar-Jo de l'ambiance qu'il avait lui-même créée. Oubliant ses jongleries, il laissait monter cette voix du dedans. Cette voix âpre, cette voix nue qui, pour l'instant, recouvrait toutes ses autres voix.

L'enfant multiple n'était plus là pour divertir. Il était là aussi pour évoquer d'autres images. Toutes ces douloureuses images qui peuplent le monde.

Mené par sa voix, Omar-Jo évoque sa ville récemment quittée. Elle s'insinue dans ses muscles, s'infiltre dans les battements du cœur, freine le voyage du sang. Il la voit, il la touche, cette cité lointaine.

AGIR

Il la compare à celle-ci, où l'on peut, librement, aller, venir, respirer ! Celle-ci, déjà sienne, déjà tendrement aimée.

Ici, les arbres escortent les avenues, entourent les places. De robustes bâtiments font revivre les siècles disparus, d'autres préfigurent l'avenir. Une population diversifiée flâne ou se hâte. Malgré problèmes et soucis, ils vivent en paix. En paix !

Là-bas les îlots en ruine se multiplient, des arbres déracinés pourrissent au fond de crevasses, les murs sont criblés de balles, les voitures éclatent, les immeubles s'écroulent. D'un côté comme de l'autre de cette cité en miettes, on brade les humains !

Omar-Jo se déchaîne, ses paroles flambent. Omar-Jo ne joue plus. Il contemple le monde, et ce qu'il en sait déjà ! Ses appels s'amplifient, il ne parle pas seulement pour les siens. Tous les malheurs de la terre se ruent sur ce Manège.

Tout s'est immobilisé. Les chevaux ont terminé leur ronde. Le public écoute, pétrifié[3].

Maxime, perplexe, n'ose pas faire taire l'étrange enfant.

Après ces cris d'angoisse, il ne reste d'autre issue que de renouer avec la vie.

Omar-Jo ressort de sa poche son vieil harmonica et, retrouvant son souffle, il en tire, une fois de plus, des sons mélodiques et vivaces.

Andrée Chedid, *L'Enfant multiple*, © Éditions Flammarion, 1989.

1. *Loufoqueries* : actes, propos extravagants, insensés.
2. *Moignon* : ce qui reste d'un membre qui a été amputé.
3. *Pétrifié* : au sens propre, « transformé en pierre » ; au sens figuré, « immobilisé ».

Document B **Image**

Enfants jouant dans les ruines de Damas, AFP, 2016.

Les réponses aux questions doivent être entièrement rédigées.

Grammaire et compétences linguistiques → corrigé p. 191

1 « Il s'était également dépouillé de ses déguisements qui s'entassaient à ses pieds » (l. 12-13).

a. Réécrivez la phrase et soulignez son verbe principal. À quel temps est-il conjugué ? **2 pts**

b. Délimitez le groupe complément du verbe principal en le plaçant entre crochets. **1 pt**

c. Pour vérifier la délimitation du groupe complément, réécrivez la phrase en remplaçant ce complément de verbe par un pronom. **1 pt**

2 « sa ville récemment quittée » (l. 23) ; « Il la voit, il la touche, cette cité lointaine » (l. 25).

a. À quelle classe grammaticale précise appartient le déterminant « sa » ? **1 pt**

b. À quelle classe grammaticale précise appartient le déterminant « cette » ? **1 pt**

c. Pourquoi le narrateur change-t-il de déterminant pour désigner la même ville évoquée par Omar-Jo ? **2 pts**

3 Mettez le passage ci-dessous au passé composé. Faites toutes les modifications nécessaires.

« Elle s'insinue dans ses muscles, s'infiltre dans les battements du cœur, freine le voyage du sang. Il la voit, il la touche, cette cité lointaine. » (l. 23 à 25) **10 pts**

Compréhension et compétences d'interprétation → corrigé p. 191

1 Lignes 1 à 14 :

a. Dans quel rôle Omar-Jo apparaît-il au début du texte ? Justifiez votre réponse par quatre relevés précis. **3 pts**

b. Quels éléments montrent qu'il abandonne progressivement ce rôle ? Vous vous appuierez sur le lexique et l'enchaînement des phrases. **3 pts**

2 Lignes 15 à 22 : Comment le texte met-il en valeur la puissance de la parole d'Omar-Jo ? Vous justifierez votre réponse en vous appuyant sur un relevé précis que vous interpréterez. Deux éléments au moins sont attendus. **4 pts**

3 Lignes 23 à 35 : Quelles oppositions Omar-Jo souligne-t-il dans l'évocation des deux villes ? Identifiez ces oppositions en vous appuyant sur des relevés significatifs. **6 pts**

4 Face à la parole d'Omar-Jo, la réaction du public change. Montrez ce changement. Expliquez-le en vous appuyant sur le texte. **4 pts**

5 « L'enfant multiple » (l. 20) : à la lumière du texte et de vos réponses aux questions précédentes, expliquez cette expression, qui donne son titre à l'œuvre. On attend un paragraphe construit, développé et argumenté (deux arguments au moins). **6 pts**

6 Le texte met en valeur la puissance de la parole sur le public. Selon vous, l'image proposée peut-elle aussi agir sur ceux qui la regardent ? Vous justifierez votre réponse. **6 pts**

Dictée → *corrigé p. 193* 20 min **10 pts**

› Écoutez la dictée avec l'application Nathan Live.

Consignes :
– On dictera le texte à haute voix à plusieurs reprises.
– On inscrira au tableau de manière lisible par l'ensemble des candidats le titre de l'œuvre, le nom de l'auteur et les mots **Maxime** et **Manège**.
– On donnera aux candidats les informations suivantes : « Dans le texte de la dictée, le grand-père d'Omar-Jo resté dans son pays répond à une lettre de Maxime, le responsable du manège. »

Rédaction 1 h 30 **40 pts**

Vous traiterez au choix l'un des deux sujets suivants :

Sujet d'imagination → *corrigé p. 194*

› L'un des parents a emmené ses enfants au spectacle d'Omar-Jo. À son retour à la maison, il raconte à un autre membre de la famille la scène à laquelle il a assisté, « pétrifié » (l. 41). Il décrit dans son récit les émotions qu'il a ressenties.

Vous écrirez votre récit à la première personne.

Sujet de réflexion → *corrigé p. 196*

› « L'enfant multiple n'était plus là pour divertir. Il était là aussi pour évoquer d'autres images. Toutes ces douloureuses images qui peuplent le monde. » Peut-on faire aussi réfléchir en divertissant ?

Vous répondrez à cette question en développant plusieurs arguments. Vous prendrez appui sur des exemples d'œuvres lues et étudiées en classe ou sur des exemples tirés de votre culture personnelle.

Sujet 16 Corrigé

Grammaire et compétences linguistiques → énoncé p. 189

Les clés pour réussir

1 **b.** Un **complément de verbe** complète le **verbe** en lui apportant des informations complémentaires. C'est un complément essentiel, qu'on peut difficilement supprimer ou déplacer. Le complément de verbe a souvent pour fonction **complément d'objet** (COD, COI ou COS).

c. N'oubliez pas les **pronoms adverbiaux** « en » et « y ».

2 Les **déterminants** entrent dans la composition du groupe nominal. Ils sont **placés devant le nom** avec lequel ils s'accordent en genre (masculin/féminin) et en nombre (singulier/pluriel). Il en existe plusieurs catégories dont, notamment, les **articles définis** et **indéfinis**, les **déterminants possessifs** et **démonstratifs**…

3 Pour cette réécriture, prêtez une attention particulière aux **accords des participes passés** (voir fiche 3 p. 264).

1 **a.** Il <u>s'était</u> également <u>dépouillé</u> de ses déguisements qui s'entassaient à ses pieds.

Le verbe principal « se dépouiller » est conjugué au plus-que-parfait de l'indicatif.

b. Il s'était également dépouillé [de ses déguisements qui s'entassaient à ses pieds].

c. Il s'**en** était également dépouillé.

2 **a.** Le déterminant « sa » est un déterminant (ou adjectif) possessif.

b. Le déterminant « cette » est un déterminant (ou adjectif) démonstratif.

c. Le narrateur change de déterminant pour montrer que la ville échappe à Omar-Jo, qu'elle s'éloigne de lui pour devenir « lointaine », physiquement et dans sa mémoire.

3 « Elle s'<u>est insinuée</u> dans ses muscles, s'<u>est infiltrée</u> dans les battements du cœur, <u>a freiné</u> le voyage du sang. Il l'<u>a vue</u>, il l'<u>a touchée</u>, cette cité lointaine. »

Compréhension et compétences d'interprétation → énoncé p. 189

Les clés pour réussir

Pour cette série de questions, soyez bien attentif aux lignes indiquées dans les questions : elles sont d'une aide précieuse.

1 b. Pour montrer l'enchaînement des phrases, pensez à relever les connecteurs temporels.

2 Les procédés de mise en relief peuvent être des figures de style ou des écarts par rapport à l'ordre habituel des mots.

4 Pour montrer le changement dans l'attitude du public, comparez bien le début et la fin du texte, à chaque fois que vous lisez le mot « public ».

5 Chaque argument doit être accompagné d'une citation du texte.

1 a. Au début du texte, Omar-Jo joue un rôle de clown, comme le montrent plusieurs indices :
- « ses loufoqueries » (l. 1-2) ;
- « ses pitreries » (l. 3) ;
- « son faux nez » (l. 9) ;
- « son maquillage » (l. 10) ;
- « ses déguisements » (l. 12).

b. Le lexique utilisé montre qu'Omar-Jo abandonne son rôle de clown : « il faisait taire la musique » (l. 3), « ses pitreries se fracassaient contre un mur invisible » (l. 3-4), « il arrachait alors les rubans » (l. 6), « Il ôtait son faux nez » (l. 9)... Cet abandon progressif est marqué par les connecteurs temporels qui introduisent les phrases : « D'abord », « Ensuite », « alors », « Puis ».

2 La puissance de la parole d'Omar-Jo est mise en valeur par plusieurs procédés. Elle est d'abord soulignée par l'utilisation du présentatif « Ce furent », qui repousse le mot « paroles » en fin de phrase pour le mettre en relief (l. 15). Les paroles d'Omar-Jo sont ensuite personnifiées, donnant l'impression qu'elles sont autonomes, qu'elles agissent de leur propre volonté sans être commandées par le personnage : « Elles s'élevaient » (l. 16), « il laissait monter cette voix du dedans » (l. 17-18). Enfin, il y a une reprise anaphorique du groupe nominal « cette voix », qui est répété trois fois et opposé à « toutes ses autres voix » (l. 19) : la voix unique l'emporte ainsi sur les voix plurielles.

3 Les deux villes sont clairement opposées point par point dans les deux paragraphes commençant par « Ici » (l. 28) et « Là-bas » (l. 32). Les « arbres [qui] escortent les avenues, entourent les places » (l. 28) deviennent des « arbres déracinés [qui] pourrissent » (l. 32-33) ; les « robustes bâtiments » (l. 28-29) se transforment en « îlots en ruine » (l. 32) ; la « paix » (l. 31) s'oppose aux images de guerre : « les murs sont criblés de balles, les voitures éclatent, les immeubles s'écroulent » (l. 33-34) ; « ici » la « population diversifiée flâne » (l. 30) alors que « là-bas » « on brade les humains » (l. 35).

4 Face à la gravité des propos d'Omar-Jo, les spectateurs changent d'attitude : ils ne sont plus face à un clown rieur devant qui ils étaient « applaudissant et riant » (l. 1) mais face à un clown triste qui leur révèle la réalité du monde. Ils prennent conscience des horreurs de la guerre en écoutant cet enfant : « Le public écoute, pétrifié » (l. 40-41).

5 « L'enfant multiple » porte bien son nom : il est d'ici et de là-bas, de la paix et de la guerre ; il évoque « sa ville récemment quittée » et aime déjà tendrement la nouvelle, qu'il dit « sienne » (l. 27). C'est un enfant capable de divertir son public en le faisant rire par « ses pitreries » (l. 3), mais qui change « brusquement de répertoire » (l. 2) et se présente avec gravité comme un enfant mutilé par la guerre en montrant « son moignon » (l. 7). Son message est universel : il évoque « tous les malheurs de la terre » (l. 38) et il incarne une humanité capable de rire et de pleurer. Il est porteur d'espoir puisqu'aux « cris d'angoisse » (l. 43) il fait succéder « des sons mélodiques et vivaces » (l. 46).

6 Cette photographie de presse de 2016 présente deux enfants jouant dans les ruines d'une ville détruite par la guerre. Cette image est touchante par le contraste entre ces deux mondes – celui de l'enfance et celui de la guerre – qui ne devraient pas se rencontrer. Les enfants sont seuls dans la rue et très vulnérables : le spectateur peut craindre qu'à tout moment les combats reprennent et brisent leur élan. Mais l'image est aussi porteuse d'espoir : au milieu de ce champ de ruines grises, les enfants courant avec des ballons multicolores semblent se moquer de la guerre et annoncer une renaissance possible, un avenir où les rires, comme dans le texte, permettront de « renouer avec la vie » (l. 43-44).

Dictée → *énoncé p. 190*

Les clés pour réussir

Bien conjuguer

- Le futur simple de l'indicatif a des terminaisons communes aux trois groupes : *-rai, -ras, -ra, -rons, -rez, -ront.*
- Le présent de l'indicatif a des terminaisons différentes pour les trois groupes. N'oubliez pas les « e » muets de troisième personne des verbes du 1er groupe (ex. : il joue, il balaie…).

Ne pas confondre

« tous » / « tout » : le déterminant « tout » devient « tous » devant un mot au pluriel (ex. : tous les enfants).

Bien accorder

« les armes se sont tues » : les participes passés des verbes essentiellement pronominaux s'accordent avec le sujet.

Bien orthographier

- **« soucoupe »** : par association d'idées sur la forme de la sous-tasse.
- **« quelque »** ou **« quelques »** : les deux orthographes sont acceptées.

Ami Maxime, pour mon petit-fils, merci !

Je viendrai voir votre Manège, un jour. En attendant, il tourne dans ma tête ; je le chéris et le décore de tous les fruits de mon jardin. Par moments, il s'élève comme une soucoupe volante, et plane ou tournoie juste au-dessus de ma maison.

Depuis quelque temps, nos journées sont tranquilles. Les transports publics sont rétablis, le courrier a repris. Je crois pouvoir, bientôt, t'expédier des abricots et des pêches. Tu t'en régaleras.

Notre existence, notre Manège à nous, s'enfonce encore dans les ruines ; mais à présent que les armes se sont tues, de village en village nous arrivons, peu à peu, à recomposer la chaîne, et à nous retrouver. Il faudra bien que ça tourne rond, un jour ! Que notre peuple tout entier remonte sur le même Manège qui s'ébranlera, progressera, sur une musique d'espoir.

Andrée Chedid, *L'Enfant multiple*, © Éditions Flammarion, 1989.

Travail d'écriture – Sujet d'imagination → énoncé p. 190

Les clés pour réussir

La situation de communication

- Votre texte doit se situer au **retour à la maison**, juste après le texte initial.
- La narration doit se faire à la **première personne** (je), et vous devez incarner un parent qui a assisté au spectacle.
- Vous devez être **fidèle au déroulé du texte initial** pour raconter le spectacle dans le même ordre. Mais veillez à ne pas reprendre les phrases du texte.
- Pensez à exprimer les **différentes émotions** (positives et négatives) ressenties par votre personnage.

La présentation du dialogue

- Pour introduire le dialogue, il faut **mettre un deux-points** (:), **aller à la ligne** et **ouvrir des guillemets** («). Puis, à chaque nouvelle intervention d'un personnage dans le dialogue, il faut aller à la ligne et **mettre un tiret** (–). Les guillemets ne seront fermés qu'à la fin du dialogue.
- Attention, le dialogue est ici mené par l'adulte qui raconte. Ne cherchez pas à avoir un équilibre parfait entre les interlocuteurs.

Méthode

Pour vous aider, nous vous avons indiqué en couleur les parties de la rédaction qui répondent aux consignes.

Récit Dialogue Émotions

« Alors, ce spectacle de clown ? » lance ma femme d'un ton enjoué à notre retour à la maison. Les enfants, les yeux un peu rouges, ne sont pas encore prêts à répondre. Moi-même, j'ai du mal à renouer avec la réalité depuis que nous avons quitté le Manège, tant j'ai l'impression d'avoir vécu un moment privilégié et hors du temps. Je rassemble un peu mes esprits :

« Je vais te raconter… C'était magique et très inattendu.

– Vous avez l'air un peu ailleurs, s'étonne mon épouse.

– C'est que… nous arrivons d'ailleurs, c'était un véritable voyage. Il y avait un jeune garçon rieur et farceur, grimé comme un clown. Il jonglait, multipliait les pirouettes, faisait mine de tomber, se rattrapait au son d'une musique endiablée comme s'il s'accrochait aux notes pour tenir debout. J'ai ri, j'ai ri comme je n'avais pas ri depuis longtemps, d'un de ces rires partagés qui se communiquent avec les enfants et l'ensemble des spectateurs. On aurait dit une chaîne humaine reliée par le même sentiment d'euphorie !

– Tu en parles comme si tu y étais encore, ça devait être vraiment drôle !

– Drôle… Oui, mais ça n'a pas duré. Soudain, le clown s'est tu. Il s'est immobilisé, démaquillé et a quitté son rôle pour se présenter à nous dans toute sa vérité et sa simplicité. »

Je laisse passer un silence pour retrouver les images dans ma tête avant de reprendre :

« Il nous a raconté sa vie : c'est un orphelin qui a fui son pays en guerre. Il a perdu un bras, arraché par l'explosion d'une mine dans la rue où il jouait enfant. Il a tout évoqué, sans fioritures : les bombardements, la peur omniprésente, la douleur dans la chair, la douleur dans la tête, les destructions… Personne n'osait parler, on était tous pendus à ses lèvres. Il nous apportait une leçon d'humanité en nous révélant une réalité que nous ne voulons pas voir et qui pourtant se déroule à quelques heures de chez nous. J'ai pleuré, nous avons tous pleuré, je crois, touchés par la douleur de notre semblable, un enfant, capable de passer du rire aux larmes et de nous emporter avec lui.

Et puis, quand il a su que nous avions compris, il a laissé s'installer le silence avant de continuer à nous parler avec sa musique. Une musique pleine d'espoir qui nous a tous ramenés à la vie. »

Travail d'écriture – Sujet de réflexion → énoncé p. 190

Les clés pour réussir

L'introduction

- Annoncez le **thème** : vous pouvez, par exemple, faire référence au texte étudié.
- Présentez le **sujet** : recopiez ou reformulez la question posée par le sujet.
- Annoncez votre **plan**.

Le développement

- Le sujet vous invite à **développer plusieurs arguments.** Vous organiserez donc votre devoir en plusieurs paragraphes (au moins trois), contenant chacun un argument et un exemple précis.
- Pensez à convoquer les textes et documents étudiés en classe, notamment dans le chapitre « Dénoncer les travers de la société ».

La conclusion

- Précisez votre avis en répondant clairement à la question posée par le sujet.
- Terminez avec une phrase d'ouverture pour élargir la question en restant sur le même thème.

Méthode

Pour vous aider, nous vous avons indiqué en couleur les parties de la rédaction qui répondent aux consignes.

Indicateurs logiques — Arguments — |…| Exemples

À l'instar d'Omar-Jo, qui capte l'attention de son public en le faisant rire pour mieux lui transmettre ensuite un message grave, de nombreux artistes mettent leur art au service d'une cause en utilisant le divertissement. Peut-on ainsi faire réfléchir en divertissant ? Nous répondrons à cette question en montrant à travers trois paragraphes ce que le divertissement apporte à la réflexion.

Dans un premier temps, le divertissement s'adresse à un public très large : il touche toutes les classes sociales et permet ainsi la diffusion très étendue d'un message qui peut toucher une majorité de la population. C'est notamment le cas des films comiques qui sensibilisent les spectateurs à des faits de société parfois difficiles à évoquer, comme le film *Intouchables* sorti en 2011, qui aborde la question du handicap par le biais de l'humour et invite chacun à réfléchir sur la place des personnes handicapées dans notre société.

Par ailleurs, l'humour est une arme efficace pour prendre de la distance par rapport aux sujets traités et offrir ainsi la possibilité de réfléchir à tous les sujets, quelle que soit leur gravité. Par exemple, les caricaturistes qui dessinent chaque jour dans la presse papier ou en ligne savent en quelques traits de crayon révéler les horreurs de l'actualité. Le dessinateur Plantu a ainsi regroupé dans l'association « *Cartooning for Peace* » – qui publie sur un site Internet – des dessinateurs de presse de tous les pays pour sensibiliser les lecteurs à nos problèmes de société, au premier rang desquels la paix dans le monde.

Enfin, l'humour et le divertissement permettent de souligner le ridicule de certaines situations et de mettre en avant nos travers ou nos contradictions pour en dénoncer l'absurdité. Cette prise de conscience entraîne une réflexion des lecteurs ou des spectateurs qui peut les amener à changer leur comportement. Voltaire, au XVIIIe siècle, utilisait ainsi l'ironie dans son conte *Candide* pour dénoncer le fanatisme religieux et les perpétuelles guerres qui ne font que précipiter les peuples dans une « boucherie héroïque » dont personne ne ressort grandi.

Pour conclure, le divertissement est donc un média efficace pour pousser à la réflexion : en faisant appel à nos émotions, il sollicite notre intelligence, « mêlant l'utile à l'agréable » comme l'écrivait le poète latin Horace. L'humour étant un des outils principaux du divertissement, on pourrait également s'interroger sur ses caractéristiques et ses utilisations.

Sujet 17 Robert Antelme, *L'Espèce humaine*

3 heures

Guyane, juin 2017

Travail sur le texte littéraire et sur l'image

1 h 10 **50 pts**

Document A Texte littéraire

Robert Antelme raconte un souvenir qu'il a vécu avec Gaston et ses amis, lorsqu'il était au camp allemand de Gandersheim.

Gaston dit à peu près ceci :

« Camarades, on a pensé qu'il était nécessaire de profiter d'un après-midi comme celui-ci pour se retrouver un peu ensemble. On se connaît mal, on a faim. Il faut sortir de là. Ils ont voulu faire de nous des bêtes en nous faisant vivre dans des conditions que personne, je dis personne, ne pourra jamais imaginer. Mais ils ne réussiront pas. Parce que nous savons d'où nous venons, nous savons pourquoi nous sommes ici. La France est libre mais la guerre continue, elle continue ici aussi. Si parfois il nous arrive de ne pas nous reconnaître nous-mêmes, c'est cela que coûte cette guerre et il faut tenir. Mais pour tenir, il faut que chacun de nous sorte de lui-même, il faut qu'il se sente responsable de tous. Ils ont pu nous déposséder de tout mais pas de ce que nous sommes. Nous existons encore. Et maintenant, ça vient, la fin[1] arrive, mais pour tenir jusqu'au bout, pour leur résister et résister à ce relâchement qui nous menace, je vous le redis, il faut que nous tenions et que nous soyons tous ensemble. » […]

Gaston qui était descendu du tréteau y remonta pour annoncer que des copains allaient chanter et dire des poésies. Il annonça d'abord Francis.

Francis monta sur les planches. Il était petit, beaucoup moins massif que Gaston. Il avait, lui aussi, enlevé son calot[2]. Son crâne était plus blanc que celui de Gaston, et sa figure plus maigre encore. Il tenait son calot dans sa main et paraissait intimidé. Il resta un instant ainsi, attendant que le silence se fasse, mais dans le fond du *block*[3] les conversations continuaient. Alors il s'est tout de même décidé à commencer.

Heureux qui comme Ulysse a fait un beau voyage…[4]

Il disait très lentement d'une voix monocorde et faible.

– Plus fort ! criaient des types au fond de la chambre.

… *Et puis est retourné plein d'usage et raison…*

Francis essayait de dire plus fort, mais il n'y parvenait pas. Sa figure était immobile, triste, ses yeux étaient fixes. L'hiver du *zaunkommando*[5] était imprégné dessus ; sur sa voix aussi qui était épuisée. Il mettait toute son application à bien détacher les mots et à garder le même rythme dans sa diction. Jusqu'au bout il se tint raide, angoissé comme s'il avait eu à dire l'une des choses les plus rares, les plus secrètes qui lui fût jamais arrivé d'exprimer ; comme s'il avait eu peur que, brusquement, le poème ne se brise dans sa bouche.

Quand il eut fini, il fut applaudi lui aussi par ceux qui n'étaient pas trop loin de lui. [...]

La lumière était venue dans le *block*. Le poêle avait été pour un moment abandonné. Il n'y avait pas d'épluchures dessus. Les copains s'étaient groupés autour du tréteau. Ceux qui d'abord étaient restés allongés sur leur paillasse s'étaient décidés à descendre. Si quelqu'un à ce moment-là était entré dans le *block*, il en aurait eu une vision étrange. Tous souriaient.

---

1. *La fin arrive* : Gaston évoque ici la fin de la guerre.
2. Couvre-chef, petit chapeau sans bord, béret.
3. *Block* : baraquement où les détenus sont entassés.
4. Premiers vers d'un sonnet très connu écrit par le poète Joachim du Bellay au XVIe siècle.
5. Expression allemande qui signifie « commando des planches », c'est-à-dire travaillant à l'extérieur.

Robert Antelme, *L'Espèce humaine*, Gallimard, 1957.

Document B **Image**

Photogramme du film de Roberto Benigni, *La Vie est belle*, 1998.

Les réponses aux questions doivent être entièrement rédigées.

Compréhension et compétences d'interprétation → corrigé p. 201

1 Donnez un titre à cet extrait et expliquez votre choix. **4 pts**

2 Quelles sont les conditions dans lesquelles vivent les déportés ? Relevez des éléments du texte qui le prouvent. **4 pts**

3 Résumez en une ou deux phrase(s) le message que Gaston souhaite faire passer à ses camarades dans son discours des lignes 6 à 15. **4 pts**

4 « Je vous le redis » (ligne 14). Identifiez trois éléments répétés par Gaston et expliquez en quoi ils donnent de la force à son argumentation. **6 pts**

5 Selon vous, pourquoi Francis choisit-il de réciter ce poème de du Bellay ? **4 pts**

6 Que ressent Francis quand il récite le poème ? Justifiez votre réponse en citant le texte. **4 pts**

7 Quels effets le poème a-t-il sur l'auditoire ? Vous justifierez votre réponse en vous appuyant sur le texte. **4 pts**

8 « Si quelqu'un à ce moment-là était entré dans le block, il en aurait eu une vision étrange » (lignes 41-43). En vous appuyant sur les points communs du texte et de l'image, vous direz en quoi les deux documents donnent une vision inhabituelle de la vie dans les camps. **6 pts**

Grammaire et compétences linguistiques → corrigé p. 203

1 Ligne 4 : « Ils ont voulu faire de nous des bêtes […] ».

a. Qui désigne le pronom « ils » ? **0,5 pt**

b. Qui désigne le pronom « nous » ? **0,5 pt**

c. Quelle figure de style est employée dans cette phrase ? **1 pt**

d. Que veut montrer l'auteur par l'utilisation de cette figure de style ? **2 pts**

2 Réécrivez ce passage en remplaçant le pronom « Il » par le pronom « Je » au féminin. Vous ferez toutes les transformations nécessaires.

« Il avait, lui aussi, enlevé son calot. Son crâne était plus blanc que celui de Gaston et sa figure plus maigre encore. Il tenait son calot dans sa main et paraissait intimidé. » **10 pts**

Dictée → corrigé p. 203 20 min **10 pts**

› Écoutez la dictée avec l'application Nathan Live.

Consignes :

– On dictera le texte à haute voix à plusieurs reprises.

– On inscrira au tableau de manière lisible par l'ensemble des candidats le titre de l'œuvre, le nom de l'auteur et : **Boris ; Péguy ; *La Tapisserie de Notre-Dame*.**

Rédaction 1 h 30 **40 pts**

Vous traiterez au choix l'un des deux sujets suivants :

Sujet d'imagination → corrigé p. 204

› Quelques années après la libération des camps, un(e) rescapé(e) se rend dans une classe de 3e. Il (ou elle) raconte un épisode inattendu qui, comme dans les documents A et B, lui a permis de garder espoir pour résister à l'horreur.

Sujet de réflexion → corrigé p. 206

› Vous avez étudié des œuvres d'art, vous avez assisté à des spectacles, vous êtes allés au musée, vous écoutez de la musique, ou bien vous pratiquez vous-mêmes une discipline artistique.
En quoi l'art permet-il d'échapper au quotidien ?
Vous répondrez à cette question dans un développement argumenté et organisé en vous appuyant sur votre expérience, sur vos lectures, votre culture personnelle et les connaissances acquises dans l'ensemble des disciplines.

Sujet 17 Corrigé

Compréhension et compétences d'interprétation → énoncé p. 200

Les clés pour réussir

1 Cette question est très ouverte, de nombreuses réponses peuvent être acceptées à condition d'être bien justifiées. Privilégiez **un titre court**, par exemple avec une phrase non verbale.

4 On attend des candidats qu'ils repèrent **les différentes répétitions qui servent l'argumentation** dans le discours du déporté. Pour vous aider, surlignez les expressions qui se répètent. Une répétition produit toujours un effet d'insistance.

5 Pour bien répondre à cette question, il faut faire appel à vos connaissances littéraires et se souvenir du thème du poème de du Bellay : la **nostalgie envers son pays natal et sa famille.**

8 Cette question demande de faire le lien entre le texte et l'image, en orientant sur une phrase précise. Appuyez-vous sur la description précise de l'image (les deux personnages et le cadre).

1 « Guerre et poésie » pourrait être un titre pour cet extrait qui mêle l'univers de la guerre – avec le camp de concentration – et celui de la poésie –

avec le sonnet de du Bellay. Il rappelle le titre « Guerre et paix » avec la poésie qui incarnerait ici la paix.

2 Les déportés vivent, ou plutôt survivent, dans des conditions inimaginables, comme le souligne Gaston : « personne, ne pourra jamais imaginer » (l. 5). Ils souffrent de la faim : « on a faim » (l. 4), sont traités comme des animaux : « faire de nous des bêtes » (l. 4), sont épuisés par la fatigue : « sa voix aussi qui était épuisée » (l. 30) et dorment « sur leur paillasse » (l. 41).

3 Le message de Gaston envers ses camarades est à la fois un message d'espoir, de solidarité et de résistance. Il leur dit que « la fin arrive » (l. 13) et qu'il faut s'associer « tous ensemble » (l. 15) pour résister aux nazis : « leur résister » (l. 14).

4 Plusieurs expressions sont répétées dans le discours de Gaston : « personne, je dis personne » (l. 5), « nous savons » (l. 6), « la guerre continue, elle continue » (l. 8), « résister » (l. 14), « tenir » (l. 10). Ce procédé anaphorique (répétition d'expressions) est très souvent employé dans le discours argumentatif, il permet d'insister sur les idées que l'on veut faire passer à son auditoire en les répétant : elles s'inscrivent plus durablement dans l'esprit.

5 Le choix du poème de du Bellay est lié au thème du retour : dans le poème, l'auteur regrette son pays natal et sa famille, ce qui est le cas aussi des déportés qui sont éloignés de leur pays et de leur famille. L'évocation du pays d'origine et d'un futur retour peut leur redonner un peu d'espoir.

6 Francis ressent d'abord de la timidité : « paraissait intimidé » (l. 21), puis de la tristesse : « Sa figure était immobile, triste » (l. 28) puis il doit se concentrer avec « application » (l. 31) car il a peur de se tromper et de trahir le message du poème : « angoissé » (l. 32).

7 La récitation du poème attire les déportés qui se regroupent : « groupés autour du tréteau » (l. 40), suspendent leurs activités : « le poêle avait été pour un moment abandonné » (l. 38), quittent « leur paillasse » (l. 41) et applaudissent au spectacle en souriant : « il fut applaudi » (l. 36), « Tous souriaient » (l. 43).

8 Le photogramme du film de R. Benigni montre un déporté, que l'on reconnaît à son pyjama rayé, qui s'est déguisé en femme et précède un soldat nazi en souriant et en parodiant la démarche militaire. Comme dans le texte d'Antelme, le spectacle semble s'inviter dans le camp qui devient presque une scène théâtrale avec le lexique utilisé : « tréteau » ; « chanter et dire des poésies » ; « les planches » (l. 16-18). Dans les deux cas, l'art vient côtoyer et combattre l'horreur de la situation.

Grammaire et compétences linguistiques → énoncé p. 200

Les clés pour réussir

2 • **On vous demande** de remplacer le pronom « il » par un pronom « je » qui désigne une femme.

• **Vous devez modifier** :
- les pronoms personnels sujet et complément ;
- la conjugaison des verbes ;
- un accord de participe passé ;
- les déterminants possessifs.

1 **a.** Le pronom « ils » désigne les nazis.

b. Le pronom « nous » désigne les déportés du camp de concentration.

c. La figure de style employée ici est une métaphore : les hommes sont comparés à des animaux sans outil de comparaison.

d. L'auteur veut ainsi insister sur la déshumanisation des déportés entreprise par les nazis : ils sont tatoués, mis à nus, réduits à des numéros... tout est fait pour leur faire perdre toute dignité humaine et les rabaisser à un statut d'animal, de bétail.

2 **J'avais, moi** aussi, enlevé **mon** calot. **Mon** crâne était plus blanc que celui de Gaston et ma figure plus maigre encore. **Je tenais mon** calot dans **ma** main et **paraissais intimidée**.

Dictée → énoncé p. 200

Les clés pour réussir

Bien conjuguer

• Le **passé simple** : les terminaisons des verbes du premier groupe : -ai/-as/-a/-âmes/-âtes/-èrent ou des autres groupes -s/-s/-t/-^mes/-^tes/-rent.

Bien accorder

• Les adjectifs qui sont parfois éloignés du nom.

Ne pas confondre

• **« encre »** et **« ancre »** → une « encre » est un liquide teinté, souvent de couleur sombre, qui permet d'écrire. Une « ancre » est un objet métallique que l'on jette au fond de l'eau pour retenir un bateau.

• **« m'est »** et **« mes »** → « m'est » est le verbe « être » précédé du pronom réfléchi « me » (= « m'étais »). « Mes » est un déterminant possessif (= « les mien(nes)s »).

Bien orthographier

• Devant « a » / « o » / « u », le « c » devient « ç » pour faire le son « ss ».

Les mots difficiles

- **vasque** : petit bassin de forme circulaire.

Un matin noir d'hiver, dans l'encre de l'aube, nous étions une trentaine d'hommes épuisés, grelottants, et nous nous bousculions autour de l'une des vasques rouges pour un peu d'eau glacée. C'était le silence, celui qui était de règle dans tous les actes accomplis en commun et obligatoires. Mais tout à coup un voisin chanta. Sa voix partit en avant et s'étendit sur nous d'une façon immédiatement magique. C'était celle de Boris, c'est-à-dire celle d'un homme si extraordinaire qu'il m'est impossible de parler de lui aussitôt. Voix souple comme une chevelure, riche comme le plumage d'un oiseau, cri d'oiseau, chant naturel, promesse. [...] Il récitait du Péguy : *La Tapisserie de Notre-Dame*, je crois.

Jacques Lusseyran, *Le monde commence aujourd'hui*, Silène, 1959.

Travail d'écriture – Sujet d'imagination → énoncé p. 201

Les clés pour réussir

Le lien avec l'Histoire

- Ce sujet impose de bien **respecter la chronologie** : votre texte se situera après la libération des camps, mais fera un retour en arrière pour raconter l'épisode vécu.
- Appuyez-vous sur **vos connaissances en Histoire** pour enrichir votre texte et ne pas faire de contresens.

Le récit d'un souvenir

- On attend un récit, de type narratif rédigé à la première ou à la troisième personne : vous pouvez choisir d'être le rescapé, ou de lui donner la parole dans un récit à la troisième personne.
- **La présentation du souvenir** : vous devez indiquer le récit des circonstances qui entraînent votre retour dans le passé.
- **Le développement vivant** : pour enrichir le récit, vous pouvez insérer des descriptions précises ou des portraits, des réflexions sur les émotions ressenties, des paroles rapportées au discours direct ou des dialogues (échanges avec les élèves).
- **L'épisode inattendu** doit mettre en avant la **solidarité** entre les déportés, ou éventuellement avec un garde.
- Pour **conclure** votre récit, il est toujours intéressant de montrer que le **recul** a permis d'**analyser l'expérience** et d'en tirer un enseignement.

Méthode

Pour vous aider, nous vous avons indiqué en couleur les parties de la rédaction qui répondent aux consignes.

Analyse de l'expérience | ... | Épisode | Éléments historiques

La lumière revient, chacun baisse un peu le regard et essaie d'éviter celui des autres, la projection du film *Nuit et Brouillard* d'Alain Resnais vient de se terminer. Pour l'occasion, le réfectoire a été transformé en salle de projection, nous sommes une centaine d'élèves de 3e présents, énervés, bruyants, agités au début de la séance. Mais dès les premières minutes, le silence s'est fait, sans qu'aucun adulte n'intervienne. Trente minutes devant le froid spectacle de l'horreur absolue.

Simon, un monsieur sans âge, ressemble à nos pères : une calvitie naissante, un léger embonpoint et le visage serein. Il nous regarde attentivement, chacun est gêné et attend, aucun murmure ne sort, même de la bouche des plus dissipés d'entre nous. Il relève les manches de sa chemise et laisse apparaître un petit tatouage bleu sur son avant-bras gauche : « Matricule 157085 », lance-t-il pour briser le silence. « C'est ainsi que je me suis appelé pendant plus d'un an au camp d'Auschwitz. Je n'ai jamais effacé ce tatouage car il fait partie de mon histoire, de notre histoire à tous. Je pourrais vous raconter l'indicible : l'horreur de la survie dans les camps, la déshumanisation, les brimades, la faim, la fumée du crématoire, la maladie, les tortures, les cadavres des copains que je devais dépouiller avant de les envoyer au four. J'ai mis plus de dix ans à pouvoir commencer à en parler.

Mais aujourd'hui, je voudrais vous raconter ce qui m'a sauvé la vie dans ce camp. J'avais alors 16 ans, mais je parlais allemand, et c'est ce qui m'a évité la mort : j'avais une utilité malgré mon jeune âge. À la fin de la guerre, en janvier 1945, les Allemands ont décidé de nous faire évacuer le camp, pour aller vers l'Est. C'est le début de ce que les historiens ont appelé « les marches de la mort ». Nous étions environ dix mille à marcher, dans le froid de l'hiver polonais, il faisait à peu près – 15 °C. Le vent était glacial. On devait marcher sans jamais s'arrêter, ceux qui traînaient ou tombaient d'épuisement étaient immédiatement abattus par les SS. Nous entendions sans cesse des coups de feu : la mort des copains. En fin de journée, j'étais épuisé, mes pieds étaient gelés : je n'avais pas de vraies chaussures. Je résolus de m'arrêter pour mettre fin à toute cette souffrance. Un ami le remarqua, c'était un détenu un peu plus âgé que moi, un ancien Résistant. Dès qu'il me vit fléchir, il passa son bras sous le mien et trouva les mots pour me faire tenir : "Ne craque pas, c'est bientôt la fin, il faut tenir, tu as tenu jusque-là, tu dois encore tenir, tenir encore un peu. Tu auras toute la vie pour te reposer, on sera bientôt libres tu verras." Ses paroles, la chaleur

AGIR

de son bras, son soutien de quelques minutes suffirent à m'empêcher de m'écrouler dans la neige, et je survécus à cette marche de la mort en me répétant chaque jour, à chaque pas : "Il faut tenir".

Aujourd'hui, je n'ai pas de haine pour le peuple allemand, mais je conserve de la haine contre toutes les formes d'indifférence : c'est la solidarité qui m'a permis de tenir, et c'est la solidarité que vous devez appliquer chaque jour quand vous en avez l'occasion. »

Travail d'écriture – Sujet de réflexion → *énoncé p. 201*

Les clés pour réussir

L'introduction

- **Introduisez le sujet** : vous pouvez faire référence au texte et à l'image étudiés ou à la perception de l'art en général.
- **Présentez le sujet** : reprenez la question posée par le sujet.
- Annoncez clairement votre **plan**.

Le développement

- La question posée par le sujet invite à expliquer plusieurs situations où l'art permet d'échapper au quotidien. **Partez des exemples concrets** issus de votre expérience personnelle pour ensuite trouver les arguments plus abstraits.
- Le sujet vous invite à **varier les exemples** et à puiser dans vos expériences de spectateur ou d'acteur de la vie artistique.

La conclusion

- Résumez en d'autres termes votre argumentation en précisant votre avis.
- Terminez avec une phrase d'ouverture, pour élargir la question en restant sur le même thème.

Méthode

Pour vous aider, nous vous avons indiqué en couleur les parties de la rédaction qui répondent aux consignes.

Indicateurs logiques — Arguments — |...| Exemples

On dit souvent qu'un film ou un roman nous a permis de nous évader, de transformer notre regard sur la réalité qui nous entoure. On peut se demander effectivement en quoi l'art permet d'échapper au quotidien. À travers plusieurs exemples, nous essaierons de montrer que d'une part l'identification aux personnages ou aux situations permet parfois d'oublier son quotidien, puis nous verrons comment la pratique artistique favorise aussi l'évasion avant d'observer comment le regard que les artistes posent sur le monde transforme aussi notre regard.

Avant tout, l'art peut être vécu comme une distraction, une pause dans le quotidien qui permet d'entrer dans un autre univers, de faire voyager notre esprit. C'est ce que l'on recherche souvent dans la lecture d'un roman ou le visionnage d'un film. Par exemple, on ne lit pas simplement *Harry Potter*, mais on est Harry Potter : on partage, le temps du roman, ses aventures, ses peurs, ses joies, et on échappe ainsi au quotidien en laissant notre esprit s'intégrer à l'univers du roman.

De plus, l'art est souvent vécu comme une détente, essentiellement lorsque l'on pratique une discipline artistique. L'esprit et le corps sont alors tellement investis dans la pratique artistique que l'on oublie la réalité quotidienne. C'est le cas notamment lorsque l'on joue d'un instrument, le musicien est tellement concentré sur la pratique et sur l'émotion esthétique et sensorielle qu'il ressent, qu'il en oublie tout ce qui se passe autour. Ainsi, si on observe une vidéo du pianiste Glenn Gould, on le voit complètement « habité » par la musique qu'il interprète.

Enfin, l'art permet aussi d'échapper au quotidien car il nous propose une autre vision du monde qui nous entoure. La réalité est transformée par le regard des artistes. Par exemple, si l'on observe un tableau de Van Gogh présentant un ciel étoilé, on ne se place plus face à une copie de la réalité mais face à une interprétation, et cette nouvelle vision du monde peut nous toucher, nous émouvoir et même transformer notre regard au point que l'on ne verra plus ensuite un ciel étoilé de la même façon.

L'expérience artistique, qu'elle soit active ou passive ne nous laisse donc jamais vraiment indifférents et nous offre la possibilité de dépasser notre réalité. L'art est inscrit dans notre quotidien, et nous permet souvent de lui échapper, ce qui est l'une de ses raisons d'être lorsque l'on entend parfois des personnes se poser la question de son « utilité ».

Sujet 18 Alexis Jenni, *L'Art français de la guerre*

3 heures

Polynésie, septembre 2019

Travail sur le texte littéraire et sur l'image

1 h 10 **50 pts**

Document A Texte littéraire

Vétéran de la guerre d'Indochine, Victorien Salagnon raconte à un jeune homme ses souvenirs de guerre.

L'Indochine ? C'est la planète Mars. Ou Neptune. Je ne sais pas. Un autre monde qui ne ressemble à rien d'ici : imagine une terre où la terre ferme n'existerait pas. Un monde mou, tout mélangé, tout sale. La boue du delta[1] est la matière la plus désagréable que je connaisse. C'est là où ils font pousser leur riz, et il pousse à une vitesse qui fait peur. Pas étonnant que l'on cuise la boue pour en faire des briques : c'est un exorcisme, un passage au feu pour qu'enfin ça tienne. Il faut des rituels radicaux, mille degrés au four pour survivre au désespoir qui vous prend devant une terre qui se dérobe toujours, à la vue comme au toucher, sous le pied comme sous la main. Il est impossible de saisir cette boue, elle englue, elle est molle, elle colle et elle pue.

La boue de la rizière colle aux jambes, aspire les pieds, elle se répand sur les mains, les bras, on en trouve jusque sur le front comme si on était tombé ; la boue vous rampe dessus quand on marche dedans. Et autour des insectes vrombissent, d'autres grésillent ; tous piquent. Le soleil pèse, on essaye de ne pas regarder mais il se réfléchit en paillettes blessantes qui bougent sur toutes les flaques d'eau, suivent le regard, éblouissent toujours même quand on baisse les yeux ; mais il faut marcher. Il ne faut rien perdre de l'équipement qui pèse sur nos épaules, des armes que l'on doit garder propres pour qu'elles fonctionnent encore, continuer de marcher sans glisser, sans tomber, et la boue monte jusqu'aux genoux. Et en plus d'être naturellement toxique, cette boue est piégée par ceux que l'on chasse. Parfois elle explose. Parfois elle se dérobe, on s'enfonce de vingt centimètres et des pointes de bambou empalent le pied. Parfois un coup de feu part d'un buisson au bord d'un village, ou de derrière une diguette[2], et un homme tombe. On se précipite vers le lieu d'où est parti le coup, on se précipite avec cette grosse boue qui colle, on n'avance pas, et quand on arrive, il ne reste rien, pas une trace. On reste con devant cet homme couché, sous un ciel trop grand pour nous. Il nous faudra maintenant le porter. Il semblait être tombé tout seul, d'un coup, et le claquement sec que nous avions entendu avant qu'il ne tombe devait être la rupture du fil qui le tenait debout.

Alexis Jenni, *L'Art français de la guerre*, Éditions Gallimard, 2011.

---

1. **Delta :** zone de marécage qui divise un fleuve en plusieurs bras.
2. **Diguette :** petite digue, construction destinée à contenir les eaux.

Document B **Image**

J. L. Beuzon, *Engagez-vous, Rengagez-vous dans les troupes coloniales*, affiche de 1931.

Les réponses aux questions doivent être entièrement rédigées.

Compréhension et compétences d'interprétation → corrigé p. 211

1 Relevez six termes permettant de comprendre que le récit se déroule en temps de guerre. **3 pts**

2 « L'Indochine ? C'est la planète Mars. Ou Neptune. Je ne sais pas. » (ligne 1)
Quelle image le narrateur donne-t-il ici de l'Indochine ? **2 pts**

3 **a.** La présence de l'ennemi est très peu évoquée dans ce passage. Pourquoi, selon vous ? **2 pts**
b. Il y a cependant des indices de cette présence. Repérez-en au moins trois. **3 pts**

4 « le claquement sec que nous avions entendu avant qu'il ne tombe devait être la rupture du fil qui le tenait debout. » (lignes 31-32)
a. De manière implicite, à quoi l'auteur compare-t-il le soldat mort en employant l'expression soulignée ? Justifiez votre réponse. **2 pts**
b. Quelle réflexion sur le sort des soldats en temps de guerre cela vous inspire-t-il ? Développez votre réponse. **3 pts**

5 Comment la nature apparaît-elle dans le passage ? Développez votre réponse. **6 pts**

6 « la boue vous rampe dessus quand on marche dedans. » (ligne 14)
Comment se nomme la figure de style utilisée ici pour évoquer la boue ? Quel effet produit-elle sur vous ? Justifiez votre réponse. **3 pts**

7 L'affiche délivre-t-elle la même vision de la guerre coloniale que le texte ? Justifiez précisément votre réponse. **6 pts**

Grammaire et compétences linguistiques → corrigé p. 213

1 « Il semblait être tombé tout seul, d'un coup, et le claquement sec que nous avions entendu avant qu'il ne tombe devait être la rupture du fil qui le tenait debout. » (lignes 30-32)
a. Relevez dans cette phrase une proposition subordonnée relative et une proposition subordonnée circonstancielle. **2 pts**
b. Indiquez la fonction de la proposition subordonnée circonstancielle. **2 pts**

2 « Il nous faudra maintenant le porter. » (lignes 29-30)
a. À quelle classe grammaticale appartient le mot souligné ? **2 pts**
b. Que remplace-t-il ? **2 pts**

3 Quel est le sujet grammatical du verbe « devait » (ligne 31) ? **2 pts**

4 « La boue de la rizière colle aux jambes, aspire les pieds, elle se répand sur les mains, les bras, on en trouve jusque sur le front [...] » (lignes 12-13). Mettez ce passage au passé composé. **5 pts**

5 « Et en plus d'être naturellement toxique, cette boue est piégée par ceux que l'on chasse. Parfois elle explose. » (lignes 21-23)
Réécrivez ce passage en remplaçant « cette boue » par « ces eaux » et en procédant à toutes les modifications nécessaires. **5 pts**

Dictée → corrigé p. 214 20 min **10 pts**

› Écoutez la dictée avec l'application Nathan Live.

Consignes :
– On dictera le texte à haute voix à plusieurs reprises.
– On inscrira au tableau de manière lisible pour l'ensemble des candidats le titre de l'œuvre :
Alexis Jenni, *L'Art français de la guerre*.
Ainsi que le mot : Martiens.

Rédaction 1 h 30 **40 pts**

Vous traiterez, au choix, l'un des deux sujets suivants :

Sujet d'imagination → corrigé p. 214

Vous aussi, vous vous êtes retrouvé(e) dans un lieu où vous avez ressenti un profond dépaysement, avec un sentiment de malaise.

› Racontez.

Sujet de réflexion → corrigé p. 216

L'inconnu fait-il nécessairement peur ?

› Vous proposerez une réflexion organisée en vous appuyant sur vos lectures et vos connaissances personnelles.

Sujet 18 Corrigé

Compréhension et compétences d'interprétation → énoncé p. 209

Les clés pour réussir

1 Même si l'expression n'est pas utilisée, il s'agit ici de relever **un champ lexical**, celui de la guerre.

4 **a. L'implicite**, c'est ce qui est sous-entendu.

6 On appelle **figures de style** des façons d'écrire qui ont pour but d'attirer l'attention du lecteur, de l'étonner, le convaincre, l'émouvoir… Les plus fréquentes sont la **comparaison**, la **métaphore** et la **personnification**.

7 Relevez les **points communs** et surtout les **différences** entre le texte et l'image, sans oublier de faire des **citations**.

1 Les termes qui permettent de comprendre que le récit se déroule en temps de guerre sont: « équipement » (l. 19); « armes » (l. 19); « piégée » (l. 22); « chasse » (l. 23); « explose » (l. 23); « empalent » (l. 24); « un coup de feu » (l. 25); « le coup » (l. 27); « le claquement sec » (l. 31).

2 Le narrateur utilise ces deux métaphores pour donner l'image d'une terre complètement inconnue: l'Indochine est comme une planète inexplorée et hostile à l'homme.

3 **a.** La présence de l'ennemi n'est presque pas évoquée pour deux raisons: d'abord, parce que les ennemis se cachent, et aussi parce que le véritable ennemi, c'est la boue.
b. Les indices qui prouvent la présence de l'ennemi sont: « piégée par ceux que l'on chasse » (l. 22); « uncoup de feu part d'un buisson » (l. 25); « il ne reste rien, pas une trace » (l. 28).

4 **a.** L'auteur compare implicitement le soldat à une marionnette tenue par des fils, si l'on coupe le fil, la marionnette cesse d'exister.
b. Cette comparaison montre que les soldats en temps de guerre ne peuvent rien décider, ils sont commedes marionnettes ou des pantins, ce sont les chefs qui tiennent les fils et qui dirigent leurs vies en donnantles ordres. Les soldats ne peuvent donc rien maîtriser, on peut « couper » le fil de leur vie à tout moment.

5 Dans ce passage, la nature est particulièrement hostile. Dès le début, elle est présentée comme une terre inconnue où les hommes ne peuvent pas vivre par la comparaison avec les planètes Mars et Neptune. Puis l'auteur insiste sur la boue de ce « monde mou » (l. 3) dont la saleté (« tout sale » (l. 3); « elle pue »(l. 11)) plonge les hommes dans le « désespoir » (l. 8). Ensuite, il évoque les insectes agressifs « tous piquent » (l. 15) et le soleil, qui lui-même « pèse » (l. 15) et éblouit au lieu de réconforter dans ce paysage marécageux. Enfin, il revient sur la boue qui empêche de progresser et semble retenir les soldats: « cette grosse boue qui colle » (l. 27).

6 La figure de style utilisée ici est une personnification, elle donne l'impression inquiétante que la boue est vivante et qu'elle décide elle-même de s'en prendre aux soldats. Cela produit un sentiment angoissant: on sent que le soldat est prisonnier de cette boue comme d'un sable mouvant et qu'il ne peut rien faire pours'en détacher.

7 L'affiche est très différente du texte, elle ne rend pas compte de la réalité décrite par l'auteur. On y voit une nature accueillante et exotique avec une pagode à l'arrière-plan, un fleuve aux eaux bleues qui s'écoulele long d'un rivage de sable jaune bordé de palmiers. Les habitants, qui n'ont pas du tout le type asiatique, semblent vivre heureux et en harmonie avec la nature, comme le montrent à droite la maman et son fils souriant qui se promènent sous une ombrelle rouge. Enfin, le soldat français se tient fièrement au premierplan dans un costume blanc immaculé très loin du « monde mou, tout mélangé, tout sale » (l. 3) évoquédans le texte. Il semble dominer la nature et les peuples qui sont présentés bien plus petits que lui enportant son regard au loin sur le paysage enchanteur qui l'entoure. Le double impératif du texte « Engagez- vous. Rengagez-vous » nous rappelle qu'il s'agit d'une affiche de propagande produite par l'armée française et donc pas d'un discours de vérité.

Grammaire et compétences linguistiques → *énoncé p. 210*

Les clés pour réussir

1 **a.** Une **proposition** est un groupe de mots organisés autour d'un verbe conjugué, vous devez donc commencer par **repérer les verbes** pour délimiter les propositions. Faites ensuite attention à la nature des **mots subordonnants** pour déterminer la nature des propositions subordonnées (voir fiche 4 p. 265).

2 **a.** et **b.** La **classe grammaticale** d'un mot, c'est sa **nature**, il ne faut pas la confondre avec sa fonction, c'est-à-dire son rôle dans la phrase (voir fiche 1 p. 260).

4 Pour cette réécriture, faites bien attention **aux accords des participes passés** lors du passage au passé composé (voir fiche 3 p. 264).

1 **a.** Dans cette phrase, il y a deux propositions subordonnées relatives : « que nous avions entendu » et « qui le tenait debout », et une proposition subordonnée circonstancielle : « avant qu'il ne tombe ».
b. La proposition subordonnée circonstancielle est un complément circonstanciel de temps.

2 **a.** Le mot souligné est un pronom.
b. Le pronom « le » remplace le groupe nominal « cet homme couché » (l. 26).

3 Le sujet grammatical du verbe « devait » est le groupe nominal étendu : « le claquement sec que nous avions entendu ».

4 La boue de la rizière a collé aux jambes, a aspiré les pieds, elle s'est répandue sur les mains, les bras, on en a trouvé jusque sur le front.

5 Et en plus d'être naturellement toxiques, ces eaux sont piégées par ceux que l'on chasse. Parfois elles explosent.

Dictée → *énoncé p. 211*

Les clés pour réussir

Bien conjuguer

- Le temps dominant est le **présent de l'indicatif**, mais il y a aussi un verbe au passé composé et un au subjonctif présent.
- Le verbe **« crier »** appartient au premier groupe, il se termine donc souvent par un « e » même si on ne l'entend pas.

Bien accorder

- Il faut **bien identifier les sujets**, qui sont parfois éloignés des verbes.
- Le mot **« leur »** est suivi d'un nom, il s'agit donc d'un **déterminant possessif** qui doit s'accorder avec le nom qu'il accompagne.

Bien orthographier

- **« là-bas »** : c'est un adverbe invariable, ne pas oublier l'accent et le trait d'union.
- **« là »** : adverbe de lieu invariable.

Les types là-bas ne nous disent rien. Ils sont plus petits que nous, ils sont souvent accroupis, et leur politesse déconseille de regarder en face. Alors nos regards ne se croisent pas. Quand ils parlent c'est avec une langue qui crie et que nous ne comprenons pas. J'ai l'impression de croiser des Martiens ; et de combattre certains d'entre eux que je ne distingue pas des autres. Mais parfois ils nous parlent : des paysans dans un village, ou des citadins qui sont allés tout autant à l'école que nous, ou des soldats engagés avec nous. Quand ils nous parlent en français cela nous soulage de tout ce que nous vivons et commettons chaque jour. […] Nous regardons leurs femmes qui sont belles comme des voilages, comme des palmes, comme quelque chose de souple qui flotte au vent. Nous rêvons qu'il soit possible de vivre là.

Alexis Jenni, *L'Art français de la guerre*, Éditions Gallimard, 2011.

Travail d'écriture – Sujet d'imagination → *énoncé p. 211*

Les clés pour réussir

La situation de communication

- On attend un texte **narratif** rédigé à la **première personne**.
- Le récit doit aussi contenir une **description** du lieu évoqué.

L'évocation des sensations et des sentiments

- Vous devez évoquer votre « ressenti », pensez à vous appuyer sur vos cinq sens.

- Pour exprimer vos sentiments, utilisez des verbes variés : sentir, ressentir, éprouver, avoir l'impression de...

Le malaise

- Le malaise peut se traduire par la **colère**, la **peur**, le **dégoût**, l'**angoisse**... utilisez un lexique approprié et varié.

Méthode

Pour vous aider, nous vous avons indiqué en couleur les parties de la rédaction qui répondent aux consignes.

Récit à la première personne · Description · Sensations et sentiments

À peine avais-je posé le pied sur le tarmac de l'aéroport que déjà une bouffée d'euphorie m'envahit, ces vacances à Mayotte, j'en rêvais depuis l'enfance et voilà que j'y étais ! À moi les plages de sable blanc, la découverte sous-marine des récifs coralliens, l'ascension du volcan, l'observation de tortues de mer et, avec un peu de chance, des dauphins et des baleines...

Le trajet qui nous mena avec ma famille jusqu'à notre hôtel m'offrit un dépaysement total, je ne savais pas où regarder tant ce qui se présentait à ma vue me semblait merveilleux. Je compris plus tard que le chauffeur de taxi avait pris soin de choisir son itinéraire. Tout semblait sorti d'un dépliant de voyage : le ciel bleu se reflétait dans les eaux du lagon, nous longions une plage de sable dont la blancheur éclatante nous éblouissait, les palmiers procuraient par endroits une ombre bienfaisante... Je remarquai cependant d'étranges palissades le long de la route qui m'empêchaient de porter plus loin le regard. Après notre installation à l'hôtel, je pressai mes parents pour aller explorer l'île, mais eux souhaitaient surtout se reposer du voyage en profitant de la climatisation de la chambre. Tant pis, je décidai donc de m'aventurer seul dans les alentours de l'hôtel pour commencer un « reportage photo » au jour le jour que j'avais promis à mes amis restés en métropole. J'arpentai d'abord la plage qui se trouvait devant l'hôtel, elle était parsemée ici et là de transats et de parasols. Très vite j'arrivai à l'extrémité de cette plage et je dus remonter par un sentier qui m'amena au bord d'une petite route de terre. Elle grimpait à travers la végétation et après quelques centaines de mètres, je découvris un tout autre monde. Un dédale de cabanes faites de bois et de tôles s'offrait désormais à ma vue, des gens s'affairaient dans tous les sens dans ce que je comparais d'abord à une fourmilière humaine géante. Je m'approchais doucement sans oser franchir les palissades qui semblaient marquer la frontière de ce bidonville. Un rat me passa alors entre les jambes, fuyant quelques enfants qui le poursuivaient en riant. Ils se retrouvèrent face à moi, s'arrêtèrent, me dévisagèrent un instant et partirent d'un grand éclat de rire en faisant demi-tour. Cette courte apparition me figea : ils étaient pieds nus, vêtus de haillons sales et déchirés mais c'est moi qui me sentis tout à coup sale et déchiré. Je découvrais l'envers du décor, des baraques fermées par des bâches en plastique, des conditions de vie qui semblaient misérables, une pauvreté extrême... et moi j'étais là, habillé de neuf pour partir à l'aventure de l'exotisme, j'eus honte de ce décalage entre mon rêve, mon attitude et la réalité. Je ne sais combien de temps je restais là immobile, je finis par sortir mon téléphone pour prendre quelques photos et je repartis en direction de l'hôtel.

À mon retour, mes parents, bien reposés, m'attendaient pour partir à la découverte de l'île. Je prétextais une grande fatigue pour rester à l'hôtel, mais je n'eus ni le courage ni les mots pour leur exprimer alors ce que je ressentais, un malaise où se mêlaient la honte, la colère, le dégoût face à cette réalité que je venais de découvrir et qui était à la fois si proche et si lointaine de mon univers.

Travail d'écriture – Sujet de réflexion → *énoncé p. 211*

Les clés pour réussir

L'introduction

- Annoncez le **thème** : vous pouvez, par exemple, faire référence au texte étudié, à l'actualité ou partird'une citation.
- Présentez le **sujet** : recopiez ou reformulez la question posée par le sujet.
- Annoncez votre **plan**.

Le développement

- Le sujet vous invite à organiser votre devoir en **deux parties** contenant chacune au moins deux paragraphes argumentés (un argument et un exemple précis). Pensez à utiliser les textes et documentsétudiés en classe, à vous reporter à l'actualité, et n'hésitez pas à citer votre expérience personnelle.

La conclusion

- Précisez votre avis en répondant clairement à la question posée par le sujet.
- Terminez avec une phrase d'ouverture pour élargir la question en restant sur le même thème.

Méthode

Pour vous aider, nous vous avons indiqué en couleur les parties de la rédaction qui répondent aux consignes.

Indicateurs logiques | Arguments | |...| Exemples

Dans *L'Art français de la guerre*, Alexis Jenni insiste sur la peur qu'il ressent face à un monde qui ne ressemble à rien de ce qu'il connaît, que ce soit pour l'environnement ou pour les personnes qu'il rencontre. On peut se demander si cette peur de l'inconnu est un phénomène constant. Nous verrons dans une première partie pourquoi nous avons effectivement peur de l'inconnu avant d'envisager dans une seconde partie l'inconnu comme un « moteur » qui nous fait progresser.

L'inconnu désigne avant tout ce qui nous échappe, ce qui est mystérieux et qui vient troubler la stabilitéd'un quotidien rassurant. Chacun d'entre nous a déjà pu ressentir cette angoisse avant d'affronter ce quel'on ne connaît pas. Ainsi, j'ai personnellement éprouvé ce sentiment de peur lorsque je suis arrivé au collège : je quittais un environnement que je maîtrisais, celui de l'école primaire, pour affronter le monde du collège dont j'ignorais tout. Ne pas savoir ce qui nous attend engendre obligatoirement un sentiment d'insécurité.

De plus, lorsque l'on ne connaît pas les choses ou les personnes, on a tendance à les rejeter. On peut avoir le sentiment que l'inconnu va menacer notre tranquillité et notre sécurité. C'est ce qu'explique par exemple Tahar Ben Jelloun dans *Le Racisme expliqué à ma fille*, en écrivant que le raciste « a peur de celui qui ne lui ressemble pas », c'est un sentiment primaire qu'il faut combattre car il pousse à s'isoler voire à devenir agressif envers les personnes inconnues, juste à cause de ce sentiment de peur.

Cependant, l'inconnu n'engendre pas que la peur, il pique aussi notre curiosité devant ce qui est nouveau. En effet, il y a une attirance humaine naturelle pour découvrir l'inconnu. Ainsi les héros de la littérature auxquels nous rêvons souvent de ressembler sont-ils toujours à l'affût d'expériences nouvelles quiles grandiront. L'exemple du héros emblématique Ulysse l'illustre bien : Homère le présente dès les premières lignes comme l'homme « qui visita les cités de tant d'hommes et connut leur esprit, celui qui, sur les mers passa par tant d'angoisses ». Cette capacité à aller vers l'inconnu, nous ressort grandis de nouvellesconnaissances.

De la même façon, l'inconnu est stimulant, c'est un véritable « moteur » qui nous pousse à aller del'avant et à faire des découvertes. Sans cette capacité à affronter l'inconnu pour le maîtriser, les êtres humains ne progresseraient pas. C'est l'attrait de l'inconnu qui a poussé autrefois les grands explorateurs comme Marco Polo ou Christophe Colomb à partir affronter les mers pour découvrir de nouveaux peuples et de nouvelles terres, et c'est toujours

AGIR

ce même sentiment qui entraîne aujourd'hui des astronautes comme Thomas Pesquet à partir explorer le ciel.

L'inconnu est donc bien générateur de peur, mais cette peur doit être maîtrisée pour nous permettre deprogresser et d'aller de l'avant. C'est certainement un combat quotidien qu'il faut mener contre soi-mêmeou contre ceux qui cèdent à cette peur pour que nos civilisations puissent vivre en bonne intelligence avecle désir toujours renouvelé de découvrir et de rencontrer l'autre.

Sujet 19 Jean-Marie Pelt, *Le Tour du monde d'un écologiste*

3 heures

Sujet inédit

Travail sur le texte littéraire et sur l'image

1 h 10 50 pts

Document A Texte littéraire

L'émouvante et incroyable splendeur de la Terre est notre bien commun le plus précieux, que nul ne peut s'approprier ; car nous ne possédons ni la brise délicate du printemps qui enivre de ses caresses les fins matins d'avril, ni le rougeoiement du Soleil lorsqu'il baisse à l'horizon, ni la face hilare de l'astre des nuits qui tantôt offre sa joue droite, tantôt la gauche, et chichement son visage tout entier, ni la douceur d'un soir d'été rythmé par le crissement des cigales, embaumé de senteurs d'herbes et d'humus, ni l'odeur chaude des fenaisons après la pluie.

Ce qu'il y a de plus beau et de plus précieux en ce monde, qui pourtant est le plus commun et le moins rare, ne nous appartient pas ! Il nous appartient en revanche de le conserver jalousement comme un trésor, comme le patrimoine collectif inviolable de l'humanité. Telle est la mission qui nous est confiée. Nous l'avons héritée de nos pères et des pères de nos pères, et il nous revient de nous en acquitter afin de transmettre à nos fils et aux fils de nos fils notre maison commune, la Terre, en bon état : propre, bien soignée, correctement vêtue. Telle qu'on puisse dire avec le poète : *Ô Terre, mon pays bien-aimé !*

Mais, tandis que l'homme perfectionne ses techniques, une dangereuse partie de bras de fer s'est engagée entre la science et la vie. N'est-ce pas pourtant cette science qui nous a révélé le visage de la Terre, vu de l'espace ? N'est-ce pas à l'extrême pointe des technologies de pointe que les cosmonautes ont pu redécouvrir l'émotion et la poésie ? Ils voulaient scruter de loin le vrai visage de notre planète, sonder ses secrets, moins accessibles aux insectes rampants que nous sommes qu'à de lointains observateurs exilés sur la Lune. Or, les voici atteints du « mal de Terre ». Leur commune découverte, aux extrêmes avancées de la technique, est l'immensité du mystère de la vie. Éternelles questions posées à l'humanité depuis ses origines, et que la science reste bien incapable de résoudre ; questions posées désormais avec une

COMPRENDRE

acuité accrue[1] : « C'est en techniciens que nous sommes partis pour la Lune, et c'est en humanistes que nous en sommes revenus », dit Edgar Mitchell.

L'une de ces questions est d'une brûlante actualité : la Terre est malade. Elle est atteinte d'une étrange maladie qui a pour nom « développement », une idée pernicieuse qui meut la planète[2] depuis trois siècles. Fort d'un savoir tout frais, l'homme a chaussé ses gros sabots pour soumettre la nature et la vie à ses pouvoirs et à sa loi.

Jean-Marie Pelt, *Le Tour du monde d'un écologiste,* © LIBRAIRIE ARTHEME FAYARD, 1990.

1. Une précision de plus en plus grande.
2. Une pensée nuisible qui gouverne la planète.

Document B **Image**

© Chappatte, *Cartooning for peace,* 2014.

Les réponses aux questions doivent être entièrement rédigées.

Compréhension et compétences d'interprétation → corrigé p. 222

1 Quels sens sont sollicités dans le premier paragraphe ? Justifiez votre réponse en citant précisément le texte. **4 pts**

2 Relevez deux personnifications dans le texte et expliquez pourquoi l'auteur fait le choix d'utiliser cette figure de style. **4 pts**

3 Quel était l'objectif de la science ? Relevez une expression qui souligne son échec. **4 pts**

4 Quels sont les éléments qui rapprochent l'image et le texte ? **4 pts**

5 Quelle figure de style le dessinateur utilise-t-il ? Reformulez le message qu'il veut faire passer. **4 pts**

Grammaire et compétences linguistiques → *corrigé p. 223*

1 « Patrimoine collectif » (l. 12). Donnez le sens du mot « patrimoine » et relevez dans le deuxième paragraphe deux verbes illustrant la même idée que vous expliquerez. **4 pts**

2 « Ne nous appartient pas / il nous appartient » : quels sont les deux sens du verbe appartenir ici ? **4 pts**

3 « Mais » (l. 18). Quel rapport logique ce connecteur établit-il entre les deux parties du texte ? Quel danger met-il en évidence ? **4 pts**

4 Qui est désigné par le pronom « nous » dans les premiers paragraphes ? Par quels groupes nominaux est-il repris dans la suite du texte ? À votre avis, pourquoi l'auteur procède-t-il ainsi ? **4 pts**

5 « N'est-ce pas… et la poésie ? » (l. 20-23). Identifiez le type et la forme de ces phrases. Quel rôle jouent-elles dans l'argumentation ? **4 pts**

6 Réécrivez le passage en remplaçant le pronom sujet « nous » par le pronom sujet « ils » et opérez toutes les modifications nécessaires.
« Telle est la mission qui nous est confiée. Nous l'avons héritée de nos pères et des pères de nos pères, et il nous revient de nous en acquitter afin de transmettre à nos fils et aux fils de nos fils notre maison commune. »
10 pts

Dictée → *corrigé p. 224*

20 min **10 pts**

› Écoutez la dictée avec l'application Nathan Live.

Rédaction

1 h 30 **40 pts**

Vous traiterez, au choix, l'un des deux sujets suivants.

Sujet d'imagination → *corrigé p. 225*

› Vous rédigerez pour le journal du collège un article intitulé « La Terre est malade ». D'abord, vous sensibiliserez vos camarades en décrivant ses maladies, puis vous les inciterez à lutter contre elles.

Sujet de réflexion → corrigé p. 226

› Les nouvelles technologies ne présentent-elles que des atouts pour l'humanité ?

Dans un développement argumenté, vous répondrez à cette question en exposant les avantages et les inconvénients des nouvelles technologies. Vous vous appuierez sur votre expérience, sur vos lectures et sur les connaissances acquises dans l'ensemble des disciplines.

Sujet 19 Corrigé

Compréhension et compétences d'interprétation → énoncé p. 220

Les clés pour réussir

2 La **personnification** est une figure de style qui consiste à attribuer des caractéristiques humaines à quelque chose qui ne l'est pas.

4 et **5** Les sujets qui associent texte et image vous demandent de faire preuve d'un sens de l'observation très précis : il faut repérer dans l'image et dans le texte **tous les éléments qui peuvent se ressembler ou au contraire s'opposer**. Lisez attentivement les questions sur le texte pour repérer quels sont les éléments particuliers sur lesquels on attire votre attention, puis essayez de les retrouver sur l'image.

Attention au genre d'image dont il s'agit, le dessin de presse est particulièrement argumentatif et délivre un message qu'il faut souvent reformuler.

1 Les sens sollicités dans le premier paragraphe sont le toucher : « ses caresses » (l. 3), la vue : « le rougeoiement du Soleil » (l. 4), l'ouïe : « rythmée par le crissement des cigales » (l. 7), et l'odorat : « embaumé de senteurs d'herbes et d'humus » (l. 7-8).

2 Les deux personnifications désignent la Lune : « la face hilare de l'astre des nuits » (l. 5) et la Terre : « le visage de la Terre ; la Terre est malade » (l. 20-21 et 33-34). L'auteur utilise cette figure de style pour donner vie aux planètes et principalement à la Terre afin de sensibiliser son public à la protection de l'environnement.

3 L'objectif de la science était d'avoir une meilleure connaissance de la Terre et de percer ses secrets : « Ils voulaient scruter de loin le vrai visage de notre planète, sonder ses secrets » (l. 23-24). L'expression « la science reste bien incapable de résoudre » (l. 28-29) montre qu'elle n'a pas obtenu la réponse souhaitée.

4 L'image et le texte donnent la même lecture du rapport de l'homme à la Terre. Il tente de la dominer en l'exploitant avec ses « technologies de pointe » (l. 21-22) et l'un des hommes du dessin attire l'attention des autres sur le fait que l'on soit « sur la réserve » et qu'il va y avoir une nécessité de réagir pour la garder « en bon état ».

5 Cette caricature utilise la métaphore en représentant la Terre comme une voiture. Le dessinateur signifie ainsi que les ressources de la Terre sont presque épuisées, et que c'est l'activité humaine et notamment les voitures qui en sont la cause. La solution n'est pas simplement de « refaire le plein » avec la même énergie que d'habitude, sinon le problème sera sans fin.

Grammaire et compétences linguistiques → *énoncé p. 221*

Les clés pour réussir

3 Les **connecteurs logiques** permettent d'établir un rapport logique entre deux idées. Les liens logiques les plus fréquents sont la cause, la conséquence, l'opposition et le but.

5 On distingue **quatre grands types de phrase** auxquels correspondent des constructions grammaticales et des intonations différentes : **déclarative, interrogative, injonctive** et **exclamative.** Chaque phrase peut être à la **forme affirmative ou négative.**

6 • **On vous demande** de changer de pronom personnel sujet.

• **Vous devez modifier :**
– les pronoms personnels (sujets, compléments, réfléchis) ;
– les déterminants possessifs ;
– l'accord d'un verbe.

1 Le patrimoine est, au sens propre, ce qui nous est transmis par nos pères. Les verbes « héritée » (l. 13) et « transmettre » (l. 15) illustrent cette même idée d'un héritage commun à toute l'humanité, qu'il faut faire passer de génération en génération.

2 Le verbe « appartenir » dans la phrase négative désigne la possession : nous ne sommes pas propriétaires des richesses de la Terre. Dans la tournure impersonnelle « il nous appartient », le verbe désigne l'obligation qui est faite aux humains de s'occuper de la Terre.

3 La conjonction de coordination « mais » établit un rapport d'opposition entre les deux parties du texte. Elle souligne le conflit entre « la science et la vie », c'est-à-dire entre les avancées technologiques faites par les êtres humains et leurs conséquences pour la planète.

4 Le pronom « nous » désigne les êtres humains, il est repris dans le texte par « l'homme » (l. 18), « l'humanité » (l. 28). L'auteur cherche dès le début du texte à impliquer son lecteur avec le pronom personnel à la 1re personne du pluriel. Les groupes nominaux vont dans le même sens : il ne s'agit pas de désigner un petit groupe d'individus mais bien l'humanité toute entière.

5 Ces deux phrases sont deux interrogatives à la forme négative. Ce ne sont pas de vraies questions, mais des interrogations oratoires (ou fausses questions) qui sont utilisées pour faire réagir et s'interroger les lecteurs.

6 « Telle est la mission qui *leur* est confiée. Ils *l'ont* héritée de *leurs* pères et des pères de *leurs* pères, et il *leur* revient de *s'*en acquitter afin de transmettre à *leurs* fils et aux fils de *leurs* fils *leur* maison commune. »

Dictée → énoncé p. 221

Les clés pour réussir

Bien conjuguer

- **Les finales en -geait** → à l'imparfait, n'oubliez pas le « e » qui précède la terminaison verbale.
- L'impératif ne se conjugue qu'à trois personnes (2e p. du sing., 1re et 2e p. du pluriel) et ne fait pas apparaître de pronom personnel.

Ne pas confondre

- **« or » et « hors »** → or conjonction de coordination indique une légère opposition, hors préposition indique l'extérieur, l'exclusion...

Bien orthographier

- **Astuce** : après une préposition (à, de, par, pour, sans...) le verbe se met toujours à l'infinitif (terminaison en -er pour les verbes du premier groupe).

Les mots difficiles

- **Consciencieux** est constitué du préfixe con- qui signifie avec, du radical science qui désigne le savoir et du suffixe -ieux qui permet de former l'adjectif.

L'homme avait, jusqu'ici, le sentiment qu'il logeait dans une nature immense, inépuisable, hors de mesure avec lui-même. L'idée ne pouvait lui venir qu'il aurait, un jour, à ménager, à épargner cette géante, qu'il lui faudrait apprendre à n'en pas gaspiller les ressources, à ne la pas souiller en y déposant les excréments de ses techniques.
Or, voilà que maintenant, lui, si chétif, et qui se croyait si anodin, il s'avise qu'on ne peut tout se permettre envers la nature [...]. Respectons cette petite boule qui nous supporte.

Locataires consciencieux, ne dégradons pas les lieux où nous respirons. L'humanité n'est pas une passante.

Jean Rostand, *Inquiétude d'un biologiste,* 1967.

Travail d'écriture – Sujet d'imagination → énoncé p. 221

Les clés pour réussir

La situation de communication

- Il faut définir à l'aide du sujet à qui s'adresse le journal (collégiens, presse locale, magazine spécialisé...)
- L'émetteur doit être clairement identifié : journaliste présent dans le texte initial ou vous-même.

La présentation de l'article

- Ce type d'écrit doit comporter :

– un titre bref qui invite à lire la suite ;
– des paragraphes courts qui contiennent chacun une idée principale ;
– éventuellement une présentation en colonnes, comme dans un vrai journal ;
– la signature avec des initiales (pas les vôtres !), le nom du journal et la date.

Méthode

Pour vous aider, nous vous avons indiqué en couleur les parties de la rédaction qui répondent aux consignes.

Présentation de l'article | Argumentation | Description de la maladie

La Terre est malade !

« Un petit billet d'absence, et on est guéri ! », comme dirait notre CPE. C'est vrai que c'est bien pratique et que l'usage est connu : un petit rhume, une petite nausée, un petit contrôle = une petite absence et l'on revient le lendemain plus vif que jamais ! Mais imaginez que la Terre tienne le même raisonnement... qu'adviendrait-il de nous ?

Pourtant, des congés maladies, elle y aurait bien droit. Observons un instant son bulletin de santé :

– température élevée : réchauffement climatique ;
– mal de mer : pollution des océans ;
– carences énergétiques : épuisement de ses ressources énergétiques ;
– digestion difficile : accumulation des déchets de nos technologies ;
– respiration difficile : déforestation intensive.

Ce n'est qu'un extrait, mais nous en sommes tous responsables, nous agissons avec indifférence et désinvolture devant cette maladie

COMPRENDRE

qui ronge la Terre. Pourtant, nous sommes capables individuellement et collectivement de panser ces plaies et de stopper ces hémorragies. Agissons en médecins de notre planète.

De même que des gestes simples comme le lavage des mains empêchent les maladies de se propager, il faut multiplier les gestes simples pour soigner la Terre. Pour commencer, trions nos déchets et privilégions les matériaux recyclables et recyclés. Ensuite, ne favorisons pas la surconsommation : mon portable fonctionne, pourquoi en racheter un ? Encourageons nos proches à limiter leurs déplacements : le vélo et les baskets soignent la planète et nous-mêmes, double bénéfice ! Ne gaspillons pas des ressources simples mais précieuses comme l'eau potable : préférons la douche au bain, coupons le robinet pendant le brossage de dents, n'arrosons pas la pelouse en plein été... Enfin, les petits gestes que l'on fait à la maison doivent être les mêmes au collège. Pour commencer, adoptons ce principe dès cet hiver : « Porte fermée, chaleur conservée ! »

Ces solutions peuvent sembler naïves et insignifiantes mais comme le dit le slogan « Il n'y a pas de petits gestes quand on est 60 millions à les faire » ; c'est à ce prix que nous sauverons la Terre et qu'elle ne nous présentera pas un jour prochain son billet d'absence !

J.-M. P., *Les News du Bahut*, septembre 2016.

Travail d'écriture – Sujet de réflexion → *énoncé p. 222*

Les clés pour réussir

L'introduction

- Introduisez le sujet : vous pouvez vous référer au texte étudié qui évoque le « bras de fer entre la science et la vie ».
- Présentez le sujet : reprenez la question posée par le sujet.
- Annoncez clairement votre plan.

Le développement

- La question posée implique un plan en deux parties sur les avantages et les inconvénients des nouvelles technologies.
- Les raisons peuvent être :
  – les avantages : rapidité, abolir les distances, communiquer...
  – inconvénients : pollution, communication virtuelle, dépendance...
- Dans chaque partie vous sélectionnerez deux ou trois arguments pertinents illustrés d'exemples précis. Il est demandé de faire des liens avec les autres disciplines étudiées au collège et notamment ici les sciences et la technologie.

La conclusion

- Résumez en d'autres termes votre argumentation en précisant votre avis.
- Terminez avec une phrase d'ouverture.

Méthode

Pour vous aider, nous vous avons indiqué en couleur les parties de la rédaction qui répondent aux consignes.

Indicateurs logiques — Arguments — |...| Exemples

À l'instar de Jean-Marie Pelt qui évoque un « bras de fer entre la science et la vie », on peut se demander si les nouvelles technologies ne présentent que des atouts pour l'humanité. Nous proposerons des réponses à cette question en envisageant dans un premier temps les avantages que nous offrent les nouvelles technologies, puis dans un second temps nous en étudierons les limites.

Tout d'abord, la rapidité des nouvelles technologies permet une grande efficacité dans nos vies quotidiennes. Qu'il s'agisse de recherches d'informations, de formalités administratives, d'échanges de mails, les technologies connectées simplifient la vie. Par exemple, les GPS dans les voitures font gagner un temps précieux et nous guident immédiatement vers notre destination en prenant en compte les encombrements de circulation.

D'autre part, les nouvelles technologies sont si perfectionnées qu'elles permettent d'abolir les distances. En effet, grâce à nos téléphones portables, nous sommes toujours en mesure de contacter nos proches, où que nous soyons. Ainsi, les absences des gens que nous aimons ou l'éloignement de personnes avec lesquelles nous travaillons ne sont plus un obstacle.

Enfin, la diversité des nouveaux moyens de communication facilite notre relation aux autres. Les réseaux sociaux, les smartphones, les webcam permettent de partager à distance et de façon instantanée des photographies, des vidéos ou de la musique.

Cependant, cette apparente facilité de communication ne présente-t-elle pas aussi des aspects négatifs ?

Premièrement, il faut mesurer l'impact des nouvelles technologies sur notre environnement. Prenons l'exemple des télévisions, régulièrement une nouvelle technologie audiovisuelle vient remplacer la précédente – qui pourtant fonctionnait très bien – et incite les consommateurs à changer leurs appareils. Il en résulte une augmentation considérable de déchets non recyclables.

De plus, la facilité à communiquer qui nous est offerte n'est souvent qu'une apparence : on se contente d'une communication virtuelle qui tend à remplacer les véritables échanges humains. Ainsi, dans les restaurants, on peut observer les couples qui déjeunent face à face en ayant chacun le regard fixé sur leur smartphone !

Enfin, les nouvelles technologies sont addictives et entraînent des troubles du sommeil ou de l'attention. Effectivement, de nombreuses études montrent que la lecture de tablettes ou la présence du téléphone portable à côté du lit perturbent considérablement le sommeil : on est toujours en attente d'un message, et la preuve en est que le matin le premier réflexe est de consulter les messages arrivés pendant la nuit.

Il est donc certain que les nouvelles technologies peuvent être un atout pour l'humanité mais à condition d'en faire un usage réfléchi et modéré. On pourrait d'ailleurs se poser la question de notre rapport au temps et de cette volonté de vouloir toujours en gagner... pour quoi faire ?

Sujet 20 René Barjavel, *Le Grand Secret*

3 heures

Sujet inédit

Travail sur le texte littéraire et sur l'image

1 h 10 50 pts

Document A Texte littéraire

En 1955, un nouveau virus, le JL3, est découvert par le savant indien Bahanba, qui expérimente ses propriétés…

Scientifiquement, Bahanba n'aurait de certitude absolue en ce qui concernait l'action du JL3 sur le vieillissement humain que lorsqu'il aurait dépassé de façon déraisonnable la durée habituelle de la vie. Il ne pouvait pas attendre cent ans pour prendre une décision. Cette décision était déjà formulée dans son esprit.

Hindouiste[1] et croyant, il pensait que la mort est nécessaire. Elle n'est qu'une porte entre deux vies. C'est seulement après avoir passé une infinité de portes que l'âme humaine se trouve nettoyée, purifiée, libérée, et peut alors rejoindre Dieu. Supprimer la mort, c'était fermer ces portes, condamner les âmes incarnées à rester à tout jamais prisonnières de la matière, des illusions et des douleurs. C'était le bagne pour l'éternité.

En dehors de toutes croyances, que se passerait-il si les propriétés du JL3 étaient divulguées ? Ou bien les gens au pouvoir, arguant[2] du danger de donner l'immortalité à tout le monde, restreindraient ou interdiraient l'emploi du vaccin, c'est-à-dire se le réserveraient. Alors s'instituerait une effrayante inégalité, celle de la vie et de la mort, qui susciterait les plus sanglantes révolutions.

Ou bien, au nom de l'égalité et de la justice, l'humanité entière serait vaccinée en quelques années et, la non-mortalité des adultes s'ajoutant à la non-mortalité infantile, la densité de la population deviendrait telle que la mort prendrait abominablement sa revanche par la famine, l'assassinat des vieillards et des enfants, l'empoisonnement général par les déchets, et l'asphyxie.

Bahanba était indien. Il connaissait de ses yeux et dans son cœur les effets de la surpopulation et du manque d'aliments. Il avait vu à Calcutta les camions ramasser chaque matin dans les rues les cadavres d'enfants morts de faim. Contre cette agonie-là, le JL3 ne pouvait rien. Il ne pouvait que la rendre universelle. Tous les stocks de bombes H[3] du monde feraient moins de ravages que l'immortalité.

C'est pourquoi, dès qu'il fut certain que le JL3 avait été partout détruit comme il l'avait demandé, son soulagement fut immense.

Or voici que son assistant Acharya, qui n'avait pas reçu d'inoculation du vaccin, présentait tout à coup, après avoir travaillé auprès de lui pendant trois semaines, le premier symptôme de l'infection par le virus. Ou bien il avait été infecté, avant son départ, par les souris, ou, depuis son retour, par Bahanba lui-même. Conclusion identique : l'immortalité était contagieuse… […]

Bahanba eut la vision d'une terre submergée par un fantastique déchaînement de vie animale et végétale, hommes, plantes et bêtes se chevauchant et s'entretuant pour la place et la nourriture, jusqu'à l'inanition[4], l'asphyxie et l'écroulement. Il fallait immédiatement opérer l'ablation[5] de ces foyers d'infection. On ne pouvait prendre aucun risque. Toute personne ayant subi ou ayant pu subir la contagion devait être retirée de la circulation avec ou sans son consentement, et transportée dans un endroit du monde où elle pourrait être isolée de façon totale. Cela ne pouvait être fait, dans chaque pays concerné, qu'avec l'appui de la plus haute autorité et dans un secret absolu.

René Barjavel, *Le Grand Secret,* Éditions Presse de la Cité, 1973.

1. *Hindouiste* : pratiquant de la religion hindoue.
2. *Arguant* : prétextant.
3. *Bombe H* : bombe nucléaire.
4. *Inanition* : faiblesse due au manque de nourriture.
5. *Ablation* : suppression.

Les réponses aux questions doivent être entièrement rédigées.

Grammaire et compétences linguistiques → corrigé p. 232

1 Quel mode est principalement utilisé dans les paragraphes 3 et 4 ? Comment comprenez-vous ce choix de l'auteur ? **4 pts**

2 Relevez dans le deuxième paragraphe une expression au présent qui montre quelle décision prend Bahanba. En quoi le choix de ce temps renforce-t-il la décision ? **4 pts**

3 De « C'est pourquoi » (l. 30) à « contagieuse » (l. 37), relevez les indicateurs logiques et précisez quels liens logiques ils expriment. À quel genre de texte s'apparente donc ce passage ? **4 pts**

4 Réécrivez le passage suivant en mettant les verbes au passé composé et en remplaçant « il » par « ils ». Vous ferez toutes les modifications nécessaires.
« Il connaissait de ses yeux et dans son cœur les effets de la surpopulation et du manque d'aliments. Il avait vu à Calcutta les camions ramasser chaque matin dans les rues les cadavres d'enfants morts de faim. » **10 pts**

Compréhension et compétences d'interprétation → corrigé p. 232

1 Quelle est la propriété du virus JL3 ? Citez le texte. **4 pts**

2 Pourquoi représente-t-il un rêve pour les êtres humains ? **2 pts**

3 Quels dangers risquent les hommes si ce virus se propage ? Citez le texte. **4 pts**

4 À quel choix Bahanba est-il confronté ? Est-il certain de sa découverte ? Citez le texte. **4 pts**

5 Quelle figure du savant incarne-t-il ? **4 pts**

6 « Tous les stocks de bombes H du monde feraient moins de ravages que l'immortalité » (l. 28-29). Quelle image est donnée de la science ? **6 pts**

7 Comment comprenez-vous le titre du roman : *Le Grand Secret* ? **4 pts**

Dictée → corrigé p. 233

20 min **10 pts**

› Écoutez la dictée avec l'application Nathan Live.

Rédaction

1 h 30 **40 pts**

Vous traiterez, au choix, l'un des deux sujets suivants.

Sujet d'imagination → corrigé p. 234

› Vous avez été contaminé(e) par le virus JL3. Dans une page de votre journal de bord datée de l'an 2275, vous racontez votre quotidien en exprimant ce que vous ressentez et décrivez le monde dans lequel vous vivez désormais.

Sujet de réflexion → corrigé p. 236

› Pensez-vous que les progrès scientifiques représentent toujours une avancée pour l'être humain ? Vous vous appuierez sur votre expérience, sur vos lectures et sur les connaissances acquises dans l'ensemble des disciplines.

Sujet 20 Corrigé

Grammaire et compétences linguistiques → énoncé p. 230

Les clés pour réussir

1 **Le conditionnel** possède les valeurs suivantes : atténuation d'un ordre, hypothèse, souhait, regret, incertitude, fait imaginaire.

3 **Les indicateurs logiques** permettent de signaler les différentes étapes d'un raisonnement et marquent un lien logique qui peut être de cause, du but, de conséquence, d'alternative, d'opposition, d'hypothèse.

4 • **Le passage de la troisième personne du singulier à la troisième personne du pluriel entraîne le changement :**
– de deux déterminants possessifs ;
– de deux terminaisons verbales.

• **Le passage de l'imparfait au passé composé demande d'être attentif :**
– à l'accord des participes passés ;
– à l'ajout de l'auxiliaire être ou avoir.

1 Dans les paragraphes 3 et 4, l'auteur utilise principalement le conditionnel présent : « interdiraient ; s'instituerait ; deviendrait... ». Ce mode permet ici d'exprimer l'hypothèse : l'auteur se projette en faisant des suppositions sur l'avenir.

2 Bahanba prend la décision de ne pas diffuser sa découverte ; le présent de vérité générale dans l'expression « la mort est nécessaire » (l. 6) renforce son idée en la présentant comme une vérité absolue et indiscutable de tout temps.

3 « C'est pourquoi » et « conclusion » indiquent la conséquence ; « or » marque une légère opposition ; « ou bien » et « ou » soulignent une alternative, un choix. Ces indicateurs donnent l'impression de suivre un raisonnement scientifique, le texte suit les pensées du savant qui analyse les éléments avant de prendre une décision.

4 <u>Ils ont</u> connu de <u>leurs</u> yeux et dans <u>leur</u> cœur les effets de la surpopulation et du manque d'aliments. <u>Ils ont</u> vu à Calcutta les camions ramasser chaque matin dans les rues les cadavres d'enfants morts de faim.

Compréhension et compétences d'interprétation → énoncé p. 231

Les clés pour réussir

5 Les savants en littérature peuvent être des personnages inquiétants : les savants-fous, ou au contraire des personnages scientifiques qui raisonnent et travaillent pour le bien de l'humanité.

1 Le virus JL3 transmet l'immortalité aux être humains : « supprimer la mort », « donner l'immortalité à tout le monde », « la non-mortalité », « l'immortalité était contagieuse ».

2 Les êtres humains sont angoissés par l'idée de la mort et ce qu'elle apporte : perte des gens proches, ignorance de l'avenir... L'immortalité semble donner un pouvoir absolu d'invincibilité.

3 Si le virus JL3 se propage, les dangers sont multiples : inégalité et rivalité entre ceux qui sont infectés et les autres (« effrayante inégalité, [...] les plus sanglantes révolutions » (l. 16-17)), surpopulation mondiale qui entraînerait la famine et un désastre écologique : « la famine, [...] l'empoisonnement général par les déchets ».

4 Le personnage de Bahanba est confronté au dilemme de diffuser ou non sa découverte alors qu'il n'a pour l'instant aucune certitude sur ses effets : « Bahanba n'aurait de certitude absolue en ce qui concernait l'action du JL3 [...] » (l. 1-2)

5 Bahanba incarne l'image d'un savant humaniste, préoccupé par le bien-être des êtres humains. Ses recherches sont destinées à lutter contre les fléaux qu'il a pu observer : « il avait vu à Calcutta les camions ramasser chaque matin dans les rues les cadavres d'enfants morts de faim » (l. 25-27). Sa découverte allant à l'encontre de ses principes, il veut la faire disparaître : « le JL3 avait été partout détruit comme il l'avait demandé » (l. 30-31).

6 Cette comparaison avec les désastres causés par les bombes nucléaires donnent une image négative et inquiétante de la science : ce virus, comme le nucléaire, est destiné au départ à améliorer le sort des populations, mais son utilisation peut s'avérer bien plus dangereuse et elle risque d'échapper au contrôle humain.

7 Le titre du roman *Le Grand Secret* s'explique par la décision que prend Bahanba de retirer « de la circulation » toutes les personnes porteuses du virus JL3 « dans un secret absolu » (l. 47).

Dictée → énoncé p. 231

Les clés pour réussir

Bien conjuguer

- Le temps dominant est le **présent de l'indicatif**. Le passé composé de l'indicatif est également utilisé.
- Le participe passé du verbe **« devoir »** prend un accent circonflexe sur le u : **« dû »**.

Bien orthographier

- Derrière la préposition **« à »**, les verbes sont à **l'infinitif**.
- Pour **les participes passés avec le son « i »**, pensez à mettre au féminin pour trouver la dernière lettre : prise → pris.

- La plupart des verbes en app- prennent deux p sauf : apercevoir, apaiser, aplatir, apitoyer, apostropher.

Bien accorder

- **« Cent »** s'accorde uniquement s'il n'est suivi d'aucun chiffre.
- **« Émerveillés »** est un participe passé employé comme adjectif ; il s'accorde avec « des yeux », masculin pluriel.

Les mots difficiles

- « Atmosphère » et « technique » viennent de racines grecques comme de nombreux mots scientifiques, on retrouve donc la graphie « ph » pour le son [f] et « ch » pour le son [k].

Nous sommes dans l'atmosphère. Les rétrofusées entrent en action. Nova me regarde en souriant. Elle a appris à sourire et aussi à pleurer. Mon fils tend les bras et ouvre des yeux émerveillés. Au-dessous de nous, c'est Paris. La tour Eiffel est toujours là.
J'ai pris les commandes et me dirige d'une manière très précise. Miracle de la technique ! Après sept cents ans d'absence, je parviens à me poser à Orly, qui n'a pas beaucoup changé, au bout du terrain, assez loin des bâtiments. On a dû m'apercevoir ; je n'ai qu'à attendre. Il ne semble pas y avoir de trafic aérien ; l'aéroport serait-il désaffecté ? Non, voici un appareil. Il ressemble en tout point aux avions de mon époque !

Pierre Boulle, *La Planète des singes,* Julliard, 1963.

Travail d'écriture – Sujet d'imagination → énoncé p. 231

Les clés pour réussir

Les caractéristiques d'un journal de bord (ou journal intime)

- Le lieu et la date sont inscrits en haut, à gauche.
- L'expression se fait à la première personne du singulier.
- Il faut utiliser le **système du présent** et les **indicateurs spatio-temporels correspondants** (ici, aujourd'hui, hier, maintenant...).

La narration

Il faut tenir compte du texte de Barjavel pour raconter votre quotidien : les craintes qu'avaient Bahanba se sont-elles avérées fondées ? Avez-vous réussi à garder le « secret » ? Comment s'organise la vie avec les autres ?... Vous pouvez évoquer rapidement ce qui vous est arrivé ces dernières années et surtout insister sur ce que vous ressentez.

La description

Le monde peut avoir évolué selon trois schémas, à vous de choisir celui qui vous inspire le plus : peu de choses ont changé, le secret a été bien gardé ; la Terre a été dévastée ; la technologie règne sur le monde.

Méthode

Pour vous aider, nous vous avons indiqué en couleur les parties de la rédaction qui répondent aux consignes.

Caractéristiques du journal

|...| Passages descriptifs

|...| Passages narratifs

Journal de bord : 1er mai 2275

Aujourd'hui, c'est la fête du travail ! Un jour férié donc... mais j'ai bien du mal à m'en réjouir : une journée de plus à occuper, ça peut sembler long quand on a 272 ans ! J'ai bien réfléchi et je crois que je suis la dernière immortelle, c'est pour cette raison que je me décide enfin à tenir ce journal.

Les choses se sont précipitées quelques années après notre isolement sur l'île du docteur Bahanba : il a trouvé un antidote contre le JL3 ! Belle trouvaille en vérité, mais tout le monde n'a pas été d'accord pour suivre son exemple et se faire vacciner : la tentation était trop grande. Moi-même, j'avais juste 16 ans... et toute la vie devant moi, je n'allais pas la raccourcir pour satisfaire quelques vieux scientifiques ! Je me suis donc enfuie. Juste à temps. Enfin, sur le moment, j'ai cru que c'était une bonne idée, aujourd'hui je ne sais plus trop...

Quelques années plus tard, vers 35 ans, j'ai constaté que je ne vieillissais plus, j'ai voulu retourner sur l'île pour voir si d'autres étaient comme moi, mais l'île était déserte : les bâtiments eux-mêmes avaient disparu ! J'ai donc décidé d'organiser ma vie comme une personne « normale »... mais mes rapports avec les autres étaient faussés : après quelques années d'amitié ou d'amour, les personnes se demandaient comment j'arrivais à garder une telle fraîcheur... Ne sachant que répondre et ne pouvant trahir mon secret, j'ai été contrainte à vivre en marge de la société, en changeant de lieu régulièrement.

C'est ainsi que je suis devenue une observatrice discrète de notre monde. Avec le recul, je trouve que les choses n'évoluent pas si vite. En fait, depuis la disparition des voitures et l'avènement de la téléportation, il n'y a pas eu beaucoup de bouleversements technologiques. Les fléaux du XXIe siècle sont restés les mêmes au XXIIe siècle : les guerres, famines, inégalités... rien n'a changé si ce n'est la prise de conscience que la planète Terre n'est pas éternelle (elle !) et qu'il faut la préserver.

COMPRENDRE

La suppression des énergies fossiles a été un grand soulagement pour moi, c'est peut-être égoïste, mais à terme, je me demandais bien où j'allais pouvoir aller si la Terre disparaissait ! C'est sûrement que j'ai pris goût à ne plus attendre la fin des choses, même si parfois je trouve que l'éternité est un peu longue... comme le disait un écrivain il y a plus de deux siècles : « surtout vers la fin » !

Travail d'écriture – Sujet de réflexion → *énoncé p. 231*

Les clés pour réussir

Ce sujet nécessite une **réponse organisée en deux parties** : les atouts et les dangers des progrès scientifiques. Elles seront encadrées par une introduction et une conclusion.

L'introduction

- **Introduisez le sujet** : vous pouvez faire référence à l'histoire.
- **Énoncez le sujet.**
- Annoncez le **plan**.

La première partie

- Pensez aux **améliorations** apportées par les progrès scientifiques :
→ médecine, moyens de communication, recherche, droits sociaux...

La seconde partie

- Cherchez vos exemples dans les **problèmes éthiques et écologiques** liés aux progrès scientifiques :
→ pollution, clonage, course au profit, dépendance à la technologie, déshumanisation du travail...

La conclusion

- Résumez en d'autres termes votre argumentation.
- Terminez avec une phrase d'ouverture.

Méthode

Pour vous aider, nous vous avons indiqué en couleur les parties de la rédaction qui répondent aux consignes.

Indicateurs logiques — Arguments — |...| Exemples

Depuis la deuxième moitié du XIXe siècle et la révolution industrielle, l'humanité s'est lancée dans une course au progrès. Les sciences et techniques tendent à nous conduire vers la modernité et le bien-être. Cependant on peut se demander si les progrès scientifiques représentent toujours une avancée pour l'être humain. Nous étudierons d'abord les atouts des progrès scientifiques avant d'en aborder les dangers.

Dans un premier temps, rappelons que les progrès scientifiques et techniques ont toujours eu pour but de faciliter la vie des êtres humains, de la rendre moins pénible en substituant la technique à la force physique, que ce soit pour le travail ou pour les loisirs. Prenons l'exemple du chemin de fer : son développement considérable au XIXe siècle a non seulement été un atout pour l'industrie mais il a aussi permis de réduire les distances en donnant accès à la mobilité au plus grand nombre, comme on peut le voir dans le roman de Zola *La Bête humaine,* où il décrit ainsi les voies ferrées : *« C'était comme un grand corps, un être géant couché en travers de la terre »,* montrant par cette personnification la fascination qu'exerce déjà la technique au XIXe siècle.

Ensuite, les progrès scientifiques ont permis de se débarrasser de fléaux qui s'abattaient sur l'humanité : de nombreuses maladies ont été et sont toujours éradiquées grâces aux recherches constantes des scientifiques qui œuvrent pour le bien de l'humanité. Ainsi, Louis Pasteur, après avoir découvert le vaccin contre la rage, a également expliqué le principe de la vaccination pour permettre de vaincre d'autres maladies comme le tétanos ou la tuberculose.

Cependant toute médaille a son revers, et l'on peut aussi s'inquiéter de certaines pratiques liées aux progrès scientifiques. Ainsi, le développement technique ne va pas sans bouleverser l'ordre de la nature, et les impacts de nos progrès sur l'environnement sont visibles tous les jours. Par exemple, le plastique trouve des usages dans notre quotidien qui semblent simplifier la vie, mais son recyclage n'a pas été anticipé au point que les déchets plastiques forment actuellement des « continents » au milieu des océans.

Enfin, les progrès scientifiques doivent toujours être accompagnés d'une réflexion morale pour éviter les dérives qui iraient à l'encontre de l'humanité. C'est ce que l'on peut observer dans de nombreux ouvrages de science-fiction, tels que *Le Meilleur des mondes* de Aldous Huxley, où les êtres humains sont créés en laboratoire pour correspondre à son rang dans la hiérarchie sociale. Les problèmes du clonage et du pouvoir sont traités d'une façon originale qui pousse le lecteur à la réflexion.

Nous voyons que dans la majorité des cas, les progrès scientifiques sont motivés par l'amélioration des conditions de vie des êtres humains, mais qu'ils nécessitent toujours d'être encadrés voire modérés pour que les ambitions économiques ou de pouvoir n'altèrent pas leur vocation première. Dans cette optique, il pourrait être intéressant d'élargir cette réflexion au développement des nouvelles technologies qui soulèvent les mêmes inquiétudes.

Sujet 21 Jean-Christophe Rufin, *Globalia*

3 heures

Pondichéry, juin 2019

Travail sur le texte littéraire et sur l'image

1 h 10 **50 pts**

Document A Texte littéraire

Baïkal et Kate sont sortis clandestinement de « Globalia », le monde dans lequel ils vivent. Ils se retrouvent dans la « non-zone » qu'ils ne connaissent pas.

– Tu ne comprends pas, Kate, je te l'ai souvent répété. Ce sera *partout* la même chose. Partout nous serons en Globalia. Partout, nous retrouverons cette civilisation que je déteste.

– Évidemment, puisqu'il n'y en a qu'une ! Et c'est heureux. Aurais-tu la nostalgie du temps où il y avait des nations différentes qui n'arrêtaient pas de se faire la guerre ?

Baïkal haussa les épaules. Kate poussa son avantage.

– Il n'y a plus de frontières, désormais. Ce n'est tout de même pas plus mal ?

– Bien sûr que non, Kate. Tu me récites la propagande que tu as apprise comme nous tous. Globalia, c'est la liberté ! Globalia, c'est la sécurité ! Globalia, c'est le bonheur !

Kate prit l'air vexé. Le mot de propagande était blessant. Il ne s'agissait ni plus ni moins que de la vérité.

– Tu te crois certainement plus malin que moi, mais tu ne peux tout de même pas nier qu'on peut aller partout. Ouvre ton multifonction[1], sélectionne une agence de voyages et tu pars demain dans n'importe quel endroit du monde…

– Oui, concéda Baïkal, tu peux aller partout. Mais seulement dans les zones sécurisées, c'est-à-dire là où on nous autorise à aller, là où tout est pareil.

– Mais tout Globalia est sécurisé ! L'Europe, l'Amérique, la Chine… Le reste, c'est le vide, ce sont les non-zones.

Baïkal reprit d'un ton passionné et s'écria :

– Moi, je continue à croire qu'existe un ailleurs.

Kate soupira.

– C'est ce que tu m'as expliqué et c'est pour cela que je t'ai suivi. Mais rends-toi à l'évidence. L'ailleurs est dans tes rêves, mon amour. Il n'y a que quelques endroits pourris aux confins du monde, des réserves, des friches.

– Depuis six mois je recoupe les informations, insista Baïkal en secouant la tête – mais on sentait le désespoir éteindre sa voix. Je suis sûr que toutes ces non-zones sont en continuité. On peut sortir d'ici et rejoindre la mer, il doit y avoir des déserts, des villes peut-être. J'ai fait l'impossible pour obtenir des plans. J'ai soudoyé[2] un type dont le grand-père était botaniste[3]. Il avait effectué des missions dans les non-zones. Il m'a vendu ce logiciel cartographique, mais il est sans doute dépassé : on ne reconnaît plus rien.

Kate le sentait au bord des larmes. Elle passa sa main dans ses cheveux, lissa ses éternels épis couleur de jais[4] qui se redressaient aussitôt.

– Rentrons maintenant, souffla-t-elle. Nous raconterons que nous nous sommes perdus, que la porte était ouverte, que nous avons voulu être seuls dans la montagne. Cela n'ira pas bien loin. Une amende peut-être.

– Non, dit Baïkal en secouant la tête. Je ne retournerai pas là-bas. Ce monde est une prison.

Jean-Christophe Rufin, *Globalia,* © Éditions Gallimard, 2004.

1. *Multifonction* : ordinateur.
2. *Soudoyer* : payer quelqu'un pour obtenir quelque chose de défendu.
3. *Botaniste* : scientifique qui étudie les plantes, les fleurs et les arbres.
4. *Jais* : de couleur noire.

COMPRENDRE

Document B Image

Quino, scénariste et auteur de bandes dessinées argentin, porte un regard critique sur la société, notamment celle de son pays.

Les réponses aux questions doivent être entièrement rédigées.

Grammaire et compétences linguistiques → *corrigé p. 243*

1 « Globalia » (l. 2)

a. À partir de quel mot ce terme est-il formé ? **1 pt**

b. Expliquez le sens de « Globalia ». **1 pt**

2 « là où on nous autorise à aller » (l. 20), « mais on sentait le désespoir éteindre sa voix » (l. 32), « On peut sortir d'ici et rejoindre la mer » (l. 33-34).

a. Quelle est la classe grammaticale du mot « on » ? **1 pt**

b. Identifiez ce que désigne chacun des trois mots soulignés. **3 pts**

3 « Nous raconterons que nous nous sommes perdus, que la porte était ouverte, que nous avons voulu être seuls dans la montagne » (l. 41-43). Comment les paroles du personnage sont-elles rapportées ? **1 pt**

4 « Globalia, c'est la liberté ! Globalia, c'est la sécurité ! Globalia, c'est le bonheur ! » (l. 11-12). Identifiez une figure de style employée dans ce passage. **1 pt**

5 « Mais rends-toi à l'évidence » (l. 27-28)

a. Quel mode est employé dans cette phrase ? **1 pt**

b. Expliquez l'emploi de ce mode. **1 pt**

6 « Je ne retournerai pas là-bas. Ce monde est une prison. » (l. 44-45)

a. Nommez la relation logique qui unit les deux phrases. **1 pt**

b. Réécrivez-les en utilisant une conjonction de subordination qui exprime la même relation logique. **1 pt**

7 Réécrivez le passage ci-dessous en commençant par « Baïkal explique à Kate qu'elle… ».
« Tu ne comprends pas, Kate, je te l'ai souvent répété. Ce sera partout la même chose. Partout nous serons en Globalia. Partout, nous retrouverons cette civilisation que je déteste. » (l. 1-3) **10 pts**

Compréhension et compétences d'interprétation → *corrigé p. 244*

1 Quel est le sujet central de la conversation entre Kate et Baïkal ? **2 pts**

2 **a.** Que pense Kate de Globalia ? **2 pts**

b. Reformulez deux arguments qu'avance Kate pour défendre son opinion. Vous illustrerez votre réponse à l'aide de deux citations. **4 pts**

c. Dans les lignes 4 à 18, nommez un procédé qu'elle utilise pour convaincre Baïkal. Justifiez-le à l'aide d'un exemple issu du texte. **2 pts**

3 **a.** Quelle vision Baïkal a-t-il de Globalia ? Relevez deux arguments. 3 pts

b. Quel est son projet ? Justifiez votre réponse. 3 pts

4 Quelle proposition Kate formule-t-elle à la fin de l'extrait ? Pour quelle raison ? 2 pts

5 En vous appuyant sur les réponses précédentes et votre lecture du texte, que pensez-vous de Globalia ? Développez votre réponse de manière argumentée. 4 pts

6 **a.** Quelles sont les caractéristiques de la société représentée par Quino dans cette planche de bande dessinée ? 3 pts

b. Quels liens établissez-vous avec le texte *Globalia* ? 3 pts

Dictée

→ corrigé p. 245

20 min **10 pts**

› Écoutez la dictée avec l'application Nathan Live.

Consignes :

– On dictera le texte à haute voix à plusieurs reprises.

– On inscrira au tableau de manière lisible par l'ensemble des candidats le titre de l'œuvre, le nom de l'auteur et les mots **Baïkal, Kate, glauque, biais**.

Rédaction

1 h 30 **40 pts**

Vous traiterez au choix l'un des deux sujets suivants :

Sujet d'imagination

→ corrigé p. 246

› Kate rentre seule à Globalia. Imaginez une situation qui lui ouvre les yeux, l'amenant à considérer Globalia comme une prison et à partager le point de vue de Baïkal sur ce monde.

Vous respecterez les caractéristiques de la narration et du cadre spatio-temporel du texte. Vous intégrerez dans votre récit les pensées et les sentiments de Kate.

Sujet de réflexion

→ corrigé p. 248

› Comment l'expression artistique (la littérature, la peinture, le cinéma, la musique…) permet-elle de dénoncer le totalitarisme ?

Vous répondrez à cette question en vous appuyant sur vos lectures et sur vos connaissances personnelles et culturelles.

Sujet 21 Corrigé

Grammaire et compétences linguistiques → énoncé p. 241

Les clés pour réussir

1 **a.** Étudier la formation d'un mot, c'est rechercher son **radical** et ses éventuels **préfixe** et **suffixe**.

b. Vous pouvez déduire le sens d'un mot à partir de son radical.

3 et **7** Les paroles, dans un récit, peuvent être rapportées au style **direct**, **indirect** ou **indirect libre** (voir fiche 7 p. 271).

4 Les **figures de style** sont des procédés d'écriture utilisés pour créer un effet particulier. Les plus fréquentes sont la **comparaison**, la **métaphore**, la **personnification**, l'**accumulation** et l'**anaphore** (voir fiche 8 p. 273).

5 **a.** et **b.** Les **modes** sont les grandes catégories dans lesquelles sont conjugués les verbes. Ils indiquent la **manière dont le verbe présente l'action**. Ils ont donc des valeurs qui leur sont propres (voir fiche 5 p. 267).

6 Voir fiche 4 p. 266, « Pour aller plus loin ».

1 **a.** Le mot « Globalia » est formé à partir de l'adjectif « global ».

b. « Globalia » est un mot inventé par l'auteur. Il désigne un monde global, une civilisation unique qui ne ferait plus de différences entre les nations : « il n'y en a qu'une » (l. 4).

2 **a.** Le mot « on » est un pronom personnel sujet de troisième personne du singulier qui peut renvoyer à une ou plusieurs personnes.

b. « là où <u>on</u> nous autorise à aller » : « on » désigne les dirigeants de Globalia, ceux qui ont le pouvoir dans ce monde.

« mais <u>on</u> sentait le désespoir éteindre sa voix » : « on » désigne Kate et le narrateur.

« <u>On</u> peut sortir d'ici et rejoindre la mer » : « On » remplace un « nous » qui renvoie à Baïkal et Kate.

3 Les paroles du personnage sont rapportées au style indirect.

4 La figure de style employée dans ce passage est une anaphore. Les mêmes mots sont répétés au début de chaque phrase : « Globalia, c'est... ».

5 **a.** Le verbe « rends » est employé au mode impératif.

b. Ce mode est utilisé pour donner un ordre ou un conseil.

6 **a.** Les deux phrases sont unies par une relation logique de cause.

b. « Je ne retournerai pas là-bas <u>parce que</u> ce monde est une prison. »

7 « <u>Baïkal explique à Kate qu'elle ne comprend pas</u>, <u>qu'il le lui a</u> souvent répété, <u>que</u> ce sera *partout* la même chose, <u>que</u> partout <u>ils seront</u> en Globalia, que partout <u>ils retrouveront</u> cette civilisation qu'<u>il déteste</u>. »

COMPRENDRE

Compréhension et compétences d'interprétation → *énoncé p. 241*

Les clés pour réussir

2 **c.** Les procédés littéraires utilisés peuvent être des **figures de style** ou des **écarts** par rapport à l'utilisation habituelle de la langue (inversions, fausses questions, phrases non verbales, répétitions...).

5 On vous demande de rédiger une réponse **argumentée** où vous exposerez votre point de vue en l'illustrant par des **citations** du texte. N'hésitez pas à relire les questions précédentes pour vous aider.

6 **a.** et **b.** Cette question est construite en deux temps : vous devez donner une **description** de la bande dessinée puis faire une **comparaison** entre le texte et l'image. Appuyez-vous sur les détails du dessin pour bien montrer la **critique de la société** qui en ressort.

1 Le sujet central de la conversation entre Kate et Baïkal est l'existence d'un autre monde que celui dans lequel ils sont contraints de vivre : Globalia.

2 **a.** Kate pense que Globalia est un monde idéal et parfait : « Globalia, c'est le bonheur ! » (l. 12).

b. Selon Kate, Globalia offre un monde de paix où toutes les nations sont unies et vivent en harmonie, contrairement au passé « où il y avait des nations différentes qui n'arrêtaient pas de se faire la guerre » (l. 5-6). C'est un monde ouvert, dans lequel on est libre de voyager : « Il n'y a plus de frontières » (l. 8), « on peut aller partout » (l. 16). Enfin, Globalia offre la sécurité à ses habitants : « tout Globalia est sécurisé » (l. 22).

c. Kate utilise des questions rhétoriques (ou interrogations oratoires), c'est-à-dire des affirmations déguisées en questions qui n'attendent pas de réponse mais suggèrent des évidences : « Aurais-tu la nostalgie du temps où il y avait des nations différentes qui n'arrêtaient pas de se faire la guerre ? » (l. 4-6).

3 **a.** Pour Baïkal, Globalia « est une prison » (l. 45). Il pense qu'il existe des non-zones qui sont interdites mais qui offriraient un monde différent de celui que Globalia leur impose : « tu peux aller partout. Mais seulement dans les zones sécurisées, c'est-à-dire là où on nous autorise à aller, là où tout est pareil » (l. 19-21). Il estime que s'ils se libèrent de la « propagande » (l. 10) de Globalia, ils découvriront ce qui leur est caché : « Moi, je continue à croire qu'existe un ailleurs » (l. 25).

b. Le projet de Baïkal est de sortir de Globalia pour découvrir le reste du monde, ce que l'on appelle les « non-zones » (l. 23). Il souhaite partir avec Kate (« On peut sortir d'ici et rejoindre la mer », l. 33-34) et refuse catégoriquement de rester dans Globalia (« Je ne retournerai pas là-bas », l. 44).

4 Kate propose de rentrer dans Globalia alors qu'ils sont sortis clandestinement car elle a peur de ce monde extérieur et hostile : « Il n'y a que quelques endroits pourris aux confins du monde, des réserves, des friches » (l. 28-30). Elle redoute aussi les conséquences de leur sortie s'ils sont repris : « Nous raconterons que nous nous sommes perdus, que la porte était ouverte » (l. 41-42).

5 Globalia semble être un monde idyllique en apparence, comme le suggère son slogan : « Globalia, c'est la liberté ! Globalia, c'est la sécurité ! Globalia, c'est le bonheur ! » (l. 11-12). Mais c'est en réalité un monde totalitaire qui repose sur la « propagande » (l. 10) et sur l'interdiction de dépasser ses frontières pour explorer « l'ailleurs », les « non-zones » présentées comme des friches hostiles. Les différences sont interdites dans Globalia (« Ce sera *partout* la même chose », l. 1-2) et la liberté est réduite à l'intérieur de ses portes, ce qui en fait un univers carcéral, une sorte de prison dorée : « Ce monde est une prison » (l. 45).

6 **a.** Dans cette planche de bande dessinée, Quino présente une société où tout semble « carré ». Cette forme revient en effet dans toutes les conversations : entre les hommes d'affaires, dans les journaux, dans la bouche des policiers, à la radio, sur les panneaux publicitaires, entre les amies...

b. On retrouve ici l'idée d'une société avec une pensée unique imposée à tous. Le monde « carré » de la bande dessinée trouve son équivalent dans la description de Globalia faite par Baïkal : « Ce sera *partout* la même chose. Partout nous serons en Globalia. Partout, nous retrouverons cette civilisation » (l. 1-3). Seul un personnage semble penser différemment : l'homme au costume noir présent dans toutes les cases observe sans rien dire la société dans laquelle il vit, puis rentre chez lui après avoir acheté illégalement un compas et se met à dessiner des formes rondes. Cet homme est comparable à Baïkal, qui transgresse les règles imposées par Globalia (« J'ai soudoyé un type », l. 35) afin de découvrir « un ailleurs » (l. 25).

Dictée → *énoncé p. 242*

Les clés pour réussir

Bien conjuguer

- Le **passé simple** de l'indicatif a deux types de terminaisons : l'un pour les verbes en *-er* (*-ai, -as, -a, -âmes, -âtes, -èrent*), l'autre pour tous les autres verbes (*i/u/in + -s, -s, -t, -^mes, -^tes, -rent*).
- L'**imparfait** de l'indicatif a des terminaisons semblables pour les trois groupes : *-ais, -ais, -ait, -ions, -iez, -aient*.

Ne pas confondre

« près » / « prêt » : « près » est un adverbe de lieu qui peut être remplacé par son contraire « loin » ; « prêt » est un adjectif qualificatif qui peut être mis au féminin (« prête »).

COMPRENDRE

Bien accorder

Cette dictée contient plusieurs **participes passés** employés comme **adjectifs**, un participe passé employé avec l'**auxiliaire « être »**, et un autre employé avec l'**auxiliaire « avoir »** (voir fiche 3 p. 264).

Bien orthographier

« glauque » : verdâtre.

Tout à coup, emportés par leur élan, ils butèrent contre la vitre qui courait à mi-pente. Elle rendit un son vibrant quand ils la heurtèrent. Ils étaient tombés accroupis, emmêlés. Baïkal se redressa, couvert d'aiguilles sèches. Il aida Kate à se relever. Elle n'osait pas toucher la vitre. C'était la première fois qu'elle approchait des limites. Le mur lisse et brillant était transparent de près mais prenait un ton vert glauque à mesure qu'il s'éloignait et qu'on le voyait de biais. [...] La pente qu'ils avaient dégringolée était si raide qu'il semblait impossible de la remonter.

Jean-Christophe Rufin, *Globalia*, © Éditions Gallimard, 2004.

Travail d'écriture – Sujet d'imagination → *énoncé p. 242*

Les clés pour réussir

Écrire une **suite de texte** implique de tenir compte des caractéristiques principales du texte de départ.

Les éléments du texte initial

- Le **genre** du texte : **roman d'anticipation.**
- Le **lieu** où se déroule l'action : **Globalia.**
- Les **caractéristiques des personnages** (âge, caractère, façon de parler...) : vous devez reprendre les personnages et les **faire évoluer** sans perdre de vue leurs préoccupations, leurs envies principales.
- Pensez à exprimer les **pensées** de Kate et ses **sentiments**.

La narration

- Le **statut du narrateur** : votre texte sera rédigé à la troisième personne.
- Les **temps verbaux** : imparfait et passé simple pour la narration, présent pour les dialogues éventuels.
- Le **registre de langue** : privilégiez un registre courant, comme dans le texte initial.

Méthode

Pour vous aider, nous vous avons indiqué en couleur les parties de la rédaction qui répondent aux consignes.

Pensées et sentiments Éléments du texte initial |...| Situation nouvelle

« Non, dit Baïkal en secouant la tête. Je ne retournerai pas là-bas. Ce monde est une prison.

– Arrête, tu t'entêtes et tu inventes des histoires ! Il faut toujours que tu exagères tout ! Moi je rentre, rejoins-moi quand tu seras calmé ! »

Kate repartit alors en direction de la porte. Le soleil se couchait. Elle n'aurait aucun mal à rentrer discrètement, pensait-elle en marchant d'un pas décidé. Elle était cependant déçue de ne pas avoir réussi à convaincre Baïkal. Ça lui passerait et il rentrerait d'ici quelques heures, mais elle n'aimait pas ces disputes qui lui laissaient comme une amertume au fond du cœur. Perdue dans ses pensées, elle reconnut presque avec surprise les reflets glauques du mur de verre qu'ils avaient franchi quelques heures plus tôt. La porte n'était pas loin, encore quelques pas et elle y serait.

| Soudain, alors qu'elle atteignait la paroi vitrée, elle perçut un bourdonnement au-dessus de sa tête et des lumières venant du ciel l'éblouirent. Elle se figea, paralysée par la peur et la surprise. Une voix métallique lui cria avec autorité : « Vous vous trouvez dans une zone non autorisée. Ne bougez plus. Levez les yeux vers le drone afin que l'on puisse scanner votre rétine. Une patrouille va venir vous chercher pour vous placer en quarantaine. » Kate plongea sa tête dans ses mains pour se protéger. Elle se recroquevilla sur elle-même, incapable de faire le moindre mouvement. Baïkal avait donc raison, ils étaient surveillés et leur liberté n'était qu'une illusion, pensa-t-elle.

La voix robotique reprit : « Deuxième somation avant immobilisation électrique. Levez les yeux pour le scanner rétinien. Vous n'êtes pas autorisée à pénétrer en non-zone. » Kate était tétanisée. Elle avait entendu parler de ces rumeurs sur une police secrète qui surveillait les citoyens. Contrairement à Baïkal, elle ne les avait jamais prises au sérieux. Mais voilà qu'elle se retrouvait menacée par un drone ! La lumière de l'appareil devint plus forte, le bourdonnement s'amplifia. Kate attendait l'impact de l'éclair immobilisant...

Elle entendit un grand bruit métallique, puis plus rien ! La lumière avait disparu. Kate n'osait plus bouger. « Ce doit être l'effet de l'éclair immobilisant », se dit-elle. Mais une voix familière lui parvint alors : « Tu vas rester là ? Je te préviens, je ne vais pas passer la nuit à chasser des drones ! » ironisa Baïkal. Elle n'en revenait pas. Il l'avait suivie et venait de la sauver ! Elle courut vers lui, saisit sa main et lui lança sans hésitation : « Partons, emmène-moi vers ton ailleurs ! ». |

Travail d'écriture – Sujet de réflexion → énoncé p. 242

Les clés pour réussir

L'introduction

- Annoncez le **thème** : l'art.
- Présentez le **sujet** : recopiez ou reformulez la question posée par le sujet.
- Annoncez votre **plan**.

Le développement

- Le sujet vous invite à développer **plusieurs paragraphes** pour exprimer votre point de vue sur la force de l'expression artistique. Chaque paragraphe devra contenir un argument et un exemple précis.
- Pensez à convoquer les textes et documents étudiés en classe, notamment dans le chapitre « Dénoncer les travers de la société ».

La conclusion

- Formulez une **synthèse** qui réponde clairement à la question posée par le sujet.
- Terminez avec une phrase d'**ouverture** pour élargir la question en restant sur le même thème.

Méthode

Pour vous aider, nous vous avons indiqué en couleur les parties de la rédaction qui répondent aux consignes.

Indicateurs logiques | Arguments | |…| Exemples

L'engagement consiste à prendre position par son action ou ses œuvres sur des problèmes politiques ou sociaux de son temps. Les artistes, qu'ils soient écrivains, peintres, cinéastes ou musiciens, n'hésitent pas à s'engager pour défendre des causes qu'ils estiment justes. Nous étudierons à travers des exemples précis comment l'expression artistique peut permettre de dénoncer le totalitarisme.

Dans un premier temps, les œuvres artistiques font intervenir l'expérience, la sensibilité et les émotions des auteurs. Là où les documents historiques nous permettent d'avoir une analyse claire et objective des événements, les œuvres d'art apportent une autre compréhension, une lecture subjective qui est de l'ordre du ressenti. Par exemple, la bande dessinée *Maus* d'Art Spiegelman raconte la vie de Vladek, rescapé du camp d'Auschwitz, en créant un univers où les personnages sont représentés sous la forme de chats et de souris, ce qui permet de prendre une certaine distance pour mieux révéler la réalité du système concentrationnaire du régime totalitaire nazi.

Les œuvres artistiques peuvent également critiquer et dénoncer le totalitarisme en maniant les procédés de l'humour. Que ce soient les écrivains ou les dessinateurs, de nombreux artistes font la critique de certains régimes en s'en moquant pour provoquer et faire réfléchir. C'est le cas du dessinateur iranien Kianoush, réfugié en France, qui publie régulièrement des caricatures comme celle intitulée *Iranian free elections* où il dénonce le système politique iranien. Il met en scène un électeur caricaturé en pigeon qui glisse un bulletin de vote dans une urne en observant les affiches de campagne des candidats, qui ne lui proposent que des formes de cages différentes.

Enfin, l'utilisation de la fiction permet d'instruire les lecteurs ou les spectateurs en dénonçant les travers des sociétés totalitaires. Les comportements décrits dans des univers comparables au nôtre permettent à chacun d'être touché et de se sentir concerné. Ainsi, dans son roman de science-fiction *Fahrenheit 451*, Ray Bradbury décrit une société totalitaire où les livres sont interdits et doivent être brûlés. Les échos avec les incendies de livres par les nazis ou avec les « grandes purges » de Staline au cours desquelles de nombreux écrivains furent exécutés sont évidents.

Pour conclure, on peut noter que les œuvres d'art permettent, par leur portée universelle, de dénoncer les abus et les injustices des systèmes totalitaires et que leurs messages dépassent les époques et les frontières. Il pourrait être intéressant de se questionner aussi sur la nécessité pour une œuvre d'art d'être engagée.

Sujets d'oral

Sujet 22 Otto Dix, *Les Joueurs de skat*

15-25 min

Sujet inédit

Exposé

Seul : 5 min En groupe : 10 min

Projet

Parmi les œuvres étudiées lors du Parcours d'Éducation Artistique et Culturelle, nous avons choisi de vous présenter *Les Joueurs de skat* d'Otto Dix.

Parcours PEAC

Objectif du projet Montrer l'engagement d'un artiste contre la guerre

Document Otto Dix, *Les joueurs de skat*, 1920. Huile sur toile et collage, Galerie nationale, Berlin.

Entretien avec les examinateurs

Voici des questions que pourrait vous poser le jury :

1 Pourquoi avez-vous choisi cette œuvre ?

2 Dans quel contexte historique cette œuvre est-elle née ?

3 Pourriez-vous établir des liens avec d'autres œuvres sur le même thème ?

Sujet 22 Corrigé

Les clés pour réussir

Présentez l'artiste

- **Otto Dix** (1891-1969), peintre allemand, engagé dans l'artillerie en 1914. Il sort traumatisé de la guerre puis devient professeur d'art. Il participe au mouvement **expressionniste** dans lequel **les artistes expriment la réalité selon leurs sentiments** dans une peinture agressive et angoissante qui critique la société. Considéré comme un artiste « dégénéré » par les nazis, il est interdit et certaines de ses œuvres sont brûlées.

Replacez l'œuvre dans son contexte

- En 1920, l'Europe sort avec peine de la **Première Guerre mondiale**. Les sociétés sont encore traumatisées par celle-ci et les traces de cette guerre sont présentes dans la vie quotidienne (destructions, blessés, commémorations...). Cette guerre fait plus de 10 millions de morts et 6 millions de « **gueules cassées** » qui peinent à retrouver une vie normale.

Décrivez le tableau

- Observez attentivement le **décor** pour mettre en évidence certains détails significatifs : lampe, porte-manteau vide, journaux allemands...
- Décrivez précisément les trois **personnages** : chaque élément peut être significatif, que ce soit dans les mutilations, les attitudes, les vêtements... Demandez-vous toujours quelle a été l'**intention de l'artiste**.

Expliquez la signification de l'œuvre

- Appuyez-vous sur votre description pour **interpréter le tableau**. Chaque détail a été choisi par le peintre : pour quelles raisons ?
- Pensez à **faire des liens avec d'autres œuvres** que vous connaissez et à montrer pourquoi vous considérez Otto Dix comme un artiste « engagé ».

Exposé

Au second plan, un lampadaire où l'on voit une **tête de mort** éclaire la scène. Au-dessus des hommes sont affichés des **articles de journaux** allemands qui font référence à la guerre. Sur la droite se trouve un porte-manteau vide.

Au centre, les trois personnages assis autour d'une table jouent aux cartes.

Le personnage de gauche : Amputé du bras droit, il a une main articulée à gauche. Il tient ses cartes avec son pied. Une prothèse remplace sa jambe à partir du genou. De son oreille part un étrange dispositif auditif. Son visage est **mutilé** (œil, joue, cuir chevelu...).

Le personnage du centre : Ses jambes sont remplacées par deux prothèses. Sa face gauche est mutilée (œil de verre, absence d'oreille, joue...) La peau est absente de son cou et de sa tête où se dessine le corps d'une femme. Il n'a plus de bras et se sert de sa mâchoire pour tenir ses cartes.

Le personnage de droite : Il n'a plus de jambes, son bras droit est mécanique, sa mâchoire est une prothèse, son nez coupé est caché par un bandeau. Il porte une Croix de fer : distinction honorifique des soldats allemands.

Méthode

Pour présenter votre exposé vous pouvez réaliser un diaporama :

- **Ne rédigez surtout pas de phrases sur le diaporama** : vous seriez tenté de lire et vous perdriez des points sur votre évaluation de l'oral.
- **Montrez bien sur l'image les éléments que vous décrivez à l'oral** : vous connaissez l'œuvre, mais le jury pas toujours.

Les couleurs tournent autour du verdâtre, noir, et bleu foncé à l'exception des visages. **Les lignes du tableau sont très confuses** : elles sont cassées.

Les **mutilations** renvoient bien sûr à la violence subie pendant la guerre mais aussi à l'impuissance des médecins à réparer les corps. Les prothèses deviennent une sorte de camouflage pour tenter de rendre invisibles les destructions subies par ceux que l'on appelle les « **Gueules cassées** ». Les joueurs **montrent leurs jeux** car « les jeux sont faits » ! Ces derniers étaient **truqués** (cartes identiques). Les **cartes sont retournées** comme les enveloppes corporelles. L'absence des membres inférieurs, remplacés par des jambes de bois articulées, transforme ces trois personnages en caricatures proches de **marionnettes**. Ils sont difformes et ne maîtrisent pas leur destin : quelqu'un tire les ficelles pour eux... **la mort qui les regarde** ?

À l'heure de la mise à l'honneur des anciens combattants et de la valorisation de la guerre, **Otto Dix prend clairement position contre la guerre**, en dénonçant ses horreurs. Il reprend ici un thème très connu, *Les joueurs de cartes*, peints par **Cézanne** en 1890, en transformant une scène banale de la vie quotidienne en scène d'horreur de l'après-guerre. Le peintre **Fernand Léger**, soldat de la Première Guerre mondiale, traite le même thème en 1917 dans son tableau *La partie de cartes* qui montre une déshumanisation entraînée par cette guerre moderne. Enfin, ce tableau trouve des échos dans de nombreux textes sur les gueules cassées, notamment le roman *La chambre des officiers* de **Marc Dugain** (1998), qui retrace le parcours d'Adrien Fournier, jeune officier blessé au visage dès 1914, qui se réveille dans un hôpital parisien où il passera cinq ans avec d'autres « gueules cassées ».

Sujet 23 Eras, *Rappeur entouré de crânes*

15-25 min

Sujet inédit

Exposé

Seul : 5 min En groupe : 10 min

Projet

Parmi les choix de parcours et les EPI que nous avons étudiés tout au long du cycle 4, nous avons choisi de vous présenter l'œuvre d'art *Rappeur entouré de crânes* d'Eras.

EPI Culture et création artistique
Discipline Français – Histoire des arts
Titre du projet Eras, *Rappeur entouré de crânes*
Objectif du projet Analyser une peinture murale éphémère

Document Eras, *Rappeur entouré de crânes*, 2008. Peinture murale éphémère, rue Ordener, Paris, XVIIIe arrondissement

Entretien avec les examinateurs

Voici des questions que pourrait vous poser le jury :

1 Pourquoi avez-vous choisi de nous présenter cette œuvre ?

2 Dans quelle tradition de l'histoire de l'art peut-on inscrire cette œuvre ?

Sujet 23 Corrigé

Les clés pour réussir

Replacer l'œuvre dans son contexte

- **Le lieu d'exposition de l'œuvre** est important ici car il est indissociable de l'œuvre. Cette peinture murale a été réalisée dans le XVIIIe arrondissement de Paris sur un mur de la rue Ordener.
- Depuis 2003, c'est un mur d'expression libre qui accueille des fresques monumentales et éphémères, les œuvres étant vite recouvertes par de nouveaux graffitis.

Décrire la scène

- Demandez-vous ce que l'artiste a voulu représenter à travers sa peinture. Commencez par identifier qui est le personnage au centre de l'œuvre.
- Il peut également être utile de vous interroger sur **la mise en scène des relations entre les personnages** : ici, le pantin et la main du marionnettiste.
- Dans cette œuvre, **le décor fait partie intégrante de la scène.** Observez attentivement les crânes et décrivez les différents éléments qui les caractérisent.

Expliquer la signification de l'œuvre

- Pour expliquer une œuvre, il vous faut **identifier les symboles** présents dans l'œuvre et les interpréter. Par exemple ici, les crânes, les billets, la fumée ou encore le bijou autour du cou du pantin.
- Pensez à faire des liens entre les thèmes traités dans l'œuvre présentée et d'autres œuvres que vous connaissez.

Exposé

Cette œuvre intitulée ***Rappeur entouré de crânes*** est une **peinture murale réalisée par le graffeur Eras en 2008.** Elle se trouve sur le mur de la rue Ordener, dans le XVIIIe arrondissement de Paris.

L'auteur est un « graffeur » qui signe « Eras » et participe au street art ou art urbain, mouvement artistique contemporain qui existe depuis les années 1960. Le street art regroupe toutes les formes d'art réalisées dans la rue ou dans des endroits publics, et comprend diverses techniques telles que le graffiti, le pochoir ou les stickers. C'est un art éphémère vu par un très large public.

Sur la peinture, la main d'un **marionnettiste** aux doigts violets fait danser un **rappeur-pantin** de bois à la tête baissée, coiffé d'une casquette et tenant dans une main un micro et dans l'autre des **billets** de 500 euros. Son cou est orné d'un **lourd collier en or** et d'une médaille en forme d'euro.

Pièges à éviter

La partie « décrire » ne doit pas être trop longue : ne faites pas une liste sans fin de chaque détail de l'œuvre, mais relevez les éléments les plus importants et que vous pourrez ensuite expliquer.

À gauche, des **crânes** sont entassés et portent les marques de morts violentes : l'un est poignardé, l'autre présente un impact de balle en plein front, un troisième est transpercé par un os, et du dernier, ouvert en son sommet, sortent des billets de 500 euros. À droite, on voit d'autres crânes aux **allures menaçantes**, tous sont brisés et laissent s'échapper une fumée blanchâtre.

Le rappeur est manipulé par un marionnettiste dont les doigts ont tellement touché l'argent qu'ils ont la couleur des billets de 500 euros. Le chanteur en récupère quelques-uns pour se donner une **illusion de réussite** : celle-ci est symbolisée par un bijou *bling-bling,* signe extérieur de richesse ostentatoire et éloigné des véritables valeurs artistiques. On peut donc voir dans ce graff une **œuvre de contestation**, dénonçant les dérives du show-business qui oublie trop souvent le spectacle au profit du « business ».

Cependant, le rappeur devient vite **esclave de cette richesse qui l'enchaîne** et l'attire inexorablement vers le sol... et vers **la mort qui sera la véritable gagnante**, puisque c'est finalement dans le crâne que s'entassent les billets violets.

Cette peinture murale reprend ainsi tous les thèmes des tableaux baroques appelés **vanités**, qui suggèrent par de nombreux symboles que l'existence humaine est « vaine », c'est-à-dire vide, fragile et soumise aux apparences. Selon la devise latine *memento mori* (« souviens-toi que tu vas mourir »), l'homme ne doit pas oublier qu'il est mortel pour ne pas perdre son temps à de vaines activités. Les symboles usuels des vanités sont bien présents ici :

– l'argent et les bijoux : **vanité des richesses**,
– les crânes, la fumée, les armes : **fragilité de la vie humaine**,
– le micro (la musique) : **vanité des plaisirs**,
– enfin, le street art, par essence éphémère, puisque destiné à être bientôt recouvert, est une sorte de **mise en abyme du caractère transitoire de la vie humaine**, thème majeur des vanités.

Entretien avec les examinateurs

1 J'ai choisi cette œuvre parce que je suis sensible à toutes les formes d'art urbain (graffitis, slam, rap...) qui s'adressent de façon explicite à tout le monde. Ce sont des œuvres éphémères, mais qui auront un très large écho. J'aime aussi l'idée que l'art vienne à notre rencontre sans que l'on ait soi-même décidé du moment (à la différence de la visite d'un musée par exemple).

2 Cette œuvre s'inscrit dans un parcours culturel qui montre la permanence de certaines grandes questions humaines que l'on retrouve à travers différentes formes d'expression artistique. La tradition des vanités questionne sur le rapport de l'homme au temps et sur la meilleure façon d'en profiter. Cette œuvre invite à se recentrer sur l'essentiel, qui doit primer sur une certaine « tyrannie » des apparences. On retrouve d'ailleurs ce thème dans la poésie dès l'antiquité avec le *Carpe Diem* d'Horace, plus tard avec les sonnets de Ronsard et au XXe siècle sous la plume de R. Queneau dans sa chanson « Si tu t'imagines ».

Révisions et méthode

En flashant cette page, vous pourrez accéder à des exercices interactifs sur tous les thèmes du programme.

1 Les classes de mots

Chaque mot appartient à une **catégorie grammaticale** : c'est son **identité**. On parle de **classe** ou de **nature grammaticale**. Il existe **dix classes grammaticales** que l'on sépare en deux catégories : les mots **variables** (qui peuvent changer de forme) et les mots **invariables** (qui ne changent pas).

Les mots variables

Classe grammaticale	Exemples	Comment les reconnaître ?
• **Verbes** (varient en temps et en personne)	→ *manger, courir, venir...*	• Expriment des actions ou des états
• **Noms**	→ *violon, Cassandre, muguet...*	• Nomment des objets, des végétaux, des animaux, des personnes, des concepts...
• **Adjectifs**	→ *petit, rouge, épuisante...*	• Qualifient un nom
• **Pronoms**	→ *je, elle, le mien, qui, que, dont, où...*	• Remplacent un nom
• **Déterminants** (toujours devant un nom ou un groupe nominal)	→ *le, la, un, des, ce, mon, tes...*	• Déterminent le genre et le nombre d'un nom

Les mots invariables

Classe grammaticale	Exemples	Comment les reconnaître ?
• **Adverbes**	→ *très, beaucoup, parfois, heureusement, enfin...*	• Précisent le sens du mot auquel ils se rapportent
• **Prépositions**	→ *à, dans, par, pour, en, vers, avec, de, sans, sous...*	• Introduisent un mot ou un groupe de mots (*pré-* = devant)
• **Conjonctions de coordination**	→ *mais, ou, et, donc, or, ni, car*	• Relient deux propositions indépendantes ou deux mots par un lien logique
• **Conjonctions de subordination**	→ *que, parce que, si bien que, alors que, quand, si...*	• Introduisent une proposition subordonnée conjonctive
• **Interjections et onomatopées**	→ *eh, aïe, zut, crac, boum...*	• Expriment un sentiment, une sensation ; imitent un bruit

Zoom sur les déterminants et les pronoms

La nature des déterminants et des pronoms peut être indiquée de façon plus **précise** et **complète** :

Déterminants	Pronoms
• **Articles définis** → *le, la, l', les* • **Articles indéfinis** → *un, une, des* • **Articles partitifs** → *du, de la, des* • **Déterminants indéfinis** → *chacun, nul, certains...* • **Déterminants possessifs** → *mon, ta, ses...* • **Déterminants démonstratifs** → *ce, cet, cette, ces* • **Déterminants interrogatifs ou exclamatifs** → *quel, quelle, quels...* • **Déterminants numéraux** → *deux, cent, mille...*	• **Pronoms personnels** → *je, tu, elle, le, lui, les...* • **Pronoms indéfinis** → *on, personne, rien, chacun...* • **Pronoms possessifs** → *le mien, la tienne, le nôtre...* • **Pronoms démonstratifs** → *ce, ça, ceux, celui-ci...* • **Pronoms interrogatifs** → *qui, que, quoi, lequel...* • **Pronoms relatifs** → *qui, que, quoi, dont, où, lequel...* • **Pronoms adverbiaux** → *en, y*

Les questions fréquentes au Brevet

Les questions du Brevet sur les classes grammaticales peuvent prendre plusieurs formes. En voici quelques exemples :

- Quelle est la classe grammaticale du mot « atroces » ? Quel nom complète-t-il ? Relevez dans ce groupe nominal les autres mots de la même classe grammaticale. → sujet 7
- Donnez la classe grammaticale du mot « désenchanté ». Expliquez sa formation puis son sens dans le texte. → sujet 9
- « <u>sa</u> ville récemment quittée » ; « Il la voit, il la touche, <u>cette</u> cité lointaine ».

a. À quelle classe grammaticale précise appartient le déterminant « sa » ?

b. À quelle classe grammaticale précise appartient le déterminant « cette » ?

c. Pourquoi le narrateur change-t-il de déterminant pour désigner la même ville évoquée par Omar-Jo ? → sujet 15

2 Les fonctions

La **fonction** d'un mot ou d'un groupe de mots est son **rôle** dans la phrase. On définit les fonctions **par rapport au verbe, au nom** ou **à la phrase**. Pour trouver facilement les fonctions, il faut poser des questions.

Les fonctions par rapport au nom

On appelle **expansion du nom** un mot ou un groupe de mots qui **complète** un nom. Les expansions du nom peuvent avoir 3 fonctions.

Fonction	Nature	Exemple
• **Épithète**	• Adjectif placé à côté du nom ou séparé par une virgule	→ *La belle voiture roule vite.*
• **Complément du nom**	• Groupe prépositionnel (préposition + mot) ou proposition subordonnée relative	→ *Le cours de latin est passionnant.* *Les fraises que j'ai cueillies sont délicieuses.*
• **Apposition**	• Groupe nominal séparé du nom pour être mis en valeur	→ *Cassandre, jeune princesse, connaissait l'avenir.*

Les fonctions par rapport au verbe

Le **sujet** et les **compléments de verbe** apportent des éléments **essentiels** à la phrase. **On ne peut donc pas les supprimer.**

	Fonction	Répond à la question…	Exemple
	• **Sujet**	• Qui est-ce qui ? + verbe	→ *Ma grande sœur part en voyage.*
	• **Attribut du sujet**	• Verbe d'état (*être, sembler, devenir…*) + quoi ?	→ *La métaphore est une figure de style.*
Compléments de verbe	• **Complément d'objet direct (COD)**	• Verbe + qui ? / quoi ?	→ *Il aime les animaux.*
Compléments de verbe	• **Complément d'objet indirect (COI)**	• Verbe + à qui ? / à quoi ? / de qui ? / de quoi ?	→ *Elle parle de ses vacances* **(COI)** *à ses amis* **(COS)**.
Compléments de verbe	• **Complément d'objet second (COS)**		

Les fonctions par rapport à la phrase

Les **compléments de phrase** ou **compléments circonstanciels** indiquent les **circonstances** de l'action. **Ils peuvent être déplacés ou supprimés.**

Fonction	Répond à la question…	Exemple
• Complément circonstanciel de **temps**	• Quand ? / Depuis quand ?	→ *Ils sont arrivés lundi matin.*
• Complément circonstanciel de **lieu**	• Où ? / Par où ?	→ *Il la rejoint à Florence.*
• Complément circonstanciel de **cause**	• Pourquoi ? / À cause de quoi ?	→ *Le départ a été reporté en raison d'une panne.*
• Complément circonstanciel de **conséquence**	• Avec quel résultat ?	→ *Le film était si ennuyeux qu'il s'est endormi.*
• Complément circonstanciel de **but**	• Dans quel but ?	→ *Je pars à Barcelone pour améliorer mon espagnol.*
• Complément circonstanciel de **manière**	• Comment ? / De quelle manière ?	→ *Elle nage vite.*
• Complément circonstanciel de **moyen**	• Au moyen de quoi ?	→ *Il mange avec les doigts !*
• Complément circonstanciel de **comparaison**	• Par rapport à quoi ?	→ *Tu dors comme un loir.*

Certains verbes comme *aller* ou *habiter* peuvent avoir des compléments circonstanciels de temps et de lieu **non déplaçables** et **non supprimables**. On les appelle **compléments essentiels**.

→ *Ils habitent en Italie.*

Les questions fréquentes au Brevet

Les questions du Brevet sur les fonctions peuvent prendre plusieurs formes. En voici quelques exemples :

- « Les brindilles s'accrochent aux planches, aux poutres, aux solives, sous les toiles d'araignée. » Dans cette phrase, relevez un complément de verbe puis un complément de phrase. → sujet 6
- « Des prés verts les trouent par places » : donnez la fonction de « les ». Quel groupe nominal remplace-t-il ? → sujet 7

3 L'accord du participe passé

Sans auxiliaire

Le participe passé **s'accorde en genre et en nombre avec le nom** auquel il se rapporte (comme un adjectif).

→ ***Réfugiés*** *dans leur nid,* *<u>les oisillons</u>* *refusaient de sortir.*

Avec l'auxiliaire « être »

Le participe passé **s'accorde en genre et en nombre avec le sujet** du verbe.

→ *<u>Elles</u> sont* ***venues*** *me voir.*

Avec l'auxiliaire « avoir »

- Le participe passé **ne s'accorde jamais avec le sujet.**

→ *<u>Ils</u> ont* ***acheté*** *des pommes.*

- Il **s'accorde avec le COD** si celui-ci est placé avant le verbe.

→ *Voici les pommes <u>qu'</u>ils ont* ***achetées****.* [« qu' », qui reprend « les pommes », est COD : le participe passé s'accorde donc au féminin pluriel.]

Pour les verbes pronominaux

- Un verbe **pronominal** (précédé d'un pronom réfléchi : *me, te, se*...) se conjugue toujours avec l'**auxiliaire « être ».**
- L'accord du participe passé **dépend de la fonction du pronom réfléchi** :

– s'il est **COD**, le participe passé s'accorde avec le sujet.

→ *Elle <u>s'</u>est* ***lavée****.* [Elle a lavé qui ? « s' » est COD.]

– s'il est **COI**, le participe passé ne s'accorde pas.

→ *Elle <u>s'</u>est* ***lavé*** *les cheveux.* [Elle a lavé les cheveux à qui ? « s' » est COI.]

Les questions fréquentes au Brevet

Les questions du Brevet sur les accords du participe passé peuvent prendre plusieurs formes. En voici quelques exemples :

- « je les ai battus si souvent » : justifiez l'orthographe de « battus ». → sujet 7
- Réécrivez ce passage en remplaçant le pronom « Il » par le pronom « Je » au féminin. « *Il avait, lui aussi, enlevé son calot. Son crâne était plus blanc que celui de Gaston et sa figure plus maigre encore. Il tenait son calot dans sa main et paraissait intimidé.* » → sujet 16

4 Les propositions

Une **proposition** est un groupe de mots organisés autour d'un **verbe conjugué**. Il existe autant de propositions dans une phrase que de verbes conjugués.

PROPOSITION
Contient toujours un verbe

COORDONNÉE
Les **propositions coordonnées** sont reliées par des **conjonctions de coordination** *(mais, ou, et, donc, or, ni, car).*
→ *Il m'a expliqué la route* ***mais*** *je me suis perdu.*

JUXTAPOSÉE
Les **propositions juxtaposées** sont séparées par une **ponctuation** (virgule, deux-points...).
→ *Cosette était épuisée : le seau était trop lourd.*

SUBORDONNÉE

RELATIVE
La **proposition subordonnée relative** est toujours introduite par un **pronom relatif** *(qui, que, quoi, dont, où, lequel...).*
→ *Elle regarde les enfants* ***qui jouent.***

COMPLÉTIVE
- **Conjonctive** (conjonction ***que***)
→ *Je veux* ***que tu travailles.***
- **Interrogative indirecte**
→ *Il se demande* ***si elle va venir.***

CIRCONSTANCIELLE
- de **cause**
→ *Ariane pleure* ***parce qu'elle est tombée.***
- d'**opposition**
→ *Il sort* ***alors qu'il pleut.***
- de **but**
→ *Il lui écrit* ***pour qu'elle ne l'oublie pas.***
- de **conséquence**
→ *Il a chanté fort,* ***si bien qu'il n'a plus de voix.***
- de **condition**
→ ***S'il avait couru,*** *il aurait eu son bus.*
- de **comparaison**
→ *Elle a parlé* ***comme il le fallait.***
- de **temps**
→ ***Lorsque tu seras arrivé,*** *préviens-nous.*

Pour aller plus loin

- La **proposition principale** est une proposition qui commande une proposition subordonnée.
- La **proposition subordonnée infinitive** est une proposition complétive (COD). Son verbe est à l'infinitif et son sujet est différent de celui du verbe de la proposition principale. → *J'entends* ***les oiseaux*** *chanter.*
- La **proposition indépendante** ne dépend d'aucune autre proposition. C'est le cas des propositions juxtaposées et coordonnées.
- Le tableau suivant rappelle les équivalences pour les **rapports logiques** les plus fréquents :

	Juxtaposition	Coordination	Subordination
Cause	, :	*car*	*parce que*
Conséquence	:	*donc*	*si bien que, de sorte que*
Opposition	, ;	*mais, or*	*bien que, alors que*

Les questions fréquentes au Brevet

Les questions du Brevet sur les propositions peuvent prendre plusieurs formes. En voici quelques exemples :

- « j'avais durement peiné, j'avais eu peur d'échouer, je butais contre des obstacles et je me fatiguais. Maintenant, nulle part je ne rencontrais de résistances, je me sentais en vacances, et pour toujours ».

a. Quel est le rapport logique entre ces deux phrases ?

b. Transformez ces deux phrases en une phrase complexe contenant une proposition subordonnée. → sujet 4

- « plus rien ne me semblait dangereux parce que j'étais à vingt pieds du sol, dans les bras de mon père ».

a. Identifiez le connecteur logique et donnez sa classe grammaticale.

b. Quel rapport logique exprime ce connecteur ?

c. Quelle conjonction de coordination exprime le même rapport logique ? → sujet 5

- L'une des phrases suivantes contient une proposition subordonnée relative et l'autre une proposition subordonnée complétive : « Léopold s'assura que la troisième était au complet » ; « Léopold se pencha sur son siège pour voir l'élève Hautemain que lui dissimulait la poutre étayant le plafond ».

a. Trouvez dans quelle phrase se trouve la proposition subordonnée relative.

b. Trouvez dans quelle phrase se trouve la proposition subordonnée complétive.

c. Expliquez comment vous avez pu différencier chacune de ces deux propositions. → sujet 17

5 Les modes

Il existe **4 modes personnels** (lorsque les verbes se conjuguent) et **3 modes impersonnels** (lorsque les verbes ne se conjuguent pas).

Modes personnels

L'indicatif

Il permet d'**inscrire les faits dans la réalité** et de les situer dans le temps. Il exprime la **certitude**. ➜ *Ariane chante.*

L'impératif

Il permet de formuler un **ordre**, une **interdiction** (à la forme négative), un **conseil**. Il ne se conjugue qu'à la première personne du pluriel et à la deuxième personne du singulier et du pluriel, non exprimées. ➜ *Range ta chambre !*

Le subjonctif

Il exprime l'**incertitude**, la **volonté**, le **désir**, l'**ordre**, le **souhait**, la **supposition** ou la **crainte**. Il est toujours précédé de « que ». ➜ *Pourvu que le professeur soit absent !*

Le conditionnel

Il exprime l'**hypothèse**, mais aussi l'**atténuation**, le **souhait**, le **regret** ou le **doute**. ➜ Si Clovis s'entraînait, il *gagnerait*.

Modes impersonnels

L'infinitif

Il permet de classer les verbes en trois groupes. Il peut exprimer un **ordre** ou une **interdiction**. ➜ *Ne pas fumer.*

Le participe

Il possède deux temps :

– le **présent** (*-ant*) : invariable, il remplace souvent une proposition subordonnée. ➜ *Marchant rapidement, il réussit à avoir son train.*

– le **passé** : il s'accorde en genre et en nombre avec le nom, permet de former les temps composés. ➜ *Une fois rangée, la pièce semble plus grande.*

Le gérondif

***En* + participe présent** : il exprime une action qui se déroule en même temps qu'une autre. ➜ Il apprend ses leçons *en chantant*.

Les questions fréquentes au Brevet

Les questions du Brevet sur les modes peuvent prendre plusieurs formes. En voici quelques exemples :

- « je viendrai » ; « je voudrais » : expliquez la différence d'orthographe. ➜ sujet 3
- « Aujourd'hui plus encore, quand la mondialisation des échanges impose partout une circulation frénétique, cette agriculture locale <u>pourrait</u> constituer un idéal prometteur. » Identifiez le mode du verbe souligné et précisez sa valeur dans cette phrase. ➜ sujet 6
- Quel est le mode principalement employé dans les propos de la grand-mère ? Justifiez son emploi. ➜ sujet 9

6 Les valeurs des temps de l'indicatif

Les temps de l'indicatif

À chacun des 4 **temps simples** de l'indicatif correspond un **temps composé**.

Temps simple	Temps composé	Construction du temps composé
• **Présent** → *je lis*	• **Passé composé** → *j'ai lu*	• Auxiliaire conjugué au présent + participe passé du verbe
• **Imparfait** → *elle travaillait*	• **Plus-que-parfait** → *elle avait travaillé*	• Auxiliaire conjugué à l'imparfait + participe passé du verbe
• **Passé simple** → *tu chantas*	• **Passé antérieur** → *tu eus chanté*	• Auxiliaire conjugué au passé simple + participe passé du verbe
• **Futur** → *vous verrez*	• **Futur antérieur** → *vous aurez vu*	• Auxiliaire conjugué au futur + participe passé du verbe

Les valeurs

Préciser la **valeur** d'un temps, c'est **justifier l'emploi** de ce temps plutôt que d'un autre à un moment précis du texte.

Présent

• Le **présent d'énonciation** (ou **d'actualité**) permet d'évoquer un fait qui se produit au moment où l'on parle.

→ *Il est 17 heures. Nous partons en vacances.*

• Le **présent de vérité générale** est employé dans les proverbes ou les définitions.

→ *La Terre tourne sur elle-même.*

• Le **présent de narration** exprime un fait important et le rend plus actuel pour le lecteur, dans un récit au passé.

→ *Les spectateurs s'endormaient quand soudain le numéro 7 marque un but.*

Imparfait et passé simple

• L'imparfait peut exprimer :
- la **durée** : actions passées non limitées dans le temps ;
- la **description** ;
- l'**habitude** ou la **répétition**.

- Le passé simple exprime une **action ponctuelle**, limitée et achevée à un moment du passé.

→ *Il aperçut un rat,* (action ponctuelle)
- *pendant qu'il descendait l'escalier.* (durée)
- *qui semblait énorme.* (description)
- *il n'y en avait jamais ici.* (habitude)

Futur

Le futur peut exprimer :

– une **action non réalisée** au moment où l'on parle.

→ *Demain, je partirai.*

– un **ordre**.

→ *Tu mettras la table.*

Passé composé

Le passé composé exprime une **action achevée** qui conserve un effet dans le présent.

→ *Elle s'est coupé les cheveux.*

Plus-que-parfait

Le plus-que-parfait exprime une **action achevée** et **antérieure** à un événement passé.

→ *J'ai réussi l'examen que j'avais préparé.*

Les questions fréquentes au Brevet

Les questions du Brevet sur les valeurs des temps peuvent prendre plusieurs formes. En voici quelques exemples :

- « Demain, je viendrai te chercher à la sortie, – ajouta ma mère – tu tâcheras de me présenter cette enfant ; je voudrais la connaître ». Identifiez et justifiez le temps du verbe « ajouter » dans cette phrase. → sujet 3
- « J'y avais rêvé dès l'enfance ». Dans cette proposition, à quel temps le verbe est-il conjugué ? Expliquez son emploi. → sujet 4
- Quel est le temps employé majoritairement dans le texte ? Quelle est sa valeur ? Quel effet cet emploi produit-il sur le lecteur ? → sujet 10

7 Les paroles rapportées

On appelle **paroles rapportées** les paroles ou les pensées d'un personnage restituées dans un énoncé. On peut utiliser 3 procédés différents.

Les 3 types de discours

Le discours direct

- Les paroles sont rapportées **directement**, telles qu'elles ont été dites.

→ *Il s'exclama : « J'ai lu un merveilleux roman ! ».*

- Le discours direct donne un **effet de réel** et rend le texte **plus vivant**.

Le discours indirect

- Les paroles sont rapportées **indirectement**, par un intermédiaire, et sont **transformées** pour s'intégrer dans le récit.

→ *Il s'exclama qu'il avait lu un merveilleux roman.*

- Le discours indirect permet une **mise à distance**, un **décalage** entre le narrateur et la personne qui parle.

Le discours indirect libre

- C'est un **intermédiaire** entre le discours direct et le discours indirect : il rapporte les paroles en conservant la ponctuation expressive et les marques de l'oral, mais il les intègre au récit en employant les pronoms personnels et les temps du récit.

→ *Il avait lu un merveilleux roman !*

- Le discours indirect libre **allège** le texte et **n'interrompt pas le récit**.

Comment les différencier ?

	Discours direct	Discours indirect	Discours indirect libre
Ponctuation	Guillemets, ponctuation expressive (! ?...)	Absence de guillemets, pas de ponctuation expressive	Absence de guillemets, ponctuation expressive (! ?...)
Verbe de parole	Placé avant, au milieu ou après les paroles rapportées	Placé avant les paroles rapportées et suivi d'une conjonction de subordination (*que, si, où, quand*...)	Pas de verbe introducteur ni de proposition subordonnée

	Discours direct	Discours indirect	Discours indirect libre
Adverbes	*Demain, ici, hier...*	*Le lendemain, là, la veille...*	*Demain/le lendemain, ici/là, hier/la veille...*
Temps verbaux	Présent, passé composé, futur	Imparfait, passé simple, plus-que-parfait...	Imparfait, passé simple, plus-que-parfait...
Exemple	→ *Nicolas cria : « Isaure est déjà venue hier ! ».*	→ *Nicolas cria qu'Isaure était déjà venue la veille.*	→ *Isaure était déjà venue hier/la veille !*

Les questions fréquentes au Brevet

Les questions du Brevet sur les paroles rapportées peuvent prendre plusieurs formes. En voici quelques exemples :

- Voici deux phrases au discours direct dont le verbe introducteur est au présent :
Andromaque demande à Pyrrhus : « Seigneur, que faites-vous, et que dira la Grèce ? »
Andromaque déclare à Hermione : « J'ai vu percer le seul où mes regards prétendaient s'adresser. »
Sur votre copie, réécrivez ces deux phrases au discours indirect en mettant le verbe introducteur au passé simple. → sujet 17
- « Nous raconterons que nous nous sommes perdus, que la porte était ouverte, que nous avons voulu être seuls dans la montagne ». Comment les paroles du personnage sont-elles rapportées ? → sujet 20
- « Sa toute petite bouche soulignée d'un trait de moustache articule très doucement nous construisons la cité du futur, une entreprise pharaonique ». Comment, dans cette phrase, les propos tenus par le personnage sont-ils rapportés ? Est-ce une manière de faire habituelle ? À votre avis, pourquoi l'auteur procède-t-il ainsi ? → sujet 21

8 Les figures de style

Les **figures de style** sont les **façons de parler ou d'écrire** qu'un auteur utilise pour attirer l'attention du destinataire, l'étonner, l'émouvoir, le convaincre... Il en existe plusieurs catégories.

Les figures d'analogie

Elles **créent un lien entre deux éléments**.

Figure	Définition	Exemple
• **Comparaison**	• Rapprochement de **deux éléments** qui présentent un point commun, à l'aide d'un <u>mot-outil</u> de comparaison (*comme, semblable à, ainsi que...*)	→ *« La **terre** est bleue <u>comme</u> une **orange** »* (Éluard)
• **Métaphore**	• Rapprochement de **deux éléments** sans mot-outil de comparaison	→ *« Ses **cheveux** sont d'**or** »* (Apollinaire)
• **Personnification**	• Attribution d'une **caractéristique humaine** à <u>quelque chose qui ne l'est pas</u>	→ *« L'<u>habitude</u> venait **me prendre dans ses bras** »* (Proust)

Les figures d'opposition

Elles **opposent deux éléments**, souvent pour souligner un paradoxe.

Figure	Définition	Exemple
• **Oxymore**	• Réunion de **deux termes contradictoires** dans une même expression	→ *« Cette **obscure clarté** qui tombe des étoiles »* (Corneille)
• **Antiphrase**	• Figure ironique qui consiste à dire **le contraire de ce que l'on pense**	→ *« Ma mère a mis son châle jaune et son **beau chapeau** – celui au petit melon et à l'oiseau au gros ventre »* (Vallès)

Les figures d'insistance

Elles **insistent sur un élément** pour le mettre en valeur ou le dénoncer.

Figure	Définition	Exemple
• **Accumulation** (ou **énumération**)	• **Énumération de mots** de même nature grammaticale	→ *« Adieu* ***veau****,* ***vache****,* ***cochon****,* ***couvée*** *»* (La Fontaine)
• **Gradation**	• Disposition de termes allant **du plus faible au plus fort**, ou inversement	→ *« Je* ***n'en puis plus*** *; je me* ***meurs****, je suis* ***mort****, je suis* ***enterré*** *»* (Molière)
• **Hyperbole**	• **Exagération**	→ *« Les femmes avaient* ***pris d'assaut*** *les magasins »* (Zola)
• **Anaphore**	• Répétition d'un **même mot** ou groupe de mots en début de vers, de phrases ou de propositions	→ *«* ***Paris*** *!* ***Paris*** *outragé !* ***Paris*** *brisé !* ***Paris*** *martyrisé ! Mais* ***Paris*** *libéré ! »* (De Gaulle)
• **Allitération**	• Répétition de **consonnes**	→ *« Pour qui **s**ont **c**es **s**erpents qui **s**ifflent **s**ur vos têtes ? »* (Racine)
• **Assonance**	• Répétition de **sons vocaliques**	→ *« Je fais souv**en**t ce rêve étr**an**ge et pénétr**an**t »* (Verlaine)

Les questions fréquentes au Brevet

Les questions du Brevet sur les figures de style peuvent prendre plusieurs formes. En voici quelques exemples :

- « Ils ont voulu faire de nous des bêtes. » Quelle figure de style est employée dans cette phrase ? Que veut montrer l'auteur par l'utilisation de cette figure de style ? → sujet 16
- « Globalia, c'est la liberté ! Globalia, c'est la sécurité ! Globalia, c'est le bonheur ! » Identifiez une figure de style employée dans ce passage. → sujet 20

9 Écrire une lettre

La lettre appartient au genre **épistolaire** (du latin *epistula*, qui signifie « lettre »). Ce genre suit des règles précises de **mise en page** qu'il faut adapter au destinataire : on n'écrit pas de la même façon à un ami (**lettre personnelle**) ou au directeur d'une entreprise (**lettre officielle**).

Les caractéristiques d'une lettre

Pour bien réussir ce type de sujet, il faut définir clairement quelle est la **situation d'énonciation.**

- **L'émetteur** : c'est soit un personnage du texte (ou lié au texte) soit vous-même.
- **Le destinataire** : il est toujours précisé dans le sujet (ami, parent, personnage, directeur...).
- **Le lieu et la date** : ils sont indiqués ou suggérés dans le texte.
- **L'objectif de la lettre** : il peut s'agir d'un récit, d'une demande, d'une protestation...

L'astuce du prof

Votre copie doit être **anonyme**, donc **ne signez jamais avec votre nom.** Si vous n'êtes pas inspiré, utilisez le prénom de l'auteur du texte.

Présenter une lettre

Votre lettre devra prendre la forme suivante :

Émetteur

Lieu et date

Destinataire

Objet :

Formule d'appel,

Corps de la lettre en paragraphes.

Formule de clôture,

Nom lisible et signature

Les sujets fréquents au Brevet

Le sujet d'imagination du Brevet peut prendre plusieurs formes.
En voici un exemple :

- Vous êtes un architecte et vous proposez au pays imaginaire d'Utopia la fondation d'une ville idéale. Écrivez la lettre que vous adressez aux dirigeants d'Utopia pour expliquer votre vision de la ville, justifier vos choix et les inviter à retenir votre projet. → sujet 21

10 Écrire un dialogue

Certains sujets vous demandent d'intégrer un dialogue dans votre récit pour rendre votre texte **plus vivant** ou pour faire **débattre** des personnages. On évalue votre capacité à insérer de façon élégante un **dialogue riche**, mais aussi votre maîtrise des **règles de présentation**.

Les caractéristiques d'un dialogue

Un dialogue correctement inséré dans un récit doit :

- **Être justifié** par un événement qui le rend indispensable à la poursuite du récit. Un passage narratif précise les **circonstances** (Qui ? Où ? Quand ? Pourquoi ?) qui amènent ce dialogue et présente les **interlocuteurs**.

→ *Malgré l'obscurité, je compris que j'étais suivi. Je me retournai alors brusquement et fis face à un petit homme étrange qui balbutia...*

- **Faire avancer l'action** et **développer les caractéristiques des personnages** : la façon de parler et les idées échangées doivent permettre au lecteur de mieux les connaître.
- **Ne pas se poursuivre trop longtemps** : il faut interrompre le dialogue par des **passages narratifs** pour analyser les réactions des personnages en laissant la parole au narrateur.

L'astuce du prof

Le dialogue doit bannir les banalités qui l'alourdissent et ne font pas avancer l'action : « *Bonjour Paul, ça va ? – Oui, ça va, et toi ? – Oui.* »

Présenter un dialogue

La présentation d'un dialogue suit des **règles typographiques** que l'on adapte à chaque situation.

- Pour **introduire un dialogue dans un récit**, il faut mettre deux-points (:), aller à la ligne et ouvrir des guillemets («). Puis, à chaque nouvelle intervention d'un personnage dans le dialogue, il faut aller à la ligne et mettre un tiret (–). Les guillemets ne seront fermés qu'à la fin du dialogue.
- Dans le cas d'un **dialogue théâtral**, il faut respecter la présentation propre au genre en indiquant le nom des personnages avant chaque **réplique** et en ajoutant des **didascalies**, séparées du nom par une virgule. Le dialogue devra débuter avec l'entrée en scène (ou la sortie) d'un personnage et se clore de la même façon.

L'astuce du prof

Pour éviter le hors-sujet, pensez à faire un **plan du dialogue** : quel est l'objectif de chaque interlocuteur ? Quels sont les arguments de chacun ? Qui va l'emporter ?

Faire vivre un dialogue

Pour rendre un dialogue **vivant**, **riche** et **intéressant**, il faut respecter les points suivants.

- **Les temps des verbes** : les passages narratifs sont rédigés au passé (imparfait et passé simple) et le dialogue utilise les temps du discours direct (présent, passé composé, futur...). Les verbes introducteurs sont au passé simple.
- **La place des verbes de parole** :

– avant les paroles → *Il affirma* : « *Je sais que c'est lui le coupable !* »
– au milieu des paroles (en incise) → « *Je sais, affirma-t-il, que c'est lui le coupable* ! »
– après les paroles → « *Je sais que c'est lui le coupable* ! » *affirma-t-il*.

- **Les nuances des verbes de parole** : pensez à utiliser des synonymes du verbe *dire*, qui permettent d'affiner le propos. Vous pouvez également les accompagner d'un adverbe.

→ ***Verbes** : chuchoter, murmurer, balbutier, marmonner, avouer, expliquer, insinuer, affirmer, s'exclamer, insister, s'écrier, hurler, interroger, reprocher, rétorquer, répliquer, objecter...*
→ ***Adverbes** : doucement, vivement, timidement, violemment, clairement...*

- **Les niveaux de langue** : le niveau de langue employé doit correspondre aux caractéristiques des personnages. Le registre familier peut donc être utilisé pour créer un effet particulier, mais il faut le faire avec prudence et surtout ne pas employer de vulgarités.

Les sujets fréquents au Brevet

Le sujet d'imagination du Brevet peut prendre plusieurs formes.
En voici quelques exemples :

- Vingt ans ont passé, Roxane et Cyrano sont en couple, une dispute éclate au sujet de l'inactivité de Cyrano. Rédigez la scène sous forme d'un dialogue théâtral à la tonalité humoristique. Il ne vous est pas demandé d'écrire en vers. → sujet 14
- « – Laisse-moi, murmura Léopold. Tu peux pas comprendre. » À la fin du cours, c'est à M. Didier, le professeur de français, que Léopold se confie sur son grand regret de n'avoir pu poursuivre ses études et découvrir des œuvres littéraires. Racontez la scène et imaginez leur conversation en insistant sur les raisons que donne Léopold et sur les émotions qu'il éprouve. → sujet 17

11 Évoquer un souvenir

Le sujet d'imagination peut vous demander de raconter une expérience personnelle : vous rédigerez alors un texte de type **autobiographique**. Les consignes sont variées. On peut par exemple vous demander :

- d'évoquer un **lieu** qui vous tient particulièrement à cœur ;
- d'évoquer un **objet** et les souvenirs qui s'y rapportent ;
- d'évoquer un **souvenir personnel** ;
- d'écrire une page de votre **journal intime**...

L'astuce du prof

Vous n'êtes pas tenu de raconter des choses vraies, mais il faut qu'elles soient vraisemblables.

Dans tous les cas, vous devrez construire votre devoir en **trois étapes**.

L'introduction du souvenir

Vous devez indiquer les **circonstances** qui ont entraîné votre retour dans le passé. Pour cela, n'hésitez pas à faire appel aux **sensations liées à ce souvenir**.

→ *En ouvrant ce tiroir, <u>une photographie</u> tomba. Je me revis alors...*
→ *<u>Le parfum des épices</u> me rappela...*
→ *<u>Le goût du chocolat</u> me replongea quelques années en arrière...*

Le récit du souvenir

Pour enrichir le récit de votre expérience, vous veillerez à insérer les éléments suivants :

- **Des descriptions précises et des portraits** pour que le lecteur puisse imaginer les objets, lieux et personnages de votre souvenir.
- **Des réflexions sur vos sensations et vos sentiments**, en utilisant un lexique approprié.

→ *je sentais, j'observais, j'écoutais, j'éprouvais, j'avais l'impression de...*

- **Un regard sur vous-même** : en évoquant vos émotions et vos réflexions, vous devez insister sur ce qui les a déclenchées.

→ *J'étais véritablement ému parce que...*
→ *Je ressentais de la colère car...*
→ *J'aurais aimé alors...*

L'astuce du prof

Vous pouvez ajouter des **passages de dialogue** si le sujet s'y prête, ou quelques **paroles rapportées** au discours direct pour rendre le texte plus vivant : *Indigné, je m'écriai : « Ce n'est pas moi ! »*

L'analyse du souvenir

- Pour conclure votre récit, il est toujours intéressant de montrer que le **recul** vous a permis d'**analyser votre expérience.**
- Vous montrerez que vous maîtrisez la **situation d'énonciation** d'un texte autobiographique en passant au présent.

→ *Aujourd'hui, je comprends que...*
→ *Je sais maintenant que...*

Les sujets fréquents au Brevet

Le sujet d'imagination du Brevet peut prendre plusieurs formes.
En voici quelques exemples :

- Racontez un épisode heureux de votre enfance lors duquel un adulte a joué un rôle déterminant. Vous insisterez sur la succession des sentiments éprouvés. Vous évoquerez la leçon que vous en avez tirée. → sujet 5
- Comme Benoît Duteurtre, vous retournez dans un lieu qui a marqué votre enfance. Vous décrirez les transformations qui ont modifié cet endroit et les souvenirs qui surgissent alors. Vous insisterez sur les sentiments et les sensations associés à ces souvenirs. Votre texte mêlera récit et description. → sujet 6
- Évoquez un lieu de votre enfance qui a représenté pour vous un espace de jeux et de découvertes. Votre texte mêlera description et narration et cherchera à faire partager les sensations et les sentiments que vous avez alors éprouvés. → sujet 7

12 Écrire une suite de texte

La rédaction d'une suite de texte est un sujet d'imagination qui va permettre au correcteur de vérifier que vous avez bien compris le texte de départ et que vous êtes capable de le réinvestir. Il faut à la fois montrer que vous savez **tenir compte des informations** fournies par le texte initial et que vous êtes capable de **faire preuve d'imagination** pour les développer.

L'histoire

Plusieurs caractéristiques sont à prendre en compte.

- **La tonalité du texte** : réaliste, fantastique, policière, humoristique...
- **Le lieu où se déroule l'action** : s'il y a un changement par rapport au texte de départ, il doit être justifié.
- **L'époque à laquelle se déroule l'action** : faites attention aux anachronismes. Par exemple, si vous écrivez la suite d'un texte sur la Première Guerre mondiale, les personnages n'utiliseront pas de téléphones portables !
- **Les caractéristiques des personnages** (âge, situation sociale, caractère, façon de parler...) : vous devez reprendre les personnages déjà présents dans le texte, mais vous pouvez les faire évoluer. Il n'est pas interdit d'introduire de nouveaux personnages, mais il faut le faire avec prudence pour garder la cohérence de votre récit.

L'astuce du prof

Les questions sur le texte peuvent vous aider à repérer les éléments importants et vous donner des pistes pour une suite possible.

La narration

Pour que votre texte et celui de départ forment un **ensemble cohérent**, vous devez conserver les éléments suivants.

- **Le statut du narrateur** : première ou troisième personne. Attention, c'est une des erreurs les plus fréquentes et les plus lourdement sanctionnées de ce type de sujet !
- **Le point de vue** : interne, externe ou omniscient.
- **Les temps verbaux** : si l'on est dans un récit au passé, on gardera l'imparfait, le passé simple et le plus-que-parfait ; si le texte est au présent, la suite le sera aussi.
- **Le registre de langue** : la plupart des textes proposés au Brevet sont dans un registre courant ou soutenu, mais quelquefois un personnage peut s'exprimer de façon familière pour une raison précise (âge, milieu social...).

L'astuce du prof

Suivant les sujets, il peut être intéressant d'introduire des **dialogues** pour rompre le cours du récit et le rendre plus vivant.

Comment commencer et finir ?

- Votre suite de texte doit **commencer par la dernière phrase du texte**, citée sans guillemets. Cela permettra de créer un véritable lien entre votre texte et celui de l'auteur.
- Vous devez **aboutir à une situation finale**. Celle-ci ne doit pas forcément être stable et fermée, mais il faut qu'elle soit **cohérente** par rapport au texte initial et qu'elle **forme un tout**.
- Si vous connaissez déjà la **fin du texte**, n'essayez pas de la reproduire : vous ne serez évidemment pas noté en fonction de la vraie fin de l'extrait !

L'astuce du prof

Si la dernière phrase du texte est trop longue, contentez-vous des dernières propositions. Si elle est trop courte, reprenez deux phrases.

Les sujets fréquents au Brevet

Le sujet d'imagination du Brevet peut prendre plusieurs formes.
En voici quelques exemples :

- Rédigez la suite du texte, en racontant la scène de présentation de Sara à la mère de Geneviève. Votre récit sera en cohérence avec ce que le texte de Gide vous a appris des intentions et des caractères des personnages. → sujet 3
- À la suite d'un accident, la jeune enseignante doit se reposer. Son mari la remplace dans la maison. Vous imaginerez la suite du récit en montrant que le mari se rend compte progressivement de l'inégalité qui existait entre eux. → sujet 10
- « – Laisse-moi, murmura Léopold. Tu peux pas comprendre. » À la fin du cours, c'est à M. Didier, le professeur de français, que Léopold se confie sur son grand regret de n'avoir pu poursuivre ses études et découvrir des œuvres littéraires. Racontez la scène et imaginez leur conversation en insistant sur les raisons que donne Léopold et sur les émotions qu'il éprouve. → sujet 17

13 Réussir le sujet de réflexion

Le sujet de réflexion vous demande de construire un devoir pour présenter un point de vue sur un sujet précis. Il faut avant tout **analyser le sujet**, puis **trouver les arguments et les exemples** qui constitueront le corps de votre devoir. C'est un travail préparatoire indispensable à la réussite de votre rédaction.

Analyser le sujet

Pour analyser un sujet, il faut se poser 3 questions.

- Quel est le **thème** ? → Le sujet de réflexion est en relation directe avec le **thème du texte étudié.**
- Quelle est la **question** posée par le sujet ? → Elle précise le **problème** soulevé et contient des **mots-clés** qu'il faut identifier.
- Quel **plan** devez-vous adopter ? → Il dépend de la **question** posée par le sujet :

Ce qui est demandé dans le sujet	Type de plan
• Analyser le pour et le contre, les avantages et les inconvénients	• Deux parties, en terminant par celle qui comporte votre opinion
• Exprimer un goût, exposer un point de vue personnel, énumérer des raisons	• Au moins trois paragraphes qui présentent votre opinion et la justifient
• Analyser un problème et proposer des solutions	• Deux parties : problème / solutions
• Analyser les causes et les conséquences	• Deux parties chronologiques : causes / conséquences

Trouver des arguments et des exemples

- Les **arguments** doivent prouver ce que l'on veut démontrer. Il faut donc vérifier de façon systématique qu'ils répondent à la question posée par le sujet pour ne pas risquer le hors-sujet.

→ Pour trouver des arguments qui sont des idées abstraites, il est parfois plus facile de partir d'exemples concrets puis de remonter aux arguments.

- Les **exemples** permettent d'illustrer les arguments. Ils doivent être variés et précis. Indiquez toujours les informations essentielles : sources, titre de l'œuvre, auteur, réalisateur…

L'astuce du prof

Lors du travail de recherche au brouillon, tracez deux colonnes sur votre feuille : l'une pour les arguments, l'autre pour les exemples. Puis complétez-les au fur et à mesure.

→ Pour trouver des exemples, vous pouvez puiser dans votre expérience personnelle, vos lectures, votre culture cinématographique et musicale, vos connaissances en histoire des arts mais aussi dans les autres disciplines.

- Lorsque vous avez trouvé suffisamment d'arguments, vous devez choisir l'**ordre** dans lequel vous allez les présenter. Commencez toujours par les arguments **les plus simples** et les moins originaux pour finir par **les plus complexes** et ceux auxquels vous croyez le plus.

Rédiger

- Préparez votre argumentation **au brouillon** : établissez le **plan**, puis cherchez pour chaque partie vos **arguments** et vos **exemples**.
- Rédigez vos **paragraphes argumentatifs** : introduisez votre argument (*d'abord, ensuite, d'une part...*) et annoncez votre exemple (*ainsi, par exemple, c'est le cas de...*). Ménagez des **transitions** entre vos idées ou vos paragraphes.
- Rédigez votre **introduction** en 3 étapes :

1) une **phrase d'appel** pour présenter le thème;
2) la **question** posée par le sujet;
3) l'annonce de votre **plan** pour y répondre.

- Rédigez votre **conclusion** en 2 étapes :

1) un **bilan** qui montre que vous avez répondu à la question;
2) une **ouverture** sur une autre question en rapport avec le même thème.

L'astuce du prof

Utilisez des **connecteurs logiques** pour souligner le lien ou la rupture entre vos parties et/ou vos paragraphes : *nous venons de montrer que, cependant, car, donc, de plus...*

Les sujets fréquents au Brevet

Le sujet de réflexion du Brevet peut prendre plusieurs formes. En voici quelques exemples :

- **Énumérer des raisons** : Vous avez lu en classe ou par vous-même de nombreuses œuvres littéraires dans leur intégralité ou par extraits. Vous expliquerez ce que vous ont apporté ces lectures et vous direz pour quelles raisons il est toujours important de lire aujourd'hui. → sujet 17
- **Analyser les avantages et les inconvénients** : Les nouvelles technologies ne présentent-elles que des atouts pour l'humanité ? Dans un développement argumenté, vous répondrez à cette question en exposant les avantages et les inconvénients des nouvelles technologies. Vous vous appuierez sur votre expérience, sur vos lectures et sur les connaissances acquises dans l'ensemble des disciplines. → sujet 18

LEXIQUE

Antonyme : mot de sens contraire à un autre mot de même nature → *jeune/vieux*.

Apostrophe : procédé qui consiste à s'adresser directement à quelqu'un ou à quelque chose que l'on personnifie → *Ô temps ! suspends ton vol.*

Champ lexical : l'expression désigne un ensemble de mots qui se rapportent à une même idée ou à un même thème → le champ lexical de l'amour serait : *cœur, amoureux, désir, adorer,* etc.

Concordance des temps : le temps du verbe de la proposition principale détermine celui de la proposition subordonnée selon le sens ou la chronologie des événements → *Je regrette qu'il vienne. /Je pense qu'il viendra. /Si tu viens, je serai heureux. /Si tu venais, je serais heureux.*

Connotation : elle désigne les différents sens, liés au contexte ou à l'imaginaire collectif, qui s'ajoutent aux définitions premières d'un mot → *le rouge lié à la violence, au sang, à la passion.*

Dénotation : sens premier d'un mot.

Didascalies : indications scéniques figurant en italique (ou en italique entre parenthèses) dans les textes de théâtre et qui donnent des informations sur les gestes des personnages, les intonations de la voix, les lieux, etc.

Discours : il se caractérise par une situation d'énonciation définie par un émetteur (celui qui parle) et un destinataire (celui qui reçoit le message), d'où la présence des pronoms personnels des premières et deuxièmes personnes et des temps appartenant au système du présent.
À chaque intention (argumenter, décrire, expliquer, raconter, etc.) correspond une **forme de discours** (argumentative, descriptive, explicative et narrative).
S'ajoutent deux autres sens où discours est synonyme de style (voir ce mot) et de type de phrases (s'y référer).

Famille de mots : ce sont les mots formés à partir d'un même radical → *peur* et *apeuré*.

Formation des mots : les mots peuvent se construire :
– par dérivation : ajout d'un préfixe *(**in**égal)* et/ou d'un suffixe *(inégal**ité**)* à un radical *(in**égal**ité)* ;
– par composition : association de mots qui existent déjà ou qui sont pris à d'autres langues *(avant-hier/ somnambule)*.

Formes de discours :
– narratif (qui raconte une histoire) ;
– descriptif (qui rend compte d'un paysage ou d'un portrait) ;
– explicatif (qui donne des informations) ;
– argumentatif (qui vise à convaincre quelqu'un).

Formes de phrases : il existe les formes négative/affirmative ; personnelle/impersonnelle ; active/passive (*cf. Voix*) ; emphatique (mise en relief d'un élément → ***C'est** lui **qui** a raison*).
Les formes de phrases se combinent avec les types de phrases *(cf. Types de phrases)*. Une phrase interrogative et négative est appelée interro-négative → *Ne vient-il pas ?*

Homonymes : mots de prononciation identique et de sens différent. On distingue les homographes (même forme écrite : *le page/la* *page*) et les homophones (forme écrite différente : *mer/mère*).

■ **Implicite** : c'est ce que sous-entend la situation d'énonciation ou l'énoncé → *Cette tarte est délicieuse* (= le locuteur peut ainsi vouloir dire à son hôte qu'il reprendrait bien de cette tarte qu'il a trouvée à son goût).

■ **Indépendante (proposition)** : elle s'organise autour d'un verbe conjugué et ne dépend d'aucune autre proposition (voir fiche 5 : « Les propositions »).

■ **Inversion du sujet** : l'ordre habituel, dans une phrase verbale, est sujet/verbe. Mais il existe des cas où le sujet est inversé :
– la phrase interrogative → *Peux-tu venir demain ?*
– la phrase exclamative → *Est-elle gentille !*
– la proposition incise → *Je ne viendrai pas, déclara-t-il.*
– lorsque la phrase commence par un complément circonstanciel → *Sur un rocher dort un lézard.*
– lorsque la phrase commence par un mot de liaison → *Aussi décident-ils de partir.*
– dans certaines propositions subordonnées relatives → *Les fleurs qu'a cueillies* ***mon frère*** *sont magnifiques.*

■ **Narrateur** : c'est celui qui raconte l'histoire dans un récit *(cf. Statut).* Il ne faut pas confondre le narrateur et l'auteur. Ce dernier a une identité réelle. C'est dans les textes autobiographiques que l'auteur, le narrateur et le personnage ne font qu'une personne.

■ **Niveau de langue (ou registre)** : manière de s'exprimer adaptée à une situation d'énonciation précise. On distingue trois niveaux de langue :
– le niveau familier → *Où t'as garé la bagnole ?*
– le niveau courant → *Où tu as garé la voiture ?*
– le niveau soutenu → *Où as-tu garé le véhicule ?*

■ **Paratexte** : c'est tout ce qui se trouve à l'extérieur du texte et permet de le situer et de le présenter (auteur, titre, date, texte de présentation en italique, etc.).

■ **Paronymes** : ce sont des mots qui sont proches par la forme et par la prononciation, mais qui n'ont pas le même sens → *éruption* et *irruption.*

■ **Phrase nominale** : c'est une phrase qui ne possède pas de verbe. Elle est employée dans les titres et les notations rapides. Elle peut avoir une valeur dramatique ou expressive. On la trouve souvent dans les phrases exclamatives → *Quelle magnifique journée !*

■ **Point de vue de la narration** : angle à partir duquel le narrateur raconte les événements ou décrit. On distingue :
– le point de vue **omniscient**. Il sait tout sur chaque personnage et les événements ;
– le point de vue **interne**. Il voit à travers le regard d'un personnage ;
– le point de vue **externe**. Il ne sait que ce que le regard peut déceler.

■ **Principale (proposition)** : c'est une proposition complétée par une proposition subordonnée qui dépend d'elle → ***Il travailla*** *parce qu'il n'avait pas le choix.*

■ **Pronominale (forme)** : le verbe est à la forme pronominale quand il est précédé du pronom « se » qui varie en fonction du sujet *(cf. Verbes pronominaux).*

■ **Proposition** : elle est constituée d'un sujet, d'un verbe conjugué et éventuellement des compléments essentiels de ce verbe *(cf. Indépendante, Principale et Subordonnée).*

■ **Quiproquo** : dans une pièce de théâtre, malentendu qui fait prendre une chose ou une personne pour une autre. Le spectateur seul est complice.

■ **Sens d'un mot** : donner le sens d'un mot, c'est préciser ce qu'il signifie. Ce peut être :
– le **sens propre**, c'est-à-dire le sens premier (*guêpier = nid de guêpes*) ;
– le **sens figuré**, qui renvoie à une image symbolique ou abstraite (*être dans un guêpier* = être dans une position critique).
Un mot peut aussi posséder plusieurs sens, on parle alors de polysémie (le guêpier est aussi un petit passereau).

■ **Statut** : c'est la place du narrateur par rapport au récit. Il peut avoir deux positions :
– extérieur à l'histoire qu'il raconte ;
– personnage de l'histoire (personnage principal ou témoin).

■ **Substitut** : il a pour fonction de remplacer un nom, un groupe nominal ou une proposition afin de donner des précisions ou d'éviter des répétitions.

■ **Synonymes** : mots de même nature grammaticale qui ont un sens similaire ou très proche (*serein* et *paisible*).

■ **Types de phrases** :
– la phrase déclarative (qui donne une information) ;
– la phrase interrogative (qui demande une information) ;
– la phrase exclamative (qui exprime un sentiment) ;
– la phrase injonctive (qui exprime un ordre, un conseil, un souhait, etc.).

■ **Voix (active et passive)** : à la voix active, le sujet fait l'action qu'exprime le verbe → *Les ouvriers construisent la gare.* À la voix passive, le sujet subit l'action et c'est le complément d'agent qui agit → *La gare est construite par les ouvriers.*
Lors de la transformation, le COD de la phrase active devient le sujet de la phrase passive et le sujet devient, lui, le complément d'agent introduit par les prépositions « par » ou « de ». Le verbe de la phrase passive est modifié par l'ajout de l'auxiliaire « être » qui se met au temps du verbe de la phrase active. Il faut être attentif aux accords du participe passé.
Lorsque le sujet de la phrase active est « on », la phrase passive n'a pas de complément d'agent → *On construit une gare ; une gare est construite.*

INDEX DES AUTEURS

Textes

Dictées

Dépôt légal : août 2021 - N° de projet : 10269604
Imprimé en France par Maury-Imprimeur
45330 Malesherbes
N° d'imprimeur : 255091

IMPRIM'VERT Votre imprimeur agit pour l'environnement

MIXTE Papier issu de sources responsables FSC® C022030

Nathan est un éditeur qui s'engage pour la préservation de son environnement et qui utilise du papier fabriqué à partir de bois provenant de forêts gérées de manière responsable et contrôlée.